香港文學小說卷

汴京遊俠傳（一）

寒柏著

書名：汴京遊俠傳（一）
系列：香港文學系列・小說卷・武俠類
作者：寒柏
主編：潘國森
責任編輯：寶貝兒

出版：心一堂有限公司
地址(門市)：香港九龍尖沙咀東麼地道六十三號好時中心LG六十一室
電話號碼：(852)6715-0840
網址：publish.sunyata.cc
電郵：sunyatabook@gmail.com
網上書店：http://book.sunyata.cc
網上論壇：http://bbs.sunyata.cc/

版次：二零一五年九月初版
平裝

定價：港幣　一百四十八元
　　　人民幣　一百四十八元
　　　新台幣　五百九十八元

國際書號　ISBN 978-988-8316-97-7

香港及海外發行：香港聯合書刊物流有限公司
香港新界大埔汀麗路36號中華商務印刷大廈3樓
電話號碼：(852)2150-2100
傳真號碼：(852)2407-3062
電郵：info@suplogistics.com.hk

台灣發行：秀威資訊科技股份有限公司
地址：台灣台北市內湖區瑞光路七十六巷六十五號一樓
電話號碼：(886)2796-3638
傳真號碼：(886)2796-1377
網絡書店：www.govbooks.com.tw
台灣經銷：易可數位行銷股份有限公司
地址：台灣新北市新店區寶橋路235巷6弄3號5樓
電話號碼：(886)8911-0825
傳真號碼：(886)8911-0801
網址：http://ecorebooks.pixnet.net/blog

中國大陸發行・零售：心一堂書店
深圳地址：中國深圳羅湖立新路六號東門博雅負一層零零八號
電話號碼：(86)0755-82224934
北京地址：中國北京東城區雍和宮大街四十號
心一堂官方淘寶：sunyatacc.taobao.com/

目錄

在大道上，寒風刺骨，大雪初停，只見有五、六輛騾車正緩緩而行，兩旁又有四十多名身手矯的武師護送車隊。一眾武師正騎在高大健壯的騾子上，腰間都帶有一把單手直刀，騾子上均懸著一支長槍、一把斬馬刀及盾牌，頗有氣勢。

第一回：伏擊

北風刮起，寒氣迫人，正是嚴冬將臨的季節。

車輛擠滿在道上，商船停泊在碼頭，各地的市集都是人山人海。此時正是大周顯德元年。自朱溫篡唐，建立大梁以來，群雄並起，紛紛割地稱王，更不聽朱梁朝廷號令。其時天下大亂，中原北方更屢遭契丹外族入侵，戰火不斷，生靈塗炭，百姓苦不堪言。朱梁只歷三世十七年，便給驍勇善戰的沙陀人李存勗所滅。期後中原雖數度易主，但由李存勗所建立的大唐到後來的石晉及劉漢合共三十年間，中土仍是沙陀人的天下。沙陀人雖然勇武，但除了極少數有識之士外，大都不懂治國之道，對老百姓更是殘暴不仁。直至大周郭威策動「黃旗加身」，推翻劉漢暴政以後，中原才重新掌握在漢人手裡。自郭威登極以來，施政甚善，更把中原北方等地治理得井井有條，百姓得以安居樂業。這幾年間，雖是偶有戰事，但百姓生活尚算安穩。東京汴梁更展現出一片難得的繁華氣象。

在開封以北一帶的鎮市都擠滿了人，一隊又一隊的車輛正往北方趕路。原來正是年關在即，各地的商人都趕緊希望在過年前完成手上的買賣，忙碌異常。在大道上，寒風刺骨，大雪初停，只見有五、六輛騾車正緩緩而行，兩旁又有四十多名身手矯捷的武師護送車隊。一眾武師正騎在高大健壯的騾子上，腰間都帶有一把單手直刀，騾子上均懸著一支長槍、一把斬馬刀及盾牌，頗有氣勢。其中一輛雙轅大車之外，又有四名和尚騎騾緊隨左右。他們不過二十來歲，僧衣飄飄，身手矯健，護著騾車前行。其時戰局不穩，常有戰事爆發，商旅都會僱用武師；此外，朝廷的軍需物資多由商人負責運送，因而默許了商家出入戰區時私藏兵刃器械，百姓對此等排場，早已是見怪不怪。

那一輛雙轅大車的窗格掀處，只見一個妙齡姑娘正悄悄的打開窗子往外看。她不過十七、八歲年紀，容色照人，窈窕娉婷，一雙大眼清澈明亮，黑如點漆，眼神中似乎對窗外景物十分好奇。

坐在小姑娘身旁是個二十五、六歲的英俊男子，正是她哥哥趙德諾，看到小姑娘打開了窗子，便說道：「玉致妹子，窗外還有什麼好看的？這次出外遊玩，一去就是半年多，還不夠嗎？」趙德諾正是此隊人馬的財東，為青州著名茶商的長子嫡孫。大車內還有五人，當中有三人是趙德諾僱用的武師，分坐在車廂前端，車廂後方坐著一名老和尚。此外，趙德諾身旁則有個中年書生。

趙玉致仍遠望著窗外之景色，正自出神，聽到哥哥似乎在取笑自己，才轉過頭來，笑道：「當然不夠，今趟總算見識過南國風光，不過數月前，到處仍是紅杏夾徑，綠柳垂湖，確是暖洋洋的，倒不知現時嚴冬將近，那兒又是什麼境況？嗯……我們來到開封不過數日，為什麼這麼快就走了？」語氣間甚有依依不捨之意，顯見這次趕路回家，實不是心甘情願。眾人見她仍是一臉孩子氣的神情，都不禁莞爾一笑。

坐在車子前方的中年書生，眾人都稱他為二掌櫃。他雙眼無神，形相頗為潦倒，懶洋洋的說道：「大小姐，年關在即，我們還得趕去鄴都，盡快把這數車『龍鳳茶』交到樊愛能樊將軍那兒去！若延誤了『入中』的行程，可不是鬧著玩的！」茶葉在當世乃禁榷品，如無朝廷准許，商人都不可販賣。趙家經營茶葉生意多年，與歷朝軍閥的關係良好，每年都為軍隊辦貨。二掌櫃最怕與官府打交道，希望盡快趕到鄴都，不敢有半點怠慢。趙玉致伸一伸舌頭，笑道：「二掌櫃平素慢條斯理的，但說到這一批茶葉是官府要的，就連腿子也軟了！」二掌櫃苦笑道：「大小姐，我可不能壞了趙老爺的大事呢！」語氣間似微有慍意。趙玉致素來活潑開朗，殊無半分架子，聽他這麼說，便即住口，但仍忍不住格格嬌笑起來。

趙德諾笑道：「二掌櫃，咱們這一趟生意，賺了多少？」二掌櫃一怔，暗想：「不是在開封分號裡便已點算過利錢嗎？」他只道：「趙少爺明知故問？這次全仗趙老爺人頭熟，才買到最上等的『龍鳳茶』。粗略一算，咱們今年比去年多賺了兩倍呢！」二掌櫃每次提起這一筆生意的利錢都是眉飛色舞。趙德諾道：「對！正是兩倍。但是，這並不只是爹爹的功勞！」二掌櫃一怔，問道：「什麼？」趙德諾道：「若少了一人，這一筆生意準是做不成的。」二掌櫃奇道：「少爺所說的是何人？」趙德諾正色道：「不是何人，正是我的好妹子玉兒！」

趙德諾續道：「這一次可算是托玉兒的福了。玉兒千辛萬苦的求得爹爹允許，才可到江南靈隱寺一趟。若非玉兒非要南下不可，爹爹又怎會生出去江南買『龍鳳茶』的念頭？」趙玉致伸一伸舌頭，裝個鬼臉，笑道：「這可不是我的功勞！應該說是大相國寺裡那位天竺神僧的功勞才對！爹爹和娘親每年總要去找神僧指點迷津。去年神僧贈言，建議爹爹讓我去江南走走，更言道一定要到靈隱寺求神作福。神僧所說的話素來都是靈驗無比，爹爹當然是言聽計從！」

趙德諾笑道：「天竺神僧還說玉子妹子今年出路遇貴人，明年還會作嫁，又有誰敢說他不靈？」趙玉致雙頰暈紅，不知說什麼才好，只得道：「哥哥若再欺負致兒，我便告訴娘親。」眾人見到趙玉致流露出靦腆神情，均大笑起來。

坐在趙德諾右旁，有一名中年武師宋柏忽道：「和尚道士常常胡說八道，怎能盡信？」眾人聽到宋柏這一句話也是微微一驚，歡笑之聲都立時止住。大家不約而同的望了坐在車廂後方的那個老和尚一眼，心中都暗想：「他明知福至大師在此，卻這麼取笑出家人，難道連少林派的面子也不給麼？」

只見福至大師盤膝而坐，雙眼緊閉，似乎懵懵懂懂的還不知宋柏在取笑他。原來趙家與少林寺福居方丈頗有淵源，趙家老爺見兒女一同出門，且路途遙遠，甚不放心，便去信請求福居大師施以援手。福居大師見信後便即派師弟福至與四名徒弟前去幫忙。宋柏本是趙家禮聘的武師，趙家商旅外出辦貨，向來都由他壓陣。可是，這趟趙家老爺卻特地請了一眾少林高僧同行，顯示放心不下，使他覺得老大不是味兒。他雖知少林派乃中原武林的泰山北斗，自北魏太和年間創派至今的幾百年以來，歷代都是高手輩出，但此行與福至大師共處多時，實不覺他有何過人之處，此刻更忍不住對他出言譏諷。他見福至大師似是聽不懂他的意思，又問道：「福至大師，你說對不對？」

福至大師對宋柏之言充耳不聞，卻聽他突然喃喃說道：「阿彌陀佛！」

忽地裡，聽到「颼」、「颼」數聲，拉車的數匹健騾紛紛嘶聲大叫。大車猛地裡向前急傾，情況驚險異常，眾人都是心中一震。混亂之間，又聽到「颼」的一聲，一支勁箭破空而至，從窗子射了進來，福至大師兩臂一伸，已在間不容緩的情況下把趙氏兄妹向後一拉。只見來箭在二人身前掠過，卻聽得坐在身旁的二掌櫃一聲慘呼，竟胸口中箭，立時斃命。趙玉致一聲驚呼，見二掌櫃俯伏在前，輕輕推了他的屍身幾下，哭道：「二掌櫃！二掌櫃！」趙德諾見二掌櫃竟忽然中箭身亡，即以身子護著妹子，但形勢凶險，驚恐之際，只覺自己的手腳均微微發抖，似有點不聽使換。

宋柏見狀，即把窗子關上，急道：「有山賊！大家不用怕。子義、子孝，快去扶起車子。護著頭臉，小心！」語氣間甚是焦急。他知道拉車的騾子已被射死，便先叫子義和子孝把大車扶正。他們不僅是宋柏的入室弟子，更是宋家的後輩子侄，已頗得宋柏真傳。二人領命後，即跳下去把大車扶穩，且見機甚快，未等師父有令，已從車隊之中牽了三匹健騾來，把韁繩綁穩，旋即跳回車廂內，動作純熟之極。宋柏見兩名弟子已準備就緒，便大聲道：「繼續向前行！」兩旁騎騾作掩護的武師均雙腳一夾，高舉盾牌，依舊護著兩翼，隊形整齊，未見散亂。此時，福至大師隨行的弟子慧智，慧可、慧圓及慧開，都各持木棍，護著車子的前端。既得少林四名弟子之助，冷箭再多，敵人一時間也難以射殺拉車的騾子。

宋柏再微微打開窗子，探出頭去，察看車外之形勢，但見後方少說也有百多騎蜂擁而至。他見敵眾我寡，心裡暗叫不妙，即手執一面小黑旗，伸出車外，連連揮動。車隊後方的武師便即把數箱龍鳳茶葉推倒在地上，希望山賊見好即收，不再追來。趙德諾心道：「這一著棋也甚為高明，若這筆買賣做得成，也算是不幸中的大幸了。」可是，趙德諾高興得太早。隱約可見，山賊似乎並不賣賬，竟繞過鋪滿地上的貨物，繼續追來。

宋子義、子孝二人見追兵越走越近，冷箭更是連環而施，只得狂鞭身前那三隻騾子。可是，騾子在慌亂之際，竟不聽使換，車廂內更是上下震動，左搖右擺。趙氏兄妹只覺得頭暈眼亂，幾欲作嘔。福至大師卻仍在騾車內盤膝而坐，一眾弟子則騎騾緊至，手持木棍，甚是鎮定，似乎渾不把敵人放在心上。只聽福至大師嘆了一口氣，緩緩的道：「善哉！善哉！」在騾車外的大師兄慧智忽然腰膊一送，勁力到處，把手中的一條木棍擲向十餘丈開外的一個小山崥之上。只聽到「逢」的一聲，接著又有人「嘿」的一聲，原來慧智隨手一擲，竟以一條木棍擊中遠處的敵人。慧智出手後，冷箭的攻勢即消失得無形無蹤。其實他早已察看到偷襲的山賊埋伏在小山坡之上，聽得福至大師的暗號，便即以出神入化的棍法把其中一人擊斃。少林高僧慈悲為懷，絕不輕率殺生。可是，山賊以冷箭偷襲，教人防不勝防，只得出手降魔，希望敵人知難而退。果然，小山坡上還有七、八個山賊見敵人竟有此殺著，都紛紛退下戰線，再也不敢冒出頭來亂放冷箭。

宋柏見慧智出手，心中一驚，暗想：「慧智這小和尚的勁力極為剛猛，手法又是巧妙異常，遠非自己所能及。徒弟已這麼厲害了，老和尚的武功更是深不可測。少林寺名滿天下，果然名不虛傳！」他自命不凡，只道一身武功已至頗高境界，天下英雄亦不過如此。若非今日親眼所見，實不信世間竟有此等出神入化的武技，深知自己遠非其敵，不其然的向福至大師望上了一眼；想起自己剛才對他無禮，大有羞愧之意。

其時騾子步履不一，騾車竟越走越慢。宋柏回頭一看，只見敵人越逼越近，只須再走大概三、四里，便會趕上車隊；再細看敵人的隊形，只覺雜亂無章，不過是一班烏合之眾，心下略寬：「山賊雖是人多勢強，但若明刀明槍的和他們惡鬥一仗，咱們未必便輸。」宋柏對自己徒兒的武藝頗有信心，心中漸感踏實。此時，宋子義卻突然大聲道：「師父，前面的黑松林裡，埋有伏兵！」

宋柏大驚，探頭向前方一望，只見約半里開外的一個黑松林之內，隱隱約約的看到有十餘炬火把，正是前無去路，後有追兵，情況岌岌可危。趙德諾也看見前方的火炬，便問：「光天化日之內，為何拿著火炬？」轉念之間，又道：「不好！」趙玉致見哥哥神情慌張，奇道：「什麼？」宋柏接著道：「敵人想放火燒車！」趙德諾點頭稱是，趙玉致只覺大難臨頭，不知如何是好。

宋柏不及細想，便大聲喊道：「停車！」車隊與兩翼的武師都停了下來。宋柏又道：「少爺，敵人在黑松林裡，早有埋伏，定會和後方的追兵一起前後夾攻。事到如今，咱們只好孤注一擲，向後方的追兵迎頭痛擊。」說罷便順勢向後方百餘騎追兵一指。趙德諾順著他的一指往後看，只見敵人聲勢浩大，人強馬壯，更是惶恐不安，又聽到宋柏續道：「勞煩少爺立刻下車，在道旁暫避。」宋子義、子孝二人急忙打開車門，讓一干人等下車。

慧智即從座騎上躍下來，雙手一扯，把綁在騾子和大車的繩子撕開，神力到處，竟同一時間將兩頭騾子倒拉著，讓趙氏兄妹逐一騎上騾子，回頭再找了另一頭騾子給福至大師。

宋柏見狀，知一眾少林高僧正準備護著趙氏兄妹等人逃生。他雖不喜少林子弟，但深知他們武藝深湛，由他們保護趙氏一家，實是萬無一失，便低聲向福至大師道：「咱們將會向敵人殺過去，待咱們牽制了敵人的主力，你們便可乘亂逃走。咱們再回開封會合。」也不等福至大師答應，便轉過頭來，和四十餘名武師一同向敵方衝過去。只聽到蹄聲轟轟，百多名山賊都乘著健騾，蜂擁而至。

宋柏為了激勵士氣，便大笑道：「讓咱們會一會這班『響騾賊』罷！」一眾徒弟聽宋柏敵人說成是「響騾賊」，都紛紛大笑起來。原來自唐朝中葉開始，氣候變天，朝廷又是馬政不修，中原鬧馬荒已久，軍隊一直都是從北方遊牧民族購得戰馬。這些年來，中原朝廷與遼國交惡，遼國皇帝限制本土商人向中原諸國販賣馬匹。中原境內，軍隊戰馬的數目劇減，商旅在各國往返，也多用健壯的騾子，就算是城中的富商大賈或文武百官等所乘的車子，也用上了耕牛。所以山賊結集造案，亦找不到馬匹，只能做「響騾賊」了。

只見百多名山賊越逼越近，卻仍不從騾背躍下。宋柏心下不禁冷笑：「騾子脾氣暴躁，很不聽話，又怎能以之作騎鬥之用？這班賊子真是好沒見識！」當下叫一眾弟子先從騾背身上躍下，更拿起斬馬刀，列好陣式，準備把敵人逐一殲殺。

在道旁的福至大師靜觀敵人的一舉一動，暗想：「要殲滅敵人不難，但敵眾我寡，衝入敵陣之際，卻未必可保趙氏兄妹周全。要先想法子把他們藏起來，才可去迎救宋施主他們。」他想通了事情的輕重緩急後，即道：「趙公子，宋施主雖然武功不弱，但敵人太多，這一趟恐怕也要兩敗俱傷。我們只好從那方向撤退，謀而後定罷。」趙玉致問道：「那方向？」慧智接口道：「對！就是黑松林那方。」接著向前方的松林一指。福至大師緩緩點頭，兩師徒心意相通，都相視而笑。趙德諾看到松林裡仍有十多炬火把，敵人明明就在那兒虎視眈眈，心中一驚，暗想：「曾聽人家說『逢林莫入』，為何福至大師竟反其道而行？」他本想出言反對，但危急之下，已無暇細想，只得與妹子一起，隨少林高僧們走入黑松林裡。

一行人徐徐的走入黑松林裡，已到達了密林的深處。只見蒼松翠柏，樹影婆娑，和外面刀光劍影的境況成強烈對比。

不一會，眾人已走近火光之處，只見十多把火炬被綁在一堆灌木的樹枝上，除此之外，一個敵人也沒有。少林四弟子分別從騾子上躍下來。慧智執起火把，向四方八面都一照，只見數十步開外確無敵人蹤影。慧圓較為細心，察看地上腳印都分佈在火把之前，明顯可見，敵人在此綁起火把後便已離開，再沒有深入松林作另一輪埋伏。

趙氏兄妹見暫時脫險，都不禁舒了一口氣。趙德諾對行走江湖的事情所知不多，心中在想：「雖說是『虛則實之；實則虛之』。敵人在此綁起火把，或許是故佈疑陣，但也有可能是明目張膽的在此埋伏，福至大師又怎能確信這裡沒有伏兵？」他滿腹疑問，不禁向福至大師望上數眼，只覺這個老和尚平素獃氣甚重，但一遇上事來，竟是這般料事如神。

眾人在松林裡暫無性命危險，都在隔岸觀火，察看宋柏等人的戰況。此時，山賊騎在騾子上，來回衝殺，竟沒半分窒礙。一眾武師正連連遇險，全仗宋柏苦苦支撐，才未敗下陣來。

福至大師道：「這些山賊的功夫都十分稀鬆平常，並不是一流好手。但他們不知用什麼方法，居然把騾子馴服，而且騎術很到家，似乎曾受高人指點。眾山賊在分進擊合之間雖無戰陣配合，但能互相掩護，默契都很好。這種遊鬥戰術，來自北方，是遊牧民族的看家本領。」

趙德諾問道：「這班賊子，難道竟是突厥人？」福至大師點頭道：「尋常山賊，不可能有此能耐。這班山賊，應與突厥人又一點淵源。」趙德諾突然醒悟，道：「啊！這是野雞族或殺牛族人罷？」他曾聽人言，野雞及殺牛族均為大周境內的蠻族，多盤據汴梁以北的各處山頭；相傳他們是突厥人的後裔，深得他們的真傳，騎術出神入化。

福至大師緩緩點頭的道：「善哉！」

趙氏兄妹正聽得出神，但突然卻聽到「鏗」、「鏗」、「鏗」的連聲作響，只見身旁的兩個少林和尚早已手持圓盾護著他們，才知原來又有敵人放冷箭忽施偷襲，全仗少林和尚動念極快，他們才倖免於難。兄妹二人雖然避過大難，但都感到驚險萬分。

眾人向發箭的地方一望，只見十餘個黑影突然在叢林中出現，又聽到「颼」的一聲，冷箭又破空而至，少林大師兄慧智低頭避過冷箭，手中的一條齊眉棍更隨即向敵人擲過去，動作輕描淡寫，但勁力卻大得異乎尋常，手法和剛才奇襲山丘上的敵人之時所使的一模一樣。齊眉棍一脫手，就如箭般飛出，只一瞬間，竟插入了敵人心口。慧智這一招「脫手擲棍」，正是福至大師從少林三十六門絕技之一的「佛影棍法」裡領悟而創出的殺著。他用盡了全身氣力，齊眉棍著體後仍在轉動。雖然棍頭本鈍，但憑著慧智那極上乘的「螺旋勁力」，最終竟能破體而入，一招制敵死命。餘下的敵人見慧智大發神威，嚇得目定口呆，一時間竟忘了廝殺。

此時，慧智已衝入敵陣，如虎入羊群，雙腿連環而施，使出最為尋常不過的掃腿、膝撞、蹬腿等腿擊招數，但落點奇準，十餘個弓箭手紛紛受傷倒地。只轉眼間，慧智已把所有敵人盡數擊倒，接著輪指急施，即把他們的要穴封住。一眾師弟深知慧智師兄剛才的腿招，表面上雖是平平無奇，但卻乾脆利落，已深得少林三十六門絕技之中「大力金剛腿」之秘奧。「大力金剛腿」原是剛猛無儔的腿法，不料他竟能收放自如，克敵制勝之餘又不傷人命，四師兄弟朝夕共對，雖然每朝都一起練武，大家都以為大師兄的年紀比自己大好幾歲，所以修為才較深，但不過稍勝於己，殊不知他的武功竟神妙至斯。

福至大師見到敵人一個又一個的倒下，口中嘆了一口氣，緩緩說道：「罪過！罪過！」慧智便徐步走回來，其他師弟則立時靜了下來。趙氏兄妹等驚魂略定，此時卻不明白慧智神勇非凡，單人匹馬的把敵人制住，倒底有何「罪過」之處。

趙德諾靈光一閃，恍然大悟：「啊！福至大師剛才好幾次連喊『善哉』，慧智便即出手，這應是發號施令的『暗語』！」想到此處，思緒逐漸清晰起來：「福智大師雖似是懵懵懂懂，但內力修為極深，似乎無時無刻都能耳聽八方，一遇上敵人，便即以『暗語』叫徒弟出手。」

趙德諾所想的全是實情，原來福至大師一知有敵人埋伏，便以佛偈發號施令，要徒兒出手。他的每一句佛偈，聲音大少高低之不同，便會生出不同的意思，是一套從大內禁軍身上習得的「暗語術」變化而來的奇技。少林派自李唐立國以來，三百餘年間均和朝廷有很深的淵源，與大內禁軍的關係更是非比尋常。少林僧人傳授禁軍武技，也從軍隊學得騎射功夫及用兵之法，福至大師的「暗語術」，便是從禁軍身上習得的一項技藝。

趙氏兄妹只覺敵人往往出奇不意的殺到，讓他們防不勝防。雖見敵人被擒，仍是憂形於色。趙德諾遠眺黑松林外的情況，只見宋柏已是連遇險招，已漸漸招架不住，更是越想越怕，便道：「我們何不先行沿小路逃走？所謂『三十六計，走為上計』、『君子不立危牆之下』。」說罷，便把目光投向福至大師。

福至大師緩緩道：「阿彌陀佛，穿過黑松林後仍是一條直路，山賊早晚會趕上我們。」眾人聽到，心中也是一沉。

慧智忽道：「我們何不在此以逸待勞，引山賊來攻，再把他們一網打盡？」福至大師展現出少有的笑容，眼光流露出嘉許之意。趙德諾卻道：「敵眾我寡，如何能戰？我們人丁單薄，連像樣的兵刃也沒有！」心想一眾少林高僧雖武技高強，但手上只有幾條舊木棍，再加上幾面盾牌，又如何以寡敵眾？慧智轉頭向趙德諾答道：「用箭！」接著向剛才被擒的十餘個弓箭手一指。只見他們臉上都流露出惶恐之色。趙德諾兄妹二人見他們每人身上都至少懸有三、四個裝滿了箭的袋子，即恍然大悟。

在黑松林外，宋柏等人與山賊酣鬥良久，情況越是凶險。山賊反覆幾次前衝後退，已漸漸把宋柏一方的陣法沖散，只見一眾子弟兵相繼倒下，只剩下宋柏一人在苦苦支撐。

此時有八名山賊已從騾子躍下，把宋柏緊緊的包圍住。他刀法雖高，連殺多名敵人，但終究是寡不敵眾。忽然間，他右肩給山賊砍中，血流不止。一眾山賊大喜，一人道：「那廝中刀，咱們圍著他！」他們見宋柏鮮血長流，不用多久，宋柏必然脫力，便只包圍著他，與之遊鬥。宋柏見招拆招，但卻無法騰出手來替自己點穴止血，只覺金星眼亂，手上的馬刀越來越重。突然，八名山賊紛紛出刀，竟同時架在宋柏的頸上。宋柏嘆了一口氣，把斬馬刀向地上一擲，憤而投降。眾山賊見宋柏認輸，都大笑起來，臉目猙獰的瞧著他。

在這一戰，百多名山賊之中，共損傷了三十多人；而宋柏一方，則除了宋柏自己、宋子義、宋子孝及另外十餘名弟子失手被擒之外，餘下的人馬則盡數慘死在山賊的刀下。

有一高高瘦瘦的山賊頭目騎騾而至，向宋柏冷笑道：「你就是人稱『青州第一』、甚麼『拳腳雙絕』的宋柏嗎？直娘賊，傷殺咱們這麼多兄弟。」宋柏聽他正欲出言侮辱，便即雙眼向上一番，並不答話。那人見宋柏無禮，也不發怒，淡淡的道：「把他們綁起來！」他雖然出言不遜，但對宋柏的刀術卻大是佩服，生怕他暴起反撲，便即命幾名手下找繩子把眾人綁起來。

那名山賊頭目見到受傷的兄弟甚多，嘆了一口氣，道：「生意越來越難做了，做漢王的生意更難！」那頭目名叫周進，原是野雞族人的首領，數年前得人指點，投入劉崇麾下。劉崇是沙陀人，原是劉漢開國皇帝劉知遠的親弟。自郭威「黃旗加身」，推翻劉漢朝廷之後，劉崇便盤據北方太原一帶，割地稱王，再不聽中原朝廷的號令，這一年間，劉崇另有籌謀，需要籌集大量軍餉，便指使周進等人在這幾個月間打劫商旅，以充實劉營的倉庫。

周進見犧牲了太多兄弟，向宋柏說道：「這一趟生意，咱們的成本貴了很多，你說應該怎麼辦？」宋柏哼的一聲：道「若是單打獨鬥，量你也不是我的對手。」卻是問非所答。

周進隨手一拳，打在宋柏的心口上，又問道：「誰要和你單打獨鬥？我是在問你，這趟生意的成本應怎樣算！」宋子義見師父受辱，心有不甘，抬起頭來，便大聲道：「我們青州派……」突然寒光一閃，只見一個頭顱飛出，血花四濺，原來周進身旁的一個山賊竟拔刀在手，把子義的人頭砍了下來。

宋子孝見兄長慘死，「啊」的一聲，更大喝道：「你！」只見那山賊的刀鋒一轉，子孝的頭顱亦即從身上甩了出來。

那名拔刀殺人的山賊名為張廣，是另一名頭目，身型極胖，面圓大耳，雙眼卻很小。他剛才連環兩刀，都是乾淨利落，竟隨手揮刀便把宋子義及宋子孝二人的頭顱砍下來，刀鋒之利，勁力之強，殊非尋常武人可比。眾賊殺人放火，可謂無惡不作，傷天害理之事也幹過不少，深知斬頭不難，但要懸空把人家的頭斬下來，卻是無處借力，往往要連斬數刀才成。他們見張廣竟只隨手一刀，便把敵人的頭斬了下來，足見刀法高明，立時紛紛喝采起來。只見張廣手持那把長刀的刀鋒上，仍滴出殷紅色的鮮血，但聽他粗聲粗氣的說道：「青州派便怎地？」言談間卻擺出一幅懶洋洋的神態。

宋柏行走江湖多年，對殺人越貨之事絕不會感到驚訝，但見山賊竟在不問情由下，隨隨便便的把已投降的人殺掉，如此視人命如草菅，實是大出意料之外。宋柏眼見兩名愛徒斃命，悲從中來，立時眼淚直流，大怒道：「有種的放了大爺，我們一對一拼過你死我活！」當世崇尚武力，無論是大軍對疊，還是江湖恩怨，兩方仇殺雖是鬥智鬥力，但若失手被擒的一方索戰，勝的一方也不得不答允，否則會為世人所笑。

不料，張廣對這些江湖規矩毫不理會，笑道：「咱們單打獨鬥，都不是你對手。我可不上你這個當。」周進暗怪張廣長他人志氣，向宋柏道：「大爺沒功夫跟你玩。」再也不理睬他，轉過個頭來，便向張廣道：「張兄弟，還不如把貨物拿走便算罷。我們還有下一筆生意要幹。」張廣獰笑道：「不！我們還有一件大寶物沒弄到手。」

周進一怔，奇道：「寶物就在這幾輛車裡，難道還有什麼？」張廣道：「你忘了那娃兒嗎？」

周進才恍然大悟。原來一眾山賊剛才埋伏於道上之時，已從車廂的窗子看到趙玉致的美貌，實是驚為天人，張廣當時更戲言，向手下說要把她搶到手。周進見到張廣色心大動，便笑道：「張兄弟，還是把那女子讓給老哥罷！」說話之間，已把趙玉致當成為囊中之物。其餘山賊都是張口大笑，更爭先恐後，蠢蠢欲動的準備騎騾走進森林，希望立時把趙玉致搶過來。

宋柏聽到二人的一對一答，登時大聲的喝道：「無恥！」張廣已拔刀在手，運刀劈向宋柏。宋柏閉目待死，心境反而較剛才束手就擒之時舒服得多。

只聽到「碰」的一聲，周進手中的兵刃，竟與張廣的長刀相撞。原來周進眼見張廣握刀，已知他起了殺機，便即出手阻止，勸道：「若我們還要把敵人一網打盡，宋老頭對我們可有用得著的地方呢！」原來周進另有籌謀，言談之間已在尋思：「這兒數十個武師的武功不弱，絕非庸手，只是不善騎鬥，才最終敗在咱們手上。宋柏的刀法更勝過自己一籌，尋常商人絕對請不動這些人。」他想剛才逃走的兩兄妹絕非尋常人家，若把二人活捉，更可向他們的家人大敲一筆，確是奇貨可居，今天賠了的本錢或可一次過贏回來。

張廣粗枝大葉，萬萬估不到周進的心思，還道這個大哥忽發善心，便順著他性子的道：「周大哥說得是。所謂『多一事不如少一事』。我們快快追上罷，他們多半仍在前面的黑松林那處，說不定已給我們的弓箭手降伏。」說罷已顯得有點不安，生怕那絕色佳麗給同伴搶去，便即躍上騾子，衝入黑松林。

眾山賊與張廣一起走入黑松林。張廣和五、六個手下越走越急，周進知張廣好色如命，便索性讓他做先鋒，自己則率眾從後趕上。宋柏等十餘人皆被他們綁起來，放在數頭騾子之上，隨隊出發。

騾子的蹄聲轟轟作響，山賊正一步一步的走入密林。忽地裡，只聽前哨隊伍的數頭健騾嘶聲大叫。周進一凜，遠眺過去，卻不覺有絲毫異樣，便高聲問道：「張兄弟，沒事罷？」張廣哈哈大笑，聲線甚是響亮，從遠處傳來一句話：「周大哥，你過來看看。實在太有趣啦！笑死我了！哈哈！笑死我了！」周進這才鬆了一口氣，便率眾走過去看個究竟。

轉眼之間，數十騎已擠在張廣那兒。張廣向前方一指，大家隨便一看，已見到地上騰空三尺之上，有一條白色的粗麻繩。他大笑道：「這就是他們的陷阱！你看多兒戲！哈哈！」他開懷大笑，笑聲越來越響。周進一笑，心道：「兩旁的樹木太密，騎騾而至，就只有在這兒可通過去。嗯，那些禿驢在此把綁起繩子，以阻我去路，也是對症下藥。只是繩子太粗，又是白色的，給日光一照，便原形畢露了，又如何可以暗算我們？」眾山賊見張廣笑得歡暢，也陪他大笑起來。周進笑道：「好！好！咱們起程罷。」他眼光到處，忽覺微有異樣，眉頭深鎖，連忙喝道：「慢！」眾山賊都是一怔，笑聲立止。

張廣奇道：「什麼？」周進向前一指，又道：「你看！」

張廣細看之下，發覺原來白繩子之後，竟有一條幼小的黑色銅線。周進心道：「若不是張兄弟童心忽起，站著等我們一同前來，多半已著了這一個陷阱的道兒了。他們一直衝過去，一見白繩子，多半會一跨而過，最終便會給這一條肉眼難辨的銅線絆倒。從後趕上的人還以為前人被白繩子絆倒，又怎料白繩子之後，又有銅線？這個『雙重陷阱』雖然簡單，但卻頗攻心計，難道敵人裡竟混有武林高手在內？難道是那班禿驢？」宋柏亦對這個陷阱也是大為佩服，心道：「莫非這個陷阱是福至大師想出來的？」

張廣又哈哈大笑：「周兄你看，這些三腳貓的陷阱，我們又怎會上當？」欲騎騾子跨過去，但白繩子和銅線的距離太近，實不知從何入手。周進笑道：「先把繩子斬下來罷！」張廣知道銅線非片刻間可弄斷，便拔出腰間的長刀，欲先把白繩子斬斷，正手起刀落間，周進又突然喊道：「慢！」

張廣問道：「又怎麼了？」周進道：「張兄弟，看看白繩子之下，有沒有別的古怪。莫教你一刀斬下去，又牽動了另一個機關。」張廣微微一驚，亦覺周進的擔心甚為有理，細看之下，卻不覺有任何機括。周進仍是眉頭緊皺，道：「張兄弟，你再看看！」張廣放目遠眺，陷阱之後，每一顆小樹下也綁上一條銅線。只要兩樹間的距離略為寬闊，中間便會綁上一條銅線，細數之下，原來早已有十多條銅線纏在樹幹之上。

周進苦苦思索，心道：「這不只是一個『雙重陷阱』那麼簡單。十多條銅線密密麻麻的綁在一起，咱們的騎術再高，也不可能走過去，只得先把銅線砍斷。但要把它們逐一去掉，也是頗花功夫的。」他靈光一閃，又想：「難道他們想拖延咱們的行程？」數十個兄弟見首領默言不語，便圍著一起，細看那十多條銅線的遠近，希望可找到方法，輕易的騎騾跨過去。

忽然之間，只聽到「颼」、「颼」、「颼」，一連數聲，綿密如雨的羽箭從高空奇襲而至。

敵人的偷襲毫無朕兆，眾山賊都給突如其來的暗箭嚇破了膽。片刻間，已有七、八名山賊中箭倒地。倉惶之間，有五、六個兄弟急忙高舉圓盾，組成一道牆壁，護著周進及張廣二人。但眾山賊的防具都十分簡陋，整隊人馬，就只得這五、六塊圓盾。密密麻麻的冷箭破空而至，其餘的山賊都是惶恐不安，亂叫亂走。轉眼間又有十餘名山賊慘叫，紛紛中箭。餘下的山賊早已亂成一團。

周進在部眾的「圓盾陣」所掩護之下，仍覺異常驚懼，急忙察看情勢，更大感懊悔：「敵人的陷阱，原來就是要我們通通都擠在這兒，好讓他們好整以暇的在樹上發箭攻擊。我怎會這麼大意！」周進又怎料到趙氏兄妹等不足十人的逃兵，竟敢在強弱縣殊下，反過來向他們佈陣攻擊？張廣更怒道：「直娘賊！暗箭傷人，算什麼英雄！」周進苦笑，心道：「剛才我們何嘗不是暗箭傷人？」只覺不久之前，他們還在伏擊宋柏等人，現下竟反過來遭人暗算，報應實在來得太快。胡思亂想之間，又有十餘個山賊受傷中箭。

羽箭從天而降，越來越多，實是綿密如雨，一眾山賊被突如其來的伏擊嚇破了膽，已紛紛牽轉騾頭，沿路逃走。混亂之間，騾子亂衝亂撞，竟踏死了十餘個受傷倒地的山賊。

這班山賊都是野雞族人，自來就在大周境內的山區行走，主要在鄆州、兗州及徐州等一帶出沒。這幾年間，劉崇把他們收為己用，更有意把他們培植為一支勁旅，埋伏在大周境內，伺機而動。劉崇雖多次派人前來訓練，但他們畢竟仍是一班唯利是圖的烏合之眾，面對突如其來的偷襲，早已心膽俱裂。數十人成為一盤散沙，再也不能駕御。周進見到一眾山賊都不聽指揮，亦嚇得汗流浹背，只感束手無策。忽聽得張進一聲慘叫，原來他大腿已中了一箭，雖非致命之傷，但已無力再戰。

周進知一眾兄弟之中，要數張廣的刀法最強，此際連他也受傷倒地，不禁心裡大駭，暗想：「怎辦？」轉過頭來，又見己方的人馬早已越走越遠，就連中箭受傷的兄弟也一拐一拐的奪路逃走，只剩下他與張廣二人，驚覺大勢已去。正自徬徨之間，卻見宋柏等人躺在騾子之上，竟仍是安然無恙。他心念一動，立時往宋柏那方急走過去，猿臂屈伸，已抓緊他，直刀更指嚇著對方，大喝一聲：「且慢！」一語既畢，即把他高高舉起。周進以人質作為籌碼，果然立時見效，敵人再也不敢輕舉妄動，羽箭的攻勢，亦停了下來。

過了半晌，只見於周進、張廣前方五、六丈開外的一顆古樹之後，有一個老和尚徐步走出來，神色自若，臉露微笑，正是福至大師。

福至大師緩緩說道：「兩位施主，苦海無邊，回頭是岸！所謂佛門廣大，只要施主放下屠刀，老衲是絕對不敢留難施主的。」語氣甚是祥和，聲音並不如何響亮，卻清清楚楚的傳入每個人的耳朵之內，足見其功力深湛，內力精純。他以幾句簡簡單單的佛偈顯示功力，正是要他們棄刀投降，意思說得清楚明白。

周進心中一凜：「這賊和尚的功力深厚，我倆絕非其敵，他倒底是何方神聖？」便問道：「大師的法號怎生稱呼？」福至大師答道：「貧僧法號福至，曾受趙家所托，要保宋柏施主的周全，施主可否賣一個人情給老衲？」

周進才知他是少林派「福」字輩的神僧，乃當世第一流的高手，心下大是懊悔：「若早知這班和尚竟是少林派的，我兩兄弟又怎敢在太歲頭上動土？」佛教自傳入中土以來，可謂大行其道，廟宇林立；千百年間，都深受中原老百姓的歡迎。自初唐起，朝廷更大力支持佛教，不僅為教眾興建寺廟，印製經書，更免去出家人的賦稅。此外，很多富商大賈，不欲繳付賦稅，竟與僧侶狼狽為奸，把田產都記在廟宇之名下，更勾結朝廷大官，為了逃避稅項，於各地大興土木，建了無數的寺廟。此外，不少亡命之徒，犯事後亦藉出家之名避世，出家人也是越來越多。單是大周境內，少說也有三、四萬所寺廟，出家人更是數十萬計。周進雖知商旅中有數名僧侶同行，還道是尋常寺廟的和尚，但卻萬料不到他們竟是少林派的高僧，福字輩高僧更親自壓陣。他忌憚對方武功了得，再不敢分神說話，反把宋柏推得更前，刀鋒指嚇著宋柏，微一曲膝，把頭藏於宋柏之後，讓福至大師無法向自己動手。他反覆思量，暗想明明對方不只一人，餘人多半埋伏於後，以便向自己暗算偷襲，便道：「大師的高足在那兒？大師乃得道高僧，所謂明人不做暗事，難道少林派只懂暗箭傷人嗎？」說罷，把刀提得更高，已割破了宋伯頸項的皮肉。

福至大師投鼠忌器，即道：「施主，刀下留人！慧可、慧閒、慧圓，你們快出來和這位施主打個招呼罷。」三名少林僧人手持弓弩，從樹上一躍而下，動作迅捷異常，單論他們的輕身功夫來說，實已達一流高手之境地。

周進認得少林僧人手上所持的器械，正是族人慣用的長弓，才明白一眾和尚，明明手無寸鐵，後來竟然又備有弓箭向他們暗算偷襲，心裡暗嘆：「看來我們的弓箭手已遭了這禿驢的毒手。我只道他們只得數人，不成氣候，又怎料到他們竟有此一著？」又想：「眾禿驢已把我包圍住，無論如何也不會讓我活著離開。我縱有人質在手也是枉然，怎辦才好？」他以己之心度人，只道福至大師等人都是心狠心辣之輩，正連想詭計，希望可以逃得性命，當下開口問道：「大師不妨和我做一個買賣，我放了手上這廝，大師便放我兄弟二人一條生路，如何？」

福至大師正欲答允之際，忽地裡，一枚飛刀破空而至，勢道急勁，正要擊向慧圓身上。

原來周進眼見敗局已成，竟偷襲站得最近的慧圓。福至大師道：「手下留情！」只聽到「嗤」的一聲，那破空之聲異常響亮，一枚松球從福至大師的手上射出，不僅去勢奇急，更後發先至，直擊向那飛刀處。不料，那飛刀已在中途墜下；另一枚飛刀卻出奇不意的直攻向福至大師的胸口。原來周進攻於心計，擲向慧圓的飛刀雖是突兀，但不過是虛招，攻擊福至大師那枚飛刀，卻用上了全身的勁力。

福至大師正出手解慧圓之危，那料到周進竟會偷襲自己，一驚之下，飛刀已至眼前。他仗著多年修為，心神不亂，連忙運氣吐勁，真氣佈滿掌緣，向飛刀的偏勢一觸，輕輕巧巧的把飛刀打歪，正是少林三十六門絕技之中「金剛般若掌」的妙著。福至輕輕的嘆了一口氣，說道：「善哉！善哉！」

周進見對方竟徒手以勁氣打落飛刀，大是驚佩，若不是親眼所見，實不信世上竟有此神功，心道：「老和尚的武功高得出奇，但是……啊！」突然，只覺右手劇痛，手指一鬆，用來指嚇宋柏的直刀落地，再感到背後多個要穴受襲，氣息窒礙，不由自主的軟倒在地。就在此時，慧圓也即俯身，出手制住了張廣。二人最終都分別為少林僧人所擒。

周進要穴受制，動彈不得，但神智未失，知道有敵人忽施偷襲。可是，福至大師在自己的前方，三名青年和尚則分站在自己左右。他們的一舉一動，自己無不瞭然於胸，到底為何會中了人家的暗算？

忽地裡，只見有一名少林和尚已拾起周進的直刀，徐步而行，面帶微笑，正是少林四子弟之中，武功最高的慧智。周進猛地想起：「啊！不好！原來老和尚的徒弟不只三人，還有一個埋伏於後！」暗嘆自己粗心大意。其實周進暗算敵人的手段已頗高明，福至大師行走江湖的經驗極豐，也想不到對方竟會在劣勢之下向自己動手。若周進偷襲得手，餘下的少林子弟在群龍無首之下，必然方寸大亂，周進及張廣或可乘亂逃走。只是福至大師的武功實在太高，又是應變奇速，方能避過此劫。福至大師也動念極快，眼見周進偷襲之時，左手再無抓緊宋柏，便急唸佛偈，命一早埋伏於周進身後的慧智出手把他降伏。

此時，慧智已把綁著宋柏的繩子解開，宋柏身受重傷，但盛怒之下竟生出一股蠻勁，雙手拾起斬馬刀，欲劈向兩名山賊身上，為死去的徒兒報仇雪恨。福至大師見狀，便緩緩的道：「宋施主息怒，何不先止血療傷，再作籌謀？依老衲愚見，不如先把兩名山賊綁起來，再送到少林寺，讓方丈師兄發落。所謂怨怨相報，只要他們誠心悔改，佛門廣大，難道宋兄不能給他們一條自新之路嗎？」語氣之間甚是祥和，卻生出一股威嚴。宋柏剛才曾頂撞過福至大師，對方竟以德報怨，救了自己一命，心下更是懊悔不已，心道：「人不是我擒的，我自然無權過問。福至大師這樣說，已是給足了面子。」稍一冷靜下來，便即說道：「大師教訓得是，所謂怨怨相報何時了。我們還是把貨物理好，把死去的弟子都好好葬了，再另作打算。」一想到白白犧牲了的一眾兄弟，仍是氣憤不已，不禁熱淚滿眶，心道：「難道他日便會再找不到殺死這兩個惡賊的機會嗎？縱是天崖海角，我也會把他們找出來碎屍萬段！」所謂血海深仇，又怎能片刻間便化解得來？

福至大師哪會想到宋柏的心思，見宋柏同意放他們一馬，便欣然道：「宋施主所言極是，其實老衲在開封也有一些舊相識，此時咱們人寡力薄，不如先行回城，再找各方好友幫忙如何？」宋柏點頭稱是，卻不再答話。福至大師微微一笑，便向四大弟子囑附：「快請趙公子他們出來。」原來趙氏兄妹都躲在福至大師身旁的一顆大樹之後的灌木叢裡。他們受了福至大師的叮囑，為以防萬一，無論什麼事情，也不能走出來，所以他們至今仍是不敢亂動。四大弟子聽福至大師所言，便即繞過大樹，欲找他們出來。

福至大師雖見周進、張廣二人都無力再戰，但為求萬無一失，也得要以內勁封住他們幾處大穴。他出手如風，已分別點向二人的的要穴。點穴功夫原是陰損毒辣之武功，勁力直透穴道，摧破敵人之五臟六腑，受害者非死也得重傷。但福至大師身懷上乘內功，發勁用力之手段拿得極準，一股柔和渾厚的內力剛好封住了二人的幾處大穴，使其在數天之內血氣不順，難以動彈，又不至傷及本元。宋柏見福至大師的點穴指法，更是自愧不如。福至大師道：「兩位施主不用慌，老衲絕非有意冒犯。只是想請兩位施主光臨敝寺，那時方丈師兄定會給大家一個公道。」周進和張廣對望一眼，二人都苦笑起來，素聞少林方丈福居大師為人剛正不阿，此行去少林寺，恐怕是凶多吉少了。

過了良久，四大弟子仍未帶趙氏兄妹出來，福至大師心中一沉，隱隱覺得不妥。只見慧可、慧閒急步回來，臉現惶恐之色。福至大師道：「難道趙施主他們有什麼閃失？」慧閒連連點頭，慧可急道：「趙姑娘不見了，趙公子似乎受了一點刀傷……而且，剛才被擒的那班弓箭手也不見了！」福至大師心中一凜：「他們和我之間雖為大樹所隔，但不過相距三、四丈左右，若有敵人在此走動，還放了一眾弓箭手，我竟毫無知覺？」又想：「來人竟可逃過我的耳目，在我毫不知情下出手，實是可怖可畏。」心想人家剛才若有意加害自己的話，恐怕也會中了那人的暗算。

福至大師和宋柏二人繞過大樹，走到灌木叢之中。只見慧智右手拇指正點向趙德諾的人中，正以少林派內功替他療傷。

不一會，趙德諾慢慢轉醒，慧智便向他問道：「趙姑娘在哪兒？」趙德諾茫然道：「啊！玉兒呢？她在哪兒啊？」竟反問慧智起來。他略一定神，方把剛才發生之事想起來，又道：「我們聽從福至大師的囑咐，一直都躲在這兒。忽然有一個人影在前面，那時我胸口劇痛，之後就什麼也不知道了。」心裡大急，驚道：「難道玉兒給惡人擄走了？」眾僧都嘆了一口氣，不知如何答話。

福至大師察覺到他胸口間的衣衫，有被人用刀割破的痕跡，但未傷及皮肉。偷襲之人，以刀勁封人穴道，但又能讓人家的皮肉絲毫無損，刀術的修為已至絕造之境。福至大師對敵人的刀術極為驚佩，自問亦無此等本事，難怪對方可在自己毫不察覺下擊暈趙德諾，又偷偷救人，更可輕輕鬆鬆的擄走趙玉致。

慧智虛點地面，輕輕巧巧的躍到樹頂之上，他在樹頂上隨風擺柳，遠眺四周環境，只覺萬賴無聲，但見遠處有一隻黑鷹在天際間盤旋飛舞，再也看不到有任何人的蹤影，只怕敵人早已遠去。

眾人見黑松林裡再無發現，便沿路回到車隊遇襲之地。宋柏看到一眾慘死弟子的屍首，再也忍耐不住，終於流下淚來。

福至大師見屍橫遍野，神色淒然，舉起雙手，輕聲唸誦「往生咒」。四大弟子見師父唸經，也一同合什，少林眾僧的容色漸漸轉和，宋柏雖不信佛，對「往生咒」的經文毫不瞭解，但聽到福至大師唸經，難過之情，也略減了幾分。福至大師唸畢經文，便緩緩說道：「阿彌陀佛，生死有命，宋施主也不必太難過。當務之急，還是盡快找到趙姑娘。回頭才安葬他們也不遲。」

趙德諾聽到福至大師提起妹子，忙道：「求大師救救我妹子。」福至大師道：「趙施主，令妹被擄一事，老衲定當盡人事。老衲在禁軍中也認識一些人。嗯，在這兒往前方走，約二十多里路左右有一遞鋪，我們不妨到那兒找遞兵幫忙一下，只要令妹還在大周境內，總會有法子將她找回來。」這幾十年以來，大小戰爭頻繁不斷，朝廷為了應付連綿不絕的戰禍，於幾年前成立了遞兵隊伍，專責傳遞、搜集消息及運送軍需等要務，遞鋪便是朝廷新設遞兵之集散地；短短幾年間，遞鋪已遍佈大周境內各處。

趙德諾奇道：「遞鋪？難道遞兵裡竟有高手可尋得妹子？」他只道敵人既能逃過福至大師的耳目，想必是神通廣大之輩，尋常遞兵又怎能找到敵人的下落？

福至大師：「大周境內遞兵滿佈，就是武功再高的好手，行走江湖之時，也不可能不到市集購買乾糧及日常所需的物事，也不會只躲在山野密林裡過活。除非敵人善於喬裝易服，否則必難逃他們的耳目。」趙德諾仍是將信將疑，但想起福至大師乃有道高僧，絕不會信口胡謅，才漸漸安心起來。

宋柏與少林四弟子，一同替剛才失手被擒的十餘名武師鬆綁。眾人欲趁入黑前趕到遞鋪，便即收拾行裝，只帶備簡單的器械和防具，少量乾糧，再綁起周進和張廣二人。慧智把剛才傾倒的雙轅大車扶正，再牽過仍站在附近的騾子，笑道：「這一輛車還可用。」

宋柏亦依樣葫蘆，與十餘名弟子一起把載茶的五輛騾車扶穩，道：「幸好『龍鳳茶』仍在。」

趙德諾見慧智正在雙轅大車內抱出二掌櫃的屍身，心中一痛，暗想：「二掌櫃生前最著緊的就是這批『龍鳳茶』，如今茶葉雖仍在，但卻保不住性命，又有何用？」轉過頭來，不忍再看，但見散佈在道上名貴茶葉，又看到那三十餘具屍體，不禁嘆了一口氣。只覺平素唸經誦佛，常常聽到所謂的「四大皆空」，又說什麼「凡所有相，皆是虛妄」云云，直到現在才有更深的體會。不僅錢財為身外之物，人死了之後，還不過剩下一個臭皮囊？所有恩恩怨怨，也一一煙消雲散，心下惻然。他隨即又想起妹子被擄，生死未卜，頓覺心急如焚，便道：「福至大師、四位小師父、宋先生，時候不早了，救玉兒要緊，不如一同上騾車起程罷。」

騾車緩緩的向前走，過了良久，慧圓忽道：「師父，我們現在到遞鋪，是不是會碰到趙大哥？」慧可及慧閒聽慧圓提起那位「趙大哥」，都是精神一振。慧智笑道：「不會罷？趙大哥是大內禁軍的人馬，又不是遞兵，又怎會無緣無故的在遞鋪裡出現？咱們現下去遞鋪傳訊，就是要請遞鋪裡的朋友求趙大哥前來相助。」他一轉念，即道：「嗯，聽師父說他有皇命在身，這幾個月都在鄆州一帶行走，離這兒不算太遠，或可在遞鋪碰到他也說不定。」心中閃過很多念頭，忽道：「咱們幹麼稱趙師兄為『趙大哥』？他雖然是俗家子弟，和咱們不同，難以論資排輩，但他深得師父和一眾師叔伯的真傳。武功早已出神入化。其實我們稱他一聲『師兄』也不為過呢！」趙德諾聽到少林派俗家子弟裡，有一位師兄與他同姓，不知不覺間也留神起來。

慧圓笑道：「師兄也說得是，只是趙師兄好像不大喜歡咱們這樣稱呼他，常常說什麼：『你們稱我為師兄，我豈不成了光頭和尚？』又不只一次的對咱們師兄弟說：『做和尚不能賭錢，不能喝酒，有什麼好玩？』」趙德諾與宋柏本是心情極差，但聽到一眾少林和尚談起那位頑皮胡鬧、口沒遮攔的「趙師兄」，也不禁一笑，本來沉重的氣氛，在不知不覺之間緩和了好幾分。

慧圓道：「趙師兄好像不大信佛，他當然不愛當和尚。這是勉強不來的。」慧可卻笑道：「我覺得趙師兄也是信佛的，當年他在咱們少林寺裡，待了差不多近一年，我每天晚上也在達摩堂內碰見他呢！」慧圓一怔，顯是並不知情，奇道：「他向來不拜佛，他在達摩堂裡多半是練武罷？」慧可搖頭笑道：「我有一次看到他在達摩堂內和菩薩對飲，更醉昏昏的道：『好酒！飲！』」趙、宋二人都是一怔，這位「趙師兄」竟敢在少林寺達摩堂內喝酒，實是十分大膽胡鬧，不其然往福至大師一看，只見他面帶笑容，不置可否，似乎並不把事情放在心上。

慧可道：「他不僅請菩薩喝酒，還在求佛祖指點明路呢！」慧圓奇道：「什麼？」慧可道：「他拿起了一對筊杯，問菩薩自己的前程功名，說道：『若他日我能當一個都頭，就給我一個聖杯罷！』可是反覆幾次，都是擲到了笑杯。他又道：『嗯，可能都頭的地位太低了，那麼都指揮使呢？』可是，擲了數次，依舊仍是笑杯。」眾人一聽，都紛紛大笑起來。

慧可續道：「趙師兄由都頭問起，經團練使、指揮使和都虞候等等都問過了，到了最後，連刺吏和節度使也一一占問，但也擲不出一次聖杯。最後他仍是死心不息，道：『今天的手風不順……嗯，難道我將來會當天子？』怎料仍擲不出聖杯，他卻道：『嗯，我倒忘了，所謂天機不可洩漏，當然是擲不出聖杯！嘻嘻！原來如此！菩薩，你大可放心，我將來當天子這個秘密，是不會讓人知道的，哈哈！哈哈！來來來，乾了這杯罷。』」眾人聽到這位趙師兄的賭性甚重，又偏偏死不服輸，愛死纏難打，都是大笑起來，連福至大師也莞爾一笑。

慧可道：「這也難怪，趙師兄十分愛酒好賭。可是，他來到少林寺中，師兄弟們一不能喝酒，二不可賭博，他可謂悶得有點發慌。此外，大家每天都有功課在身，實在沒有人去理會他。我起初看到他，便走過去安慰幾句，不料他卻說：『小兄弟，和我賭錢，贏了錢是你的，輸了錢則不用賠，好不好？』我們是出家人，當然不可以陪他賭錢。趙師兄見我不肯賭錢，便拿起酒杯，嚷著說：『你喝不喝？』」眾師兄弟都大笑起來，慧智更道：「哪你就陪他喝了幾口？」慧可神情一肅，搖頭道：「當然沒有，出家人又怎能犯戒？趙師兄還不停要我陪他喝酒，說什麼喝上幾口，膽子大了，便會和他一起賭錢云云。我見他酒意正盛，便不再理他。過了一會，我見他拿起酒杯，然後倒頭就睡在菩薩的腳下。」這件軼事，就連福至大師也並不知情。他微微一笑，搖頭道：「胡鬧！這孩兒做事未免太過沒分寸。唉！酒能傷身，所謂飲酒有三十六失，也得勸一勸這孩兒。」語氣間卻無半點怪責之意。

慧可續道：「趙師兄胡鬧好酒，原是不該。他見闔寺上下，沒有人願跟他賭錢，他便開始左手和右手賭起來。我有好幾次看到他在屋子裡自己跟自己賭，似乎也是自得其樂，好像玩得十分高興似的。到了後來，他便和菩薩賭筊杯了。」眾人才明白，為何這個趙師兄會無緣無故的在少林寺裡以筊杯占卜。

慧可雙掌合什，笑道：「趙師兄好酒愛賭，此乃天性。曾聽他的朋友說過，他年少時走遍大江南北，更試過輸盡了盤纏，仍嚷著要賭，最後更輸掉了一件天下間十分重要的物事。」慧閒及慧圓奇道：「什麼？」慧可笑道：「他輸掉的是一整座華山！」眾人一聽都是一怔，趙德諾問道：「華山又不是他的，他怎能把它輸掉了？」

慧可道：「這就是了，當年他到華山遊山玩水，卻巧遇上一位華山派的老前輩。他們相約鬥棋賭錢。可是，那老前輩的棋力實在太高，趙師兄連敗數局，早已輸得身無分文，但他仍嚷著要賭。最後，他連人家華山派的華山也押了下去，擺出了一副非賭不可的姿態。」慧閒搖頭笑道：「實在有點荒唐胡鬧。華山是華山派的，趙師兄又怎能把人家的華山用來押注？他非賭不可，似乎執念太深了。」慧可道：「可不是嗎？他在達摩堂賭筊杯也好，在華山下棋也罷，都是這樣子，怎麼也不肯服輸。」趙德諾微覺有趣，便問道：「後來怎麼了？」

慧可道：「人家是華山派名宿，華山自來就是他們的，對趙師兄的提議當然一口拒絕。趙師兄卻道：『誰說華山是華山派的？你們在山下那幾幅田地要不要賦稅？』又道：『你們既然賦稅給天子，華山就是朝廷的，怎麼說也不是你們華山派的，為什麼不能用來押注？就當我問當今天子借華山一用，倘若我輸了，將來再還不遲。』」趙德諾淡淡一笑，道：「這筆生意做得過，用人家的東西來賭，輸掉了也是人家的，實是不錯！」宋柏亦道：「這位趙師兄也可算是半個生意人呢！」

慧圓及慧閒都不約而同的問道：「後來怎樣？」

慧可道：「那華山派的老前輩給他死纏難打，最終只得同意了趙師兄的提議。據聞趙師兄的棋藝一向甚佳，雖是連輸數局，但已開始摸清那老前輩的棋路，在最後一盤，終能想出克敵制勝的法子，更奇峰突出，好幾次把那老前輩逼進絕路！」慧圓笑道：「難怪趙師兄這麼執意要賭了。原來他已想出制勝之道。」慧可道：「可不是嘛？只是人算不如天算。那華山派老前輩的棋力，始終勝過趙師兄太多，不出數十合，終能反守為攻，把趙師兄的奇招一一化解。最後，仍是趙師兄輸了。那老前輩道：『小兄弟，雖孫子云：「兵者，詭道也。」但始終是奇不勝正。你剛才那幾著棋雖妙，但若無堅厚穩實的根基，純以詭道，終難持久。』趙師兄卻道：『在下這幾著棋，實是以弱制強，以不足勝有餘，暗合道家老莊之道。』那老前輩見他胡言亂說，便跟著和他說笑，道：『老道能從小兄弟手上贏得華山，真是三生有幸！』趙師兄仍擺出一副一本正經的模樣，還信口胡謅的道：『不敢！不敢！在下總會想法子跟當今天子說，以後免了你們華山派的賦稅。』一語既畢，即寫了一張欠條給那老道，紙張上寫著：『某年某月某日，欠華山一座，有拖無欠云云。』那老道見到欠條，也不禁哈哈大笑，連道：『有意思！有意思！』似乎是給他戲弄至哭笑不得。」眾人都是哈哈大笑，只覺這「趙師兄」實是妙想天開，又想他必是愛賭如命，輸錢後寫欠條，對他來說，就如家常便飯一樣，十分稀鬆平常之至。

福至大師緩緩的道：「這都是江湖傳聞，老衲也從未聽你們的趙師兄提起。有人曾說那位華山派前輩不是旁人，而是當今華山派掌門陳摶陳老道長。」眾人心中都是一凜，華山派掌門乃道家武學宗師，精研諸般道家神通，武技已達絕造之境，向來與少林住持福居大師齊名江湖，號稱為「中原三絕」，就連趙德諾等尋常商人也曾聽過他的威名。慧圓道：「原來如此！我也不曾聽趙師兄提起過。」

趙德諾微笑道：「能夠輸掉一整座華山，你們這位趙師兄的氣派也不少呢！」

慧智道：「趙施主見笑了，我們這位趙師兄愛賭好酒，於小節上雖然有虧，但為人極重義氣，闔寺上下，受過他恩惠的人也是不少。據聞那名華山派的老前輩，最後和他更是亦師亦友，趙師兄的棍法所以能獨步武林，除了是習得家傳武學及得自我派的真傳之外，也從華山派得到不少教益。」眾人都相信，這位趙師兄所遇到的華山派老前輩，多半便是陳摶；知他能有此奇緣，輸棋賴賬後，居然還獲得陳摶的青睞，得他親傳道家武術，都驚覺此事實是出乎意料之外，太過峰迴路轉。

趙德諾道：「嗯，趙師兄乃性情中人，有機會我也希望可以一睹他的風采。」

慧智道：「咱們現在就是要先到遞舖，托遞兵傳訊，盡快請趙師兄過來幫忙。他在禁軍中人面很廣，這次須靠他找尋趙姑娘的下落。」趙德諾點頭稱謝，但心裡暗道：「這位趙師兄胡鬧好酒，倒不知是否可靠？」卻聽得慧可說道：「只要趙師兄答允我們的請求，無論如何，他也會替施主尋回令妹的。」

慧智笑道：「對！他是永不服輸的。記得他的家人曾提起，他從少就是這樣子。在他十多歲左右，那時他家住洛陽城，有親戚買了一匹大宛名駒，但性子卻異常剛烈，一眾家丁也無法把牠馴服，連馬鞍及馬蹬等都未能套上去，還給牠脫韁而去。趙師兄二話不說的就騎到馬背之上。那匹名駒欲把趙師兄摔下來，或跑或跳，或時前足直立，或時後腿狂踢，有如中魔發瘋，但趙師兄兩臂環抱馬頸，雙腿夾緊馬肚，隨著馬身高低起伏，始終沒給牠摔倒，反反覆覆的纏鬥了近一個時辰。」慧圓笑道：「趙師兄自幼便是這樣子，永不服輸！」慧智笑道：「對，最後那匹烈馬，竟把趙師兄拋到洛陽城的城頭之上。」眾人雖知這是往事，但也不自覺的一驚，慧可急道：「之後怎樣？」慧智卻道：「趙師兄仍是死捏著那匹烈馬的脖子不放，連洛陽城的城頭也給趙師兄撞了一個徑長兩尺左右的洞子，他自己卻是完好無缺，眾人才知他雖是年紀輕輕，但竟已練成了我派的『鐵頭功』。那匹馬最終也給趙師兄弄得脫力，被他馴服了。」趙德諾聽他能以「鐵頭功」撞崩城頭，武功想必是非同小可，對他便多了好幾分信心，希望他真的能及早找到妹子的下落。

慧圓忽然問道：「師父，弟子有一事不明，為何當年趙師兄會舉家來到咱們少林寺暫住？」當年慧圓年紀還少，只知那趙師兄曾舉家到少林寺，但對事情始末卻是所知不多，便向福至大師問起那段往事。

福至大師道：「你們這位趙師兄的父親和方丈師兄頗有淵源。在十多年前，方丈師兄有幾年時間住在洛陽夾馬營之中，傳授禁軍武功，也是受他們趙家之邀。大概七年前左右，那時候中原還是石晉的天下，契丹耶律德光攻入中原，石晉朝廷的皇帝石重貴更全家被擄，趙氏一家久在禁軍中效力，但卻不甘為契丹人所用，便舉家逃來我寺暫住。其實他們到來也不只是為了逃難，更經商辦貨，籌集軍餉，暗中聯絡武林同道，一起抵抗契丹人的入侵。」福至大師又道：「趙氏父子在武林中的威名遠播，各方同道都紛紛來到少林寺中共議大事。其後，契丹軍隊在中原行走，屢屢受到武林人士的伏擊，不少名將大官，更遭人暗算偷襲，只短短數月，便已鬧得損兵折將。耶律德光自覺無力維持中原的統治，只好悄然撤兵。趙氏父子於這事上確是立了大功。」眾人聽到福至大師談起江湖舊事，想起當年趙氏父子與江湖豪傑一同迫退契丹人的南侵，都為之神往。

慧智道：「耶律德光在撤軍途中為人所殺，我知道下手的也是趙師兄。」趙德諾奇道：「耶律德光不是水土不服而病死的嗎？」慧智搖頭道：「當年，趙師兄與武林同道連施妙計，最終成功迫退契丹人。可是，趙師兄素知契丹人對我中原的錦繡河山，向來都是虎視眈眈，難保他們終有一日會捲土重來。趙師兄曾對我說過，若契丹人群龍無首，內亂既生，便不敢再冒然南下，所以耶律德光是非死不可的。後來耶律德光竟在途中暴斃，江湖傳聞，他舉兵撤退之時，在一片黑松林裡為人所行刺，我曾問過趙師兄是否他的所為，問了好幾次，他都是笑而不答，不置可否。但不是他幹的話，又會是何人呢？」

宋柏忽道：「我也曾聽過這個江湖傳聞，江湖人更戲稱當日耶律德光遇刺的黑松林為『殺胡林』。我曾問過人家『殺胡林』在哪？大家都說不出來。有人說過就在欒城縣郊外的密林，又有人說過是開封府以北的松林。你看，這兒有很多棵黑松，說不定便是『殺胡林』呢！」契丹大軍在當年入侵中原之際，軍紀敗壞，士兵奸淫擄掠，無惡不作，中原百姓極為痛恨。眾人聽到宋柏把目下的黑松林說成是「殺胡林」，都是心中大樂。

福至大師道：「這雖是江湖傳聞，但亦只有他們兩父子，才能在百萬軍中取人首級，如探囊取物一樣。」又道：「唉！當年方丈師兄派我到江南辦事，所以我未能參與『殺胡林』一役，為中原老百姓出一分力，亦可算平生憾事。我曾聽幾位師兄及江湖同道說過，當時耶律德光為掩人耳目，只帶備百餘精兵，打算悄然北返。不料，這訊息終為趙氏父子所知。他兩父子聞訊後，即率領武林同道，把耶律德光等人馬誘至『殺胡林』一帶。趙氏父子在松林裡以逸待勞，與武林同道一起伏擊契丹兵馬，打算把他們一網成擒。耶律德光本已下令撤軍，突如其來的在松林裡遭人暗算，更是無心戀戰。他所帶的雖全是契丹精兵，但始終並非我們武林同道的敵手，只數合，耶律德光一方便兵敗如山倒，轉眼便要束手就擒。可是，突然之間，在他麾下卻有一位武術高手，單人匹馬的連敗二十餘名中原武林同道，大挫我們一眾中原武林好友的鋭氣，兩幫人就在林中僵持不下。」慧圓問道：「這位武術高手是誰？」福至大師道：「正是當今號稱契丹第一高手蕭繼軒。」蕭繼軒名滿天下，武功出神入化，是當今遼國大軍的總教頭，眾人一聽到他的名字都是一驚。

福至大師神情肅然，緩緩的道：「那二十多名中原武林同道絕非等閒之輩。他們不是一派掌門，便是聞名江湖的前輩名宿，全是以一擋百的一流武術高手。可是，蕭繼軒的武技更是神鬼莫測，實已臻登峰造極之境界。江湖同道親眼所見，他的刀術勢若猛虎，腿法變幻無方，每一招都是出奇不意，使得既狠且快，勁道更是大得異乎尋常，只片刻之間，竟能把那些高手盡數殺掉，實是可怖可畏！這一役裡，我方死傷慘重，華山派掌門陳摶的得意弟子孫乘風、孫乘雲，混元派的無為真人、銀刀盟的王鴻杰王大俠、石家莊的石文孝與我派的福圓師弟，都盡數慘死在蕭繼軒的刀下。」少林四弟子聽福至大師談及福圓師叔之事，都不自覺的嘆了一口氣。福圓大師不僅武功高強，且為人和藹可親，頗得寺裡小一輩僧侶的愛戴。十多年前，福至大師奉方丈之命，外出辦事，一去便是九個月。福圓大師不忍少林四弟子荒廢功課，曾替師兄代為教導他們，不僅教他們誦經唸佛，更指點了他們一些拳法。少林四弟子想起昔日的情誼，頓覺心中一痛。

趙德諾不知箇中情由，並不察覺少林弟子的心事。他更不知孫乘風、孫乘雲、無為真人及王鴻杰等人，全都是當世第一流的武術高手，卻反而聽過石文孝的威名，便道：「石家莊的石文孝？是不是人稱『石一撞』的角觝高手？他於數年前忽然消聲匿跡，卻原來也是死在姓蕭那廝的刀下！」原來角觝之技，又稱相撲，後世稱之為摔跤，於當世極為流行，石家莊自來精研諸般角觝技藝，近百餘年以來，能人輩出，號稱為「中原第一家」。石文孝是角觝的大行家，更屢次在朝廷舉辦的「賽會」獲勝，可謂威名遠播。於十餘年前，契丹皇帝曾派十名精通角觝的勇士南下索戰，都被他逐一打倒。相傳無論對手有多高強，他往往只一撞，便即把敵人打敗，從此便得了一個「石一撞」的外號。趙德諾心中忽想：「記得五年前，我們舉家來到東京觀看朝廷舉辦的『賽會』，卻遲遲未見石文孝下場，那時候，玉致妹子年紀還少，但已聽過『石一撞』的威名，仍不停的嚷著說：『爹爹、媽媽、哥哥，石一撞去了那兒？我要看石一撞！』唉！不知玉致妹子現下身在何方？」念及妹子，又即暗自焦急起來。

福至大師點頭道：「石文孝正是『石一撞』。當時蕭繼軒已連挫我方十餘名高手，只反手一刀，已把石文孝的單刀震飛。石家的『乾坤連環刀』原是武林一絕，可是石文孝畢身醉心角觝之技，刀術難免生疏，又如何敵得過蕭繼軒那神妙無比的刀法？石文孝手無寸鐵，在他那迅捷絕倫的刀招所籠罩之下，連轉身逃跑也來不及，只好閉目待死。不料，蕭繼軒竟忽然收起手上的寶刀，更對他說：『憑你這點微末的道行，本來不配死在我的手上，只是你的名頭太響，我不得不廢了你！』當下即徒手衝上去與石文孝纏鬥。石文孝見對方竟棄刀不用，心下大喜，即以看家本領與之周旋。不料，只數合，不知怎樣，竟反給蕭繼軒摔倒。當時眾人只聽到一聲巨響，便見石文孝頭破頸斷，當場斃命。原來蕭繼軒步法異常精妙，更跨中帶縱，只數招，便已悄沒聲的閃身至石文孝的身後，雙臂一開一闔，出手如風，鎖緊石文孝的腰間，以一招最為尋常不過的『抱腰摔』，把他活生生的摔死。蕭繼軒把他殺死後，即從容不迫的道：『誰說我契丹武術，不敵中土的角觝技藝？』原來他棄刀不用，是為了當年敗在石文孝手上的契丹高手報一戰之仇。」趙德諾不通武技，不知當中的難處，宋柏卻暗想：「在強敵包圍之下，竟還能有餘裕與當中一人纏鬥？到底熟真熟假？」只覺此事實在大違武學常理，心下還是將信將疑。

福至大師嘆了一口氣，又道：「唉！這已是七年前的舊事了。聽武林同道所說，最後，蕭繼軒殺掉那二十餘名中原高手後，竟仍未肯收手，在寡不敵眾的情況之下，再連挫我方數十人。他更向趙老英雄挑戰，要一對一的決強弱，判生死。」宋柏心道：「嘿嘿！縱是遼國第一高手，在寡不敵眾之下，最終還能想出什麼妙計？」當世江湖豪傑最重名聲，且崇尚武力，縱是兩軍對疊，雙方人馬亦常會在陣前單打獨鬥，或伺機試探敵方虛實，或乘勢找尋敵軍陣式之破綻，或意圖影響軍心等等。若敵方叫陣，而另一方不敢應戰的話，反而會動搖軍心。因此剛才宋柏在寡不敵眾之下，亦曾嚷著要和敵人單打獨鬥，希望可在劣勢中反敗為勝，或乘機逃走。蕭繼軒與宋柏的武技可謂天差地遠，絕不可同日而語，但二人遇上相同的困局，應對之法，始終都是大同小異。

宋柏問道：「趙老英雄有沒有應戰？」福至大師緩緩搖頭，卻不答話。慧智亦曾聽師兄弟說過此事，只是所知不全，便道：「嗯，聽一眾師兄弟所說，最後是由趙師兄代父應戰。」福至大師點頭稱是，道：「你們也知道，趙老英雄為人謙遜，在禁軍中的地位也不甚高，可是，他的武技超凡入聖，在江湖上成名已久，數十年來，與我派住持和華山派掌門陳摶齊名，號稱為『中原三絕』。他對蕭繼軒的挑戰，原也不懼。可是，他畢竟年紀不輕，加上蕭繼軒的刀術和腿法實在太奇，你們的趙師兄不忍見老父以身犯險，便決定代為應戰。」趙德諾並非武林中人，殊不知那趙老英雄的威名，聽福至大師說起，才知原來這位「趙老英雄」的武功竟是如此了得。趙德諾心中更道：「做父親的這麼了得，他兒子亦應差不到那裡。」不自覺的對那位「趙師兄」的信心，又加強了好幾分。

福至大師續道：「就是這樣，蕭繼軒和你們的趙大哥大打出手。你們以為到底是誰勝誰敗？」

慧智道：「當年趙師兄仍是十分年輕，武學修為未必及得上乃父。可是，他的武技縱然稍弱，亦未可少覷。而且他正當盛年，氣力旺盛。反之，當時蕭繼軒已經連番惡鬥，虛耗了不少內力，此消彼長之下，若是單打獨鬥的話，蕭繼軒也未必可穩操勝券。」他曾見識過那「趙師兄」的驚人武技，對他信心十足。其餘的少林弟子都紛紛點頭稱是。趙德諾從眾人的神情之中，便可確信這位「趙師兄」雖然年紀甚輕，但武功非凡，絕非等閒之輩。

福至大師微笑道：「這孩兒的武技確是非同小可。可是江湖傳聞說，他一出手便給蕭繼軒打倒；一招之間，便從馬背上滾了下來。」

少林四弟子大為驚訝，他們素知那「趙師兄」之能，實不信世間竟有此高手，可在一招之間把他打敗。慧智道：「難道趙師兄中了暗算，所以才一時失手？」慧可則道：「難道對方用了什麼奇門器械，才讓人一時間措手不及？」慧圓亦道：「趙師兄是否中了毒？」趙德諾心道：「所謂天外有天，人外有人，給人打敗也不是什麼奇事罷？」宋柏心中卻想：「江湖上欺世盜名之輩甚多，我想那姓趙的小子不過是仗著乃父的威名，才可在江湖上作威作福，不見得有什麼真材實學。」眾人各有所思，但聽到這位中原數一數二的人馬，竟一招之間便輸給那契丹武術高手，都感到面目無光，聽得老大不是味兒。

只聽福至大師道：「這場比武是輸掉了，但真正大獲全勝的，始終是咱們中原武林一方。」眾人一聽，都是微微一怔。

福至大師微微一笑，續道：「這孩兒倒不知是真輸還是假輸。」頓了一頓，續道：「這孩兒不僅武技高強，心思也是機敏無比，人家索戰之際，他便硬要人家與自己騎鬥。原來他見蕭繼軒連挫我方數十名高手，其武技之長，在於步法變幻莫測，迅若風雷，若騎在馬上的話，這長處難免會大打折扣，攻守之間只能身子前探後移，胯下坐騎絕不能如他一樣的趨退若神，令人無法捉摸。」

宋柏亦覺此計甚妙，問道：「姓蕭那廝當然是一口拒絕罷？」福至大師卻搖頭道：「不！他二話不說，竟一口答允了。」眾人都微覺奇怪，更不明白為何那趙師兄的妙計已得逞，又為何仍會敗下陣來？

福至大師續道：「其實蕭繼軒身為契丹大軍的武術總教頭，騎術亦精，殊不在你們的趙師兄之下。當時，他革馬向前，一刀便劈向你們的趙師兄。他馬快，手上的刀更快，一招之間，竟已分出勝負。人家說，你們的趙師兄，就連手上的木棍也還未舞動過半分，在間不容緩的情況下，只能彎身躺後，雖然勉強避過對方那乾坤一擊，但事出突然，他用力過猛，身形頓失，最後從馬背上墜下，重重的摔倒在地上。」眾人都是一驚。趙德諾一直擔心妹子的安危，本來對這江湖軼事的興趣不大，但聽到那「趙師兄」重重的摔倒在地上，都微覺緊張，不自覺的留神起來。

慧智忽道：「趙師兄在使詐？」眾人都是微微一怔。福至大師微一點頭，道：「這孩兒跌倒在地上之際，即擲出手上木棍，所使的招式，正是徒兒你剛才兩度出手，把敵人逼退之際所使的看家本領。」慧智微微一驚，道：「『脫手擲棍』？趙師兄不可能懂得這一招！」原來「脫手擲棍」一招正是福至大師壯年時創下的得意之作。他自棍法大成之後，加上十餘年的勤修苦練，竟另辟蹊徑，從少林絕學「佛影棍法」之「捨」字訣當中，悟出這招「脫手擲棍」出來。這一招棍法看似平平無奇，但用力奧妙，落點極準，威力又是奇大。福至大師創下這精妙的棍招後，驚覺棍招太過霸道，有違佛家慈悲為懷的本意，大感懊悔，幾十年間，非到生死攸關之際，絕不輕用；於他的徒兒之中，就只有心地善良、悟性極高的慧智習得此招，闔寺上下，不可能有第三人懂得此技。慧智猛地想起，急道：「啊，我記起了。當年我練習此招之時，常在達摩堂前的空地演練，趙師兄當時常在那裡喝酒，多半看過我試練這招！」心道：「恩師傳我這一招之時，我足足花了三個月時光才初窺門徑。擲棍及遠不難，但木棍脫手後，仍是勁力成圓，如流星趕月，無堅不摧，當中的奧妙只能意會，不能言傳。縱使是一些內功比我深厚，或棍法比我高明的師叔伯，若不知當中的竅門，亦不可能使得出這一招。趙師兄從未學過這套棍法，只是見我演練此招，竟可無師自通，其武學天賦之高，已到了不可思議之境地！」

慧圓問道：「蕭繼軒那會想到趙師兄才摔倒在地，便立時乘隙反撲？他怎樣也避不過這招『脫手擲棍』罷？」

福至大師道：「那招『脫手擲棍』，並非是用來對付蕭繼軒。」除慧智之外，餘人都不明所指。只聽福至大師續道：「項莊舞劍，意在沛公！」慧智接口道：「那招多半是用來偷襲耶律德光！」眾人恍然大悟，只覺此計甚高，當時那「趙師兄」手上只得一條木棍，更一招之間給人打下馬，護著耶律德光的親兵，又怎會料到他竟會忽施偷襲？只聽慧智續道：「其實趙師兄偷襲，也不算是十分高明的計策，剛才那山賊周進，也使過相同技倆，向師父偷襲。」眾人才猛地想起，剛才周進偷襲慧圓，不過是為了引開眾人之注意，其最終目的是要置福至大師於死地，幸而福至大師身懷絕技，以極上乘的勁氣打落暗器，才可避過此劫。眾人向車廂之外望了一眼，見周進及張廣被綁，神情慘淡，似乎對福至大師和慧智的對答充耳不聞。

只聽福至大師又道：「正是，當時耶律德光給十多名親兵圍著，他們個個身穿甲冑，高舉盾牌，列好陣式，這防禦之勢極為嚴密，理應是固若金湯的。可是，眾人只聽到『蓬』的一聲巨響，那條木棍如流星趕月一樣，往耶律德光那方噬去，竟在迅雷不及掩耳的情況下越過了十餘名親兵所組成的防禦陣勢，更重重的擊中耶律德光的小腹。耶律德光身穿兩重鐵甲，但仍擋不了木棍的大威力，立時身受重傷，從馬背上倒了下來。這孩兒的計策，雖和周進剛才所施的詭計大同小異，但招式及手法卻是天淵之別，能在當今遼國第一高手蕭繼軒跟前偷襲得手，實屬難得。」眾人聽到耶律德光墜馬，都是精神一振。慧智更道：「說不定趙師兄故意給他打下馬，用意就是要行刺耶律德光。所以是趙師兄贏了那場比武。」福至淡淡一笑，道：「這孩兒是早有圖謀，或是在臨敵應變之際，才想出來的妙計，那就不得而知了。當時蕭繼軒動念亦快，見他從馬背上倒下來，本來還想俯身向前，補上一刀。不料這孩兒在擲棍後即向後急滾，施展『地堂功夫』退到我方的防線之上，形相雖是狼狽萬分，殊無本分高手的風範，卻仍是全身而退，險險避過蕭繼軒那致命的一擊。蕭繼軒雖是武技高強，包圍著耶律德光的十餘名親兵更已嚴陣以待，又怎料到這孩兒竟在身處劣勢之際，還敢不理自身安危的向敵人之首領偷襲？當晚，耶律德光重傷不治，死在途上。據聞他的親信怕朝廷追究他們護駕不力，又見他死前緊緊的按著小腹，便欺上瞞下，妄稱他水土不服而亡。」眾人聽到耶律德光重傷身亡，只覺他是罪有應得；更暗讚那趙師兄確是機智過人，手段高明之極，就連契丹第一高手也著了他的道兒。

福至大師續道：「亦有江湖朋友猜測，蕭繼軒是故意不救耶律德光的。因為蕭繼軒逃回遼國後，即獲新主耶律述律重用。江湖人稱，其實他早已歸順耶律述律，留在耶律德光身邊，不過是伺機行刺。他任由敵人出手偷襲，不過是借刀殺人罷了。耶律德光死後，遼國群龍無首，立時大亂，最終由耶律兀欲繼位。可是，耶律兀欲登極不久後便被行弒，江湖傳聞，這也是被蕭繼軒所為。耶律述律最終奪得帝位，蕭繼軒實是功不可沒。到底箇中的真相是否如此，就不得而知了。」眾人默然不語，只覺當今亂世，人才輩出，偏偏又是敵我難分，陰謀詭計實是層出不窮，讓人防不勝防。

趙德諾掛念妹子安危，心中一直默想：「想不到這個好酒如命的『趙師兄』竟有如斯本領，玉兒這趟或許命不該絕也說不定。」

一行人在騾車之中說起江湖軼事，不知不覺已談了多時。福至大師只覺有點疲累，便不再說話，盤膝而坐，稍作休息。過了半晌，只見他忽地裡雙眉深鎖，面現憂色，原來他心裡想起一事：「大周自立國以來，官家廣施仁政，外拒契丹的侵入，內平慕容彥超之亂。這幾年間，國內昇平。

外內的敵人礙於官家的威名，都不敢冒然作反。現在殺牛、野雞族人竟明目張膽的在大道上犯案，似乎是有高人在背後撐腰。」越想越是不妥：「難道官家病危的消息已漏了出去？」福至大師心中所想的「官家」，亦即是當今天子郭威。所謂「官家」，取義於「三皇官天下，五帝家天下」，乃當世對皇帝的稱呼。福至大師早知郭威在半年前已得了重病，所有御醫都是藥石無靈。他更知道有數名精通醫術的師兄弟已被邀請入大內，每天秘密地替郭威以少林派的上乘內功續命。郭威的親兒早已被仇家所殺，只得一名養子柴榮，現任開封府尹，雖已被立為儲君，但他從未披甲上陣，武技亦不過爾爾，在亂世中實是難以服眾。福至大師擔心郭威死後，恐怕禁軍中又會有人乘勢崛起，諸國見中原群雄無首，自然會伺機發動攻勢，天下恐怕又將要大亂起來。

騾車正緩緩向著遞舖前行。只見夕陽西斜，餘暉映照在緩緩前行的騾車之上，剎是好看。

趙玉致給他強吻亂摸，實是難受不已，聞到他身上的酒氣，更是幾欲作嘔，但苦於穴道受制，難以反抗，只氣得眼淚瑩眶。張繼昭已漸漸按捺不住，更伸出手來，欲把趙玉致的腰帶及衣衫解開。

第二回：拔刀

趙玉致緩緩張開雙眼，只覺胸口微痛，呼吸之間不大順暢，四肢更是軟弱無力，不知自己身在何處。她緩緩坐起，略為整理一下散亂在肩上的長髮，四處張望，只見自己似乎獨處在一所破廟裡。她看到有一尊巨大的佛像在跟前，才驚覺自己正橫臥在擺放佛像前的幾個蒲團之上。過了良久，她才把所發生的事情想起來，心道：「啊！哥哥呢？哥哥在哪兒？」隱約記得當日受福至大師的指點，躲在灌木叢林之中。當時突見一個黑影出現，迅即電光連閃，只覺胸口一痛，就什麼都不知道了。趙玉致欲站起身起來，卻驚覺雙腳不聽使喚，全身乏力，疲累不堪。

過了良久，有一人走進破廟，面帶微笑，說道：「醒來罷？」說話間略帶四川口音，趙玉致見那人不過三十來歲，身材高瘦，形相清癯俊秀，但頗覺憔悴，神態間略有醉意。他身穿一件灰色的粗衣，腰間懸著一把長刀，如不看他的衣衫打扮，單看其精緻的臉容，實與開封城中的一些富家子弟無異。只見他拿起一個如手掌般大小的皮製酒壺，抑起脖子，徐徐的把酒灌進口裡，目光卻落在趙玉致身上。

趙玉致道：「先生是誰？」見他面目俊秀，不似是壞人，對他的語氣也甚為客氣。

那人道：「我是誰？唉！我是誰？」定睛望著趙玉致，只見她長髮及腰，睫毛甚長，一雙大眼更是清晰明亮，容貌秀麗絕倫，恰似明珠美玉，純淨無瑕。那人看著趙玉致嬌美不可方物的樣子，亦不由得痴了。他頓了一頓，才回過神來，喃喃的道：「妳們真的很相像。」語氣之中，不無苦楚之意。趙玉致給他瞧得不大自然，臉上微微一紅，聽到他又道：「姑娘身上的穴道被封，才會周身無力；待會兒給妳推宮過血，舒展一下筋骨，便可自行走動，不用慌張。」趙玉致道：「是先生救我的？」那人卻道：「不！是我捉妳回來的。」

趙玉致一怔，欲轉過身來，但身軀乏力，實是難以動彈，問道：「你為什麼要捉我？哥哥呢？」她的眼眸裡已泛起淚光，心想當日與哥哥二人一同受襲，既然自己給他捉回來，恐怕哥哥或已遭了他的毒手。

那人並不答話，過了良久，才道：「妳已睡了一整天，肚子餓不餓？吃點東西好不好？」說罷，從油布之中取出兩個環餅出來，輕輕的放在趙玉致的手上。

「環餅」是一個以麵粉搓成的圓環，或烤熟，或油炸，自南北朝以來，一直都是世人出外遠門常帶的其中一種乾糧。此外，當世又稱「環餅」為「寒具」，因傳統習俗上，「寒食節」期間不能生火煮食，家家戶戶都於節日前準備好一些「環餅」，因此亦逐漸成了「寒食節」期間的小吃。趙玉致拿著兩個「環餅」，忽然又想起哥哥。原來幾天前的趕路期間，眾人一起吃「環餅」，哥哥卻靜悄悄的對她嘆道：「玉致妹子，妳知哥哥平素於家裡吃慣山珍海錯，反而最愛吃『環餅』，但這些日子以來，實在吃得太多，明年的『寒食節』，總不能再吃這些乾糧！」她與哥哥自幼一起長大，感情甚篤，對他的安危甚是擔心，忍不住問道：「哥哥怎樣了？你……你殺了他？」那人道：「我從不殺手無寸鐵之人！他不懂武功，我何必大開殺戒？」趙玉致聽到後才稍稍放心，又輕輕的問道：「那麼，我哥哥現下在哪裡？」那人卻不再理會她。

過了一盞茶的時候，只聽那人又幽幽的道：「霜兒，我還以為今生今世，再也不能見到妳了。」只見他說話之間淚光瑩然，更忍不住輕聲的哭了出來，似乎正在悼念一位叫「霜兒」的姑娘。

趙玉致見那人痛哭，心下甚是不忍，又見他對自己秋毫無犯，也大著膽子的說道：「霜兒是誰？」那人一怔，過了半晌，才道：「霜兒是我的妻子。」趙玉致道：「你們失散了？」那人答道：「不！六年前，她給仇家害死了。今天是她的死忌。」說罷，一陣寒風吹過，趙玉致聽到「霜兒」已不在人世，北風又剛剛刮起，心裡不禁生出了一絲寒意。

那人瞧著趙玉致，又道：「妳和她長得真像。昨天在樹林中，我還道是她顯靈呢！」趙玉致對事情的始末才略知一二，那人不知為何竟在樹林出現，見到自己和他的妻子長得相似，便出手把自己擄了回來。那人接著道：「被少林和尚擒住的那十餘名山賊，與我也算是有一點淵源，我湊巧路經那黑松林，便乘機把他們救了出來。還有那班山賊的兩名首領，好像名叫什麼周進和張廣，我本來也想救這二人。可是，他們剛好被那班少林和尚制住。那老和尚的武功實在太強，我想了好幾個法子，但仍想不到可以不傷人命，又能救出兩個舊相識的妙計。恩師曾要我立誓，於我有生之年，絕不能加害佛門中人。唉！他們二人也只能怪自己倒霉了。」說罷，喝了幾口酒，頓了一頓，又道：「最後我在灌木林叢之中見到妳，便把妳帶到這兒了。」他的語氣甚是平和，竟把擄人之惡事，講得稀鬆平常之極。

趙玉致心裡暗驚，才知他和那些山賊是同一夥人，見到那人仍瞧著自己，臉上一紅，心下甚是害怕，便避開了話題，隨口問道：「為什麼尊師不准你殺害佛門中人？」那人又繼續喝了幾口酒，轉過頭來，說道：「因為他也是一位和尚。」趙玉致心想：「難道連他的師父也怕他學有所成後，連自己也不放過，所以要他立下此誓？」又聽到那人說道：「你知不知我的恩師是誰？」趙玉致緩緩的搖頭。那人淡淡的道：「他法號歸信，峨嵋派第一高手，是我第一個師父。」趙玉致雖然對江湖的事情所知不多，但也聽過峨嵋派的大名，歸信和尚的名字，也好像曾聽過福至大師和宋柏等人提起過。那人見趙玉致似乎對江湖之事一竅不通，聽到歸信的法號也沒什麼太大的反應，便不再說話。

趙玉致見那人似乎並非大奸大惡之輩，便顫聲問道：「你……你可以放我回去嗎？」那人卻道：「為什麼？妳以後就是我的人了。」趙玉致大驚，說道：「不！不可能的。我要回家去。」那人怒道：「回什麼家？我從來就沒有家。我走到那裡，妳就跟我走到那裡。」那人忽然發惡，語氣間已有點醉意。趙玉致連忙搖頭，那人霍地站起，忽道：「霜兒，我是張繼昭，是妳的張郎啊！難道……難道妳不認得我麼？」張繼昭眼神散亂，臉泛醉意；只聽他仍喃喃的說道：「難道妳離開人世後，早已把我忘了？」竟痛哭起來。趙玉致見他神志已有點散亂，更把自己當作死去的妻子，只得默不作聲，不敢答話。

過了半晌，張繼昭又頹然道：「妳不是霜兒。唉！妳不是霜兒！」似乎酒醉之中仍有三分清醒，只見他眼淚直流，又輕輕的哭了起來。一陣寒風吹過，但仍蓋不過他的哭泣聲。過了良久，他的心情似乎稍稍平復下來，向趙玉致歉然道：「姑娘受驚了。」趙玉致見他一時瘋瘋顛顛，一時又十分溫文，只感到十分害怕。張繼昭又道：「妳家是不是在四川？妳是不是姓韓？」趙玉致微微搖頭。張繼昭失望之情，露於形色，又再次拿起酒壺，緩緩的喝了幾口酒。

趙玉致知張繼昭因痛失妻子而舉止失常，似乎其情可憫。只見他早已哭得雙眼通紅，甚為不忍，便輕輕的說道：「人死不能復生，先生還是節哀順變，你妻子泉下有知，也不想見到你這樣子呢！」張繼昭心中微微一動，他這六年間流落異地，很久已沒有人對他說過半句關懷的說話，竟不懂得如何應對，感觸之下，不禁嘆了一口氣，想起了不少前塵往事。

原來張繼昭乃蜀國朝廷前重臣張業之長子。張氏於六年前被當今蜀主孟昶誅殺；在滅門之前，張業卻是權傾朝野，就連孟昶也得忌他三分。

張氏能在蜀中呼風喚雨，全因他們掌握了蜀中朝廷鑄造鐵錢與發行「飛錢」的大權。

二十年前左右，中原北方乃沙陀族李存勗的天下。李存勗推翻朱梁皇朝，一統中原北方之後，終日耽於逸樂，荒廢朝政，而且，其麾下的士兵驕縱，已漸漸變得難以節制，最終鬧至天下大亂。孟昶之父孟知祥原為西川節度使，趁中原朝廷自顧不暇之際，盤據蜀地，自立為皇，國號為「大蜀」。可是，孟知祥於稱帝後不足一年便駕崩，臨死前把帝位傳給孟昶。孟昶繼位不久，蜀中便即「鬧錢荒」，錢貴物輕，弄得百業蕭條。當時孟昶年紀尚輕，做事急躁，見蜀地銅產不足，便鑄造鐵錢來充數，希望「銅鐵兼行」，以解燃眉之急。不料，鐵賤銅貴，孟昶卻偏偏要鐵錢「以十當百」，使新錢出現了嚴重的「折閱」，老百姓苦不堪然。張業世代經商，甚通錢法，見狀後即向孟昶出謀獻計，須佈「稱提法」，以化解鐵錢「折閱」的危機，更與各地的商賈合作，於中原北方、江南及巴蜀一帶等地方，都重新開設了「櫃坊」，替商賈及老百姓保管錢財。他待萬事俱備之際，即乘勢重新發行「飛錢」。

「飛錢」原是李唐中葉以來漸漸流行的「銅錢憑據」。商賈往返各地，買賣所得的利錢，多為銅錢與絹帛，運送時大費人力物力，多半會交給各地的進奏院或「櫃坊」，取得「飛錢」，作為憑據。商賈回到本道，憑卷合攏，就可取錢。可是，自唐未以來，藩鎮割據，當權者多為武將出身，對錢法一竅不通，更常常老實不客氣的挪用「櫃坊」所積存的財帛，甚至伺機濫發「飛錢」。「櫃坊」的鈔本不足，經常引起擠兌，朝廷為了平息風波，竟禁絕商賈「便換」，引起百姓不滿，動亂頻生，飛錢亦漸為商賈所棄。

張業卻深明「飛錢」之妙用，掌權後便多次遊說中原朝廷及南方諸國，力陳利弊，各地的朝廷才答允不再滋擾「櫃坊」，默許商人「便換」，「飛錢」才重新流通起來。經張業的連番籌謀，蜀中的鐵錢大致稱提，「飛錢」亦越發越多，從此貨物流通，百業興旺，一改多年來的頹風，更奠定了蜀國爭霸天下的基礎。

自此以後，但凡有關鑄造鐵錢、經營櫃坊及發行「飛錢」的諸般事宜，也得依賴張業出謀獻策，在蜀國朝廷裡可謂掌握大權，舉足輕重。張業更藉朝廷之財力暗中增發「飛錢」，以此放貸來謀取暴利，張家從此更是富可敵國。他們權傾朝野，更私建監獄來欺壓百姓，甚至接二連三的干涉軍政大事，從此再也不將蜀主孟昶放在眼內。孟昶礙於張業的勢力，多年來一直忍而不發。

直到六年前，孟昶終於等到時機成熟，聯同朝中元老孫漢韶一起設局刺殺張業，更誅連他們的宗族。滅門當日，張繼昭護著妻子殺出重圍，更以其峨嵋派嫡傳的「猿公劍法」，連殺六十多名侍衛高手。但敵人極攻心計，竟偷襲他的妻子，以擾其心神，使他最終失手被擒。直到行刑當日，他的恩師歸信和尚前來迎救，張繼昭終能逃出生天，但歸信寡不敵眾，最後還是重傷身亡。在不過數日之間，他親眼看見他的爹娘、師父、妻兒及好友，先後一個個的慘死在敵人的刀下，早已痛不欲生。他遇難後更性情大變，從此落魄江湖，每天過著朝不保夕的生活。前塵往事，因趙玉致一句關懷的說話，在張繼昭的腦海中逐一浮現出來。他想起死去的親人，悲痛之情又再湧現，胸口一痛，就如被一個大鐵錐重重的擊中心田一般。

趙玉致見張繼昭目光呆滯，忽然又變得面目猙獰，哪知他在想什麼，只道他又再發作，不禁暗暗心驚。忽地裡，破廟中的最後一支蠟燭也熄滅了，突然變得漆黑一片。趙玉致大驚，更驚呼道：「你放我回家罷。我不想再留在此地！」只聽張繼昭沉聲說道：「我是不會放妳回去的。」趙玉致不禁暗暗叫苦，心道：「他為什麼不肯放過我？」她越想越是害怕，不自覺的向後退縮，背倚在那尊巨佛之下。

張繼昭又忽然冷笑起來，緩緩站起，說道：「妳不用害怕，我不會傷害妳的。」趙玉致在隱約間看到他的黑影越來越近，只一瞬間，便已欺近身來，即欲轉身逃走，但礙於穴道受制，血氣不順，雙腿仍是不聽使喚。張繼昭突然伸出雙臂，把趙玉致攬著，微一轉腰，已將她整個身軀壓在地上，趙玉致失聲慘叫，拼命掙扎，欲動手把他推開，但張繼昭使力更緊，趙玉致漸感難以呼吸。

破廟之內雖是漆黑一片，但張繼昭的內力修為極深，仗著窗外的點點星光，仍把周遭的物事看得分明。他凝望著趙玉致清秀絕俗的臉龐，只見她的肌膚白得如透明一般，隱隱透出一層暈紅，雙眼緊閉，神情甚是慌張。他見到趙玉致的嬌羞之態，實是美麗不可方物，便雙手大力地按著她肩膊，使她不能動彈。他細看著趙玉致的玉容，想起去世的妻子，心裡一酸，只瞬間便已熱淚盈眶，嗚咽的道：「霜兒！」酒意漸濃，聞到從她身上傳來的陣陣幽香，不禁心中一盪，便湊過去吻在她的臉龐及頸上，雙手更已開始不大規矩，輕撫著她那柔弱無力的嬌軀。趙玉致給他強吻亂摸，實是難受不已，聞到他身上的酒氣，更是幾欲作嘔，但苦於穴道受制，難以反抗，只氣得眼淚瑩眶。張繼昭已漸漸按捺不住，更伸出手來，欲把趙玉致的腰帶及衣衫解開。

突然，張繼昭感到周遭氣流略有異動，已知有人正從後偷襲，不及細想，早已拔刀在手，還未轉身，反手向後一揮，「影月刀」已從後撩出。這一記撩刀無論在方位、快慢及輕重等各方面的拿捏都是妙到了巔毫，那人若是繼續攻擊，器械擊中張繼昭之前，他必會先行把手臂送到「影月刀」的刀鋒上，繼而便會被破開胸膛。只見一條黑影正向後移開，原來那人正以一條木棍偷襲張繼昭，更是應變奇快，在間不容緩的情況下向後急蹤，避過張繼昭那出奇不意的一招殺著。

張繼昭一轉身，發覺有一條大漢正在一丈開外的地方，只見他身高肩闊，容貌雄偉，形相頗俱氣勢，不過二十六、七歲年紀，手中拿著木棍，單看其執棍的架式，只是隨隨便便，似乎並無半分高手的風範，實在難以辨明對方的武功來歷。張繼昭握刀在手，醉意已不復存在，暗道：「此人出手不著形跡，大是勁敵，他到底是誰？」他心裡暗驚，口中卻只淡淡的道：「來者何人？」忽見眼前一晃，似是寒風一掠，還未等那大漢答話，「影月刀」已削向他拿著木棍的「前鋒手」。這一記偷襲絕無半分朕兆，刀招更是奇幻莫測，迅捷無倫，出手之快如鬼如魅。那大漢不禁一驚，才知遇上了平生罕見的強敵。他不及細想，後腿一蹬，雙臂一斗，木棍已向上急轉，剛好封住了影月刀的來勢，棍端卻指向對方腋下，正是敵人刀招的破綻所在。

張繼昭心中大駭，只感對方來勢剛猛無儔，所使的雖然不過是一條尋常木棍，但「影月刀」只要和他木棍的偏勢一觸，亦會給他的勁道震飛。對方這一招正是槍術中最平凡不過的「攔」字訣，但見他以棍代槍，行招之時如流水行雲，木棍從胸腹之間擺動，竟是毫無空隙，把「攔」字訣的要點發揮得淋漓盡致。這「攔」字訣原是守勢，但那大漢的棍端早已順勢向自己的腋下疾刺，隱含了攻勢。木棍本非利器，但倘若被擊中，給對方的罡勁一摧，說不定仍會破體而入，不死也得重傷。此招似守實攻，不僅後發先至，且反客為主，武林高手畢生追求的槍術完美之境，便在這一招裡表露無遺。張繼昭變招也是奇快，腰膊之間放得極鬆，步走兩儀，手腕向外一翻，「影月刀」以橫制直，刀脊已向對方的木棍橫壓，刀鋒卻從另外一個角度順勢而上，削向那大漢的右手手腕。

那大漢迴棍自救，木棍刺向張繼昭的「乳根穴」。張繼昭身子一偏，把「影月刀」向前急推。這刀法原是張繼紹慣用的拿手好戲，只要那大漢繼續進逼，木棍還未擊到敵人，自己的「前鋒手」已自行送到對方的刀鋒去。那大漢見機也是極快，竟還有餘裕開口讚道：「好刀法！」反手已用棍頭向張繼昭橫掃，棍招雖是簡單，但力道卻是大得驚人。棍來刀往，二人在片刻之間已交換了四十餘招。雙方都是各擅勝場，誰也勝不了誰。但見當世兩大高手鬥得越來越快，身法及步法都是迅捷無比，出手更如狂風驟雨一般。趙玉致躺在地上，黑夜裡只能隱約看到兩團黑影或合或分，如閃電，如雷擊，只看得頭暈眼花，幾欲作嘔。

張繼昭突然向後急撤，一瞬間已在兩、三丈開外，聽得他又問道：「來者何人？」剛才他有此一問，不過是聲東擊西，以便自己在對方分神答話之際暗算偷襲，此時見對方武功出神入化，才忍不住問明他的武功及來歷。

那大漢答道：「來索命的人！」張繼昭嘿的一聲，冷冷的道：「就憑閣下？」他不僅武技高強，臨敵經驗亦豐，豈會給敵人輕易激怒？那大漢一臉漫不在乎，笑道：「對！就憑我一人。殺你又何需人多？」張繼昭微微一怔，心中暗忖：「他竟一開口就直認只得自己一人，沒有同黨埋伏於後？」聽到後九成不信，內力隨念而生，凝神細聽，又不覺左右有埋伏的動靜。張繼昭心念一動，便道：「是那個少林老和尚命你來的？」昨日他從少林僧人手中擄走了趙玉致，已料到對方不會就此罷休。只是估不到少林僧人竟恁地了得，不到一天便已派追兵趕來。

那大漢一怔，倒也佩服對方的機智，竟一猜就猜對了自己的來歷，便道：「兄台既然知道，何不賣一個人情給在下？」張繼昭道：「你要我放她？」說著指向趙玉致。趙玉致隱約之間，見他向著自己憑空一指，仍忍不住怦怦心跳，心中大慌。

那大漢緩緩點頭，又道：「尊駕武功之高，在下平生罕見。既然有此通天本領，何不闖一番事業來？又何苦在此拐帶良家婦女？」才一句話，語氣間已流露出豪邁自在的個性。張繼昭卻冷笑道：「我就是『只愛美人，不要江山』！」說出「美人」二字，便向趙玉致望過去，心中微微一酸，又不禁想起亡妻霜兒，只是強敵在旁，隨即收攝心神，繼續凝神察看敵人的一舉一動。

那大漢道：「兄台何不和我一同回開封一趟？在下於禁軍中也認識一些人，可替你籌謀一番，憑兄台出神入化的武功，榮華富貴，可謂指日可待，到時呼風喚雨，何愁沒有美女？又何必流落江湖，做起這些見不得光的勾當來？」語氣間甚是誠懇，說之以理，誘之以利，希望可兵不血刃的收拾這個殘局。

張繼昭道：「榮華富貴，不過是一場夢，美人卻活生生的在眼前。這姑娘是我先看到的，就是少林派看上了，也不能和我爭！」說罷後笑聲不絕，竟把對方前來救人的義舉，說成是和自己爭風呷醋的風流賬。那大漢怒道：「住口！少林派的清白，豈容你沾污？」

張繼昭卻道：「閣下武功頗為駁雜，所使的棍法雖有點像少林派，但也有一些華山派的獨門手法混進其內。而且棍法之中，暗含上乘槍法，所使的似乎是天下聞名的『趙家槍法』。你真是少林子弟？恐怕是冒認罷！」名家出手不著痕跡，混然天成，已無一定理路可尋，但剛才張繼昭只和那大漢過了四十多招，便如數家珍似的，竟一口氣把他的武功路數都說得清清楚楚，分毫不差。

那大漢大是佩服，只覺眼前這人不僅機智過人，更是腹笥奇廣，只交手片刻，已能說出自己的武功來歷，便笑道：「兄台果然料事如神！連老夫的『趙家槍法』也看得出來。實不相瞞，在下正是趙弘殷。」

張繼昭聽到「趙弘殷」的名字，心中不禁一凜，心想：「這廝棍法出神入化，難道真是當世『中原三絕』之一的趙弘殷？聽師父說過，多年前曾在中土與他有一面之緣。今日狹路相逢，竟在此地給我碰到他。」張繼昭心中所想起的「師父」，並非其啟蒙恩師歸信，乃契丹族的武學大宗匠蕭繼軒。他於六年前家破人亡後，輾轉投入蕭繼軒門下，更盡得其刀法的真傳。他見這人的武功已臻絕造之境，心中暗道：「『中原三絕』之一，果然名不虛傳。」少林方丈福居大師、華山派掌門陳摶及有禁軍教頭之稱的趙弘殷三人，都是武功蓋世，名滿天下的一代武學宗師，數十年來齊名江湖，鼎足而立，被譽為「中原三絕」。

他聽對方報上名來，心中閃過無數念頭，仍是將信將疑，說道：「閣下可曾認識在下的師父？」那大漢笑道：「當然認得。他是一代武學宗師，契丹族的一等一高手，又怎會不識？」那大漢亦早已看出張繼昭所使的武功，正是這些年來讓江湖人士聞風喪膽的「影月刀法」。剛才二人交手，只見他的刀法變化多端，或時雙手揮舞，或時單手運轉，長攻短打，無一不稱手如意，武學名家一看便知，自然可輕而易舉地推斷出他的師承和來歷。

張繼昭見那大漢武功雖是出神入化，但年紀卻輕，越想越是不妥，心中只在想：「趙弘殷的年紀比師父還大得多，又怎會是眼前這個小子？」便道：「家師素知中華武技博大精深，實是傾慕已久。可是，七年前，家師專程來拜訪中原豪傑，趙老英雄卻不願賜教。家師回國後終日鬱鬱，實引為平生一大憾事。」當年在「殺胡林」一役，趙弘殷避而不戰，他兒子更在一招之間給蕭繼軒打下馬，但耶律德光卻遭暗算身亡，此事曾引起江湖中人的議論。張繼昭舊事重提，欲細看他的一舉一動，從而推斷他的身份來歷。

不料，那大漢哈哈大笑，道：「殺雞焉用牛刀？老夫命兒子代為出戰，還不是一樣？耶律德光還不是要客死異鄉？」語氣甚為輕佻，那裡有半點武林前輩的氣派？只聽他續道：「我和尊師乃是同輩，若江湖中人得知今日之事，可不是要怪老夫以大欺小？」張繼昭心道：「這人剛才還是以『在下』稱呼自己，更稱我為『兄台』，現下忽然又自稱『老夫』起來，順口胡謅，前言不對後語。」便冷笑道：「今日之事，絕不會給江湖中人知道的。」他殺機已起，說得十分清楚明白。

那大漢對他的挑釁充耳不聞，忽道：「張兄弟，你想知『赤心訣』的下落嗎？」他素知契丹一族對一部中土武學秘笈「赤心訣」覷覦已久，現下順口胡謅，欲誘之以利，使對方分神之際，乘機出手救人。

張繼昭聽到「赤心訣」後，心中一凜，卻知這是誘敵之計，隨即回復寧定，更突然後撤數步，轉眼間，已抱起躺在地上的趙玉致，這一下兔起鶻落，趨退若神，步法及身法都是飛快絕倫。趙玉致驚呼一聲，只覺自己被人騰空抱起，幾個起落，已到了破廟中的偏廳角落。張繼昭手臂一甩，隨手把趙玉致放下。他才卸下趙玉致，只見黑影一掠，棍端已向他的臉龐疾刺，原來那大漢早已如影隨影的追來。張繼昭冷笑一聲，迴刀一封，刀尖卻已指向那大漢的胸膛，那大漢雙手一挫，木棍立時從上至下的劈過來，勢道極是剛猛。張繼昭卻已偏身避過，雙手持刀，向著那大漢進擊，劈、砍、撩、刺，招招攻向對方要害。那大漢連忙閃避，棍法守多攻少，卻漸漸處於下風。張繼昭出手更快，心下暗喜，心中只道：「你中計了！」

原來偏廳之中柱子極多，空間比大廳狹小。常言道：「棍打一大片」，棍法中多以橫掃、直打、斜劈等為主，在偏廳的狹小空間裡，棍法再強，也得大大打了一個拆扣。那大漢是當世少有的武學高手，臨敵經驗極豐，一見張繼昭走入偏廳，便已知道他的詭計，但救人如救火，不及細想下，只得衝入偏廳去。

張繼昭在偏廳角落處連環進擊，仗著「地利」，如狂風飛沙的向那大漢連劈十餘刀，那大漢立時處於下風，只得連忙後撤，避過那排山倒海的攻擊，再以木棍伺機反撲。可是，張繼昭之計雖妙，但偏廳之內柱子太多，不僅阻礙了那大漢手中的木棍，也讓他那神出鬼沒的步法不易施展。棍長刀短，張繼昭的刀法再狠，若要制敵死命，必須靠步法進逼，欺身上前方能下手。那大漢亦深明此理，當下不使棍法，只以極其巧妙的家傳槍招，與之遙遙相擊。張繼昭的步法施展不靈，又給那大漢的槍法所懾，十多招之內，只能稍佔上風，但仍未能穩操勝券。

只霎眼間，二人又交換了十餘招，那大漢見張繼昭步步進逼，情勢越是凶險，自知只要給對方再向前走近一步，屆時自己的棍端在外，對方的刀鋒卻可輕易劈至面門，這場生死相搏的關鍵，就在這一步之間。他連忙抱元守一，眼光之中盡是刀鋒的來勢，正察看對方刀法的破綻，更乘隙反擊，槍法漸變，著著爭先，展現出半步也不能讓的氣派。

張繼昭見對方忽施強招力挽狂欄，招數上漸漸多以「趙家槍」還擊，攔、拿、紮、鑽、刺、點、削，盡數是直線為主的進攻招數。對方槍法精奧，內力渾厚無比，用木棍的手法更是極巧，棍端雖鈍，但若然擊實，威力無異於鐵槍。木棍在他手上如飛龍在天，一吞一吐，越鬥越是揮灑自如。

張繼昭見仗著地利，仍奈何他不得，刀招又變，雙手向上一揮，刀鋒撩向那大漢的雙手。那大漢腰轉手移，輕易而舉的避過那一擊。張繼昭見對方身法微微一緩，連忙刀交右手，刀勢奇急，只一瞬間便已向那大漢的小腹直刺過去。他雙手使刀時和那大漢相距仍有兩、三步，但刀交右手後，右膊出奇不意的搶出，突然多了半個身位，刀鋒已在意想不到的方位擊去。那大漢微微一驚，步法一轉，向後急仰，險險避過那乾坤一擊，接著木棍從下至上的撩過去，把張繼昭迫開。那大漢見他手中的「影月刀」遊走於雙手之間，猶如靈蛇亂舞，奇幻莫測，忽地裡心念一動，靈光一閃，片刻間已想通了對方刀法之破綻所在。

張繼昭在黑夜之中，彷彿見到那大漢嘴角忽現微笑，暗道：「此人又想出什麼詭計？」步法一趨，猶如狂風驟雨的向前急攻，刀招之快，竟是如鬼如魅一樣。在他的一輪急劈之下，那大漢迴棍自救，舞了半個棍花，把刀勁盡數斜去，張繼昭見對方舞棍時身形略為呆滯，心下暗喜，知時機已到，即再次刀交右手，偏身向前急攻，把影月刀向前一送，直指敵人的心房要害。這一招手法怪異，去勢奇急，與剛才的一招雖然不同，但法度卻是大同小異。

那大漢後手一送，木棍刺出，從下至上，直指對方右脅，影月刀還未刺到那大漢身上，木棍已點到張繼昭的脅下的「極泉穴」，不僅阻擋了敵人的進擊，更指向他的要穴，正是破解這一招的不二法門。張繼昭變招雖快，但那大漢卻搶先在頭，實是難以招架之極。

張繼昭自創的「影月刀法」集契丹族的刀術和峨嵋派劍法之大成，本已是變化多端，神鬼莫測，他近年開始修習蕭繼軒的另一門名為「契丹玄術」的高深武技，更是如虎添翼，極盡變幻之能。他手中的「影月刀」雖屬「雙手刀」，但他運刀之時，不時雙手變單手，甚至以劍法使刀，可謂奇兵突出，教人防不勝防。雙手刀、單刀或長劍的式樣、輕重及長短等殊不相同，用法各異，以單手揮舞雙手刀，或以劍代刀，原是武學常理之所無，但他武學修為已臻化境，精研諸般短器械之使法，在參悟師門的「契丹玄術」之後，竟給他創出這種奇特的法門出來。雙手刀法、單刀法及劍法等都有其獨特的理路，招式上給人的威脅與自身的破綻亦大大不同，敵人與之針鋒相對，亦有相應的法門可循。可是，張繼昭的手法實是太奇，竟把雙手刀法、單刀法及劍法夾雜在一起使用，攻擊竟如變戲法一樣，敵人與之對戰，只覺他手中的「影月刀」，就似變為單手刀，忽然又好像成了長劍，轉眼間又變回雙手刀，使人眼花瞭亂，原先疑好的戰略、已選定的招式的及原來可克敵制勝的手段，亦因此而盡數落空；在局中之際，更猶如身中幻術一樣，不知如何招架才成。

他的刀法雖是奇幻莫測，但變招之際，右手接刀的一刻仍有些微空隙可乘。那大漢見張繼昭雖把漏洞遮蓋得極好，但還是給他發現了破綻所在。原來張繼昭「換手」之際，右腳必須踏前，偏身搶出，才能繼續以單手運刀。就在他踏步上前的一剎那，右肩自然的便會稍微一動，不自覺的露出了脅下的些微漏洞。若敵人同是手執短器械，縱見到此破綻，亦得要化解他接下來的直刺，難以騰出手來攻擊。可是棍長刀短，以長器械由下至上的急攻，便能連消帶打，把這招破去。那大漢見此奇招後，即設下圈套，先把自己的棍法使得老了，讓人家以為有機可乘，在毫無忌憚下使出這一記「換手」的殺著，好讓自己出手制勝。

張繼昭只感脅下劇痛，已被木棍擊中「極泉穴」，連忙退後卸勁。他雖只脅下受襲，但「極泉穴」乃「手少陰心經」的經脈，棍勁透入，即使他感到心口及肩頸劇痛，右臂更是勁道全失，「影月刀」立時脫手。但他的臨敵經驗極豐，雖敗不亂，左手搶出，竟重新接著「影月刀」，更以左手運刀，連環急舞，擋開了對方的進擊，身法一變，已向左方跳出，重回破廟大廳之上。

那大漢卻不再進逼，向前一跨，左手一探，已抱起了趙玉致，更疾步向破廟大門衝過去。

忽地裡，只聽得「颼」、「颼」、「颼」數聲，三、四把飛刀已從後偷襲，擊向那大漢身上。原來張繼昭動念極快，剛才從偏廳一退，不僅避過木棍的進擊，更是為了在遠處使飛刀偷襲。張繼昭見那大漢當初出手之際，只欺近自己身旁以木棍進攻，幾可斷定對方應該沒有暗器在身。他自來心思慎密，且機敏無比，早在對戰之初，便已謀定後計，若不能力敵的話，則連忙後撤，站在對方木棍難施的情況下以飛刀急攻，以制敵死命。

那大漢剛破去對方的刀招，萬料不到他竟有此敗中求勝的殺著，身形一閃，避過了那致命的一擊，但隱隱然看到銀光閃閃，右臂仍給一枚飛刀劃了一道傷口。張繼昭得勢不饒人，後腿一蹬，已把一枚飛刀擲向那大漢。他脅下中招之後使出的一記飛刀，雖是勁力大減，但準頭仍是極佳，分毫不差的直指那大漢的胸膛，絕不會傷及趙玉致。那大漢的左手正抱著趙玉致，只右手持棍，殊不可能再舞棍擋架暗器。這一招的時刻拿捏得極準，實是擋無可擋，避無可避，除非那大漢以暗器還擊，打落飛刀，才有一線生機。但張繼昭所料不差，若那大漢身懷暗器的話，一開始便可用暗器偷襲他了，又何必欺近身來，以木棍攻擊？

眼見飛刀已至，那大漢不及細想，竟反手把木棍擲出。他抱著趙玉致，木棍確是難以運使，除了把木棍擲出之外，也再沒有更好的法子。只聽得「碰」的一聲，棍重刀輕，木棍後發先至，把飛刀打落，更如靈蛇出洞，向張繼昭噬去。他見來勢凶猛，即低頭一縮，木棍從他的頭頂略過。忽然之間，聽到「嚨」的一聲巨響，塵土飛揚，只見木棍被那大漢的罡氣一摧，竟插入佛像之內，使的正是少林派福至大師的絕技「脫手擲棍」。張繼昭回頭一望，才知道那大漢早已乘機遠去，破廟內空空如也，只剩下自己一個人。

那大漢走出破廟後，便即邁開大步，發足疾行，片刻之間，早已跑到三里開外一個樹林，趙玉致被他抱起，只覺如騰雲架霧一樣。那大漢幾個起落，已走到一隻白色的驢子之旁邊，那白驢遠比一般驢子高大健壯。見到主人後更嘶聲大叫，顯得十分歡喜。那大漢一笑，輕撫著那白驢的面頰，右手已緩緩放下趙玉致。他見趙玉致站立不穩，已知她被人點中了穴道，暗想眼前這小姑娘不通武技，不懂自行運氣調息，穴道若被封得太久，恐怕會傷及本元，即隨手在對方背上拍了幾下。趙玉致只感到一道陽和渾厚的內勁傳來，雖在寒冬之中，身體也感到十分和暖舒服，四肢漸感有力，才知那大漢隨手一拍，已解開了自己的穴道。

那大漢見趙玉致面色漸漸紅潤，便笑道：「起程罷！」趙玉致仍是驚魂未定，顫聲問道：「咱們去那兒？」心中不禁暗驚。趙玉致經一事長一智，所謂「強盜遇上賊爺爺」，昨天張繼昭在山賊的包圍下搶走自己，卻是不懷好意。那大漢雖然從張繼昭手中把自己救出，但仍是敵我未分，忠奸難辨。

那大漢道：「回家去！先去找師叔罷！」又道：「師叔命我做的事總算辦到了！」趙玉致問道：「師叔？」那大漢笑道：「對！福至師叔，是他老人家命我來救你的。你哥哥還在遞舖中等你呢！」趙玉致聽他說得出「福至大師」的法號，不似有詐，才長長的抒了一口氣，放下心頭大石。她連忙盈盈下拜：「多謝趙公子救命之恩！」趙玉致聽到剛才那大漢自稱是「趙弘殷」，便稱他為「趙公子」好了。

那大漢右手輕輕一抬，托起趙玉致，笑道：「姑娘不用行此大禮。叫我一聲『大哥』就成了。」趙玉致微微一怔，心裡泛起一陣奇怪的感覺，輕聲道：「多謝趙大哥……」那大漢卻道：「哈哈！其實我也不是『趙弘殷』。」趙玉致微微一怔，心裡暗想：「原來他以假名騙敵人。」便道：「那小妹就稱你一聲『大哥』罷！大哥的救命之恩，小妹沒齒難忘。」那大漢卻道：「不用客氣！咱們待在這兒拜來拜去的，那人早晚便會趕上來呢！」趙玉致驚道：「他……他會追上來嗎？」那大漢道：「我就是奇怪，為什麼他還未追上來。」

其時已漸漸天亮，趙玉致隱約之間看到那大漢的面目，只見他頗為高大，年紀不過二十六、七歲左右，形相威武，雖剛與張繼昭纏鬥半天，早已臉現倦容，但眼神間仍是神采飛揚，樣子雖談不上俊俏，但不時展現出燦爛的笑容，使人不知不覺之間，心生親近之意。只聽他說道：「或許他受傷後不敢追來罷。他的右脅給我弄傷，但一、兩天後便會好。而且難保他沒有黨羽在左右。咱們還是儘快起程回遞舖去，石兄弟、王兄弟他們也應該差不多趕到來了。」趙玉致不知道他口中的「石兄弟」是誰，聽得他說「他的右脅給我弄傷」時，不自覺地向那大漢的右臂一看，發覺原來他的手臂也給對方的飛刀弄傷，便道：「大哥的右臂不礙事罷？」她心下甚是不安，只覺對方竟為了救自己而受傷，實在過意不去。

那大漢道：「不礙事，只傷了點皮肉，血已給我止住了。」更笑道：「他的飛刀絕技確是非同小可，這次能逃出生天，也算有點運氣呢！」他心中暗想，張繼昭剛才發飛刀之時，隱隱然有一道銀粉散開，似乎是一些有毒的藥末。那大漢當時見機極快，連忙屏息閉氣，疾步後退，躲過那無形有質的毒粉攻擊。可是卻因突然閉氣，真氣略為不順，步法微微一滯，才著了他那枚飛刀的道兒。只覺張繼昭不僅武功高強，更是詭計多端，臨敵機變，殊不在自己之下。他逃出來後，早已運氣察看內息，細心看過了右臂的傷口，見毫無中毒之象，才放下心頭大石。他直到現下，才可肯定那些銀粉絕非毒物，多半是張繼昭聲東擊西的把戲，只覺他極攻心計，對他的智謀實是又驚又佩。

趙玉致不知他正在回想剛才那動魄驚心的一役，問道：「咱們起程罷？」那大漢忙道：「對！我倒忘了！」說罷，已一手抱起趙玉致，跳到驢背上，雙腿一夾，二人一驢，向前方疾走。

其時正值隆冬，白雪紛紛，寒風陣陣，趙玉致在白驢上只覺寒氣入骨，這時似乎比昨天在黑松林之時還要寒冷。那大漢所騎的白驢遠比尋常驢子高大得多，且耐力甚佳，背負著二人仍不現疲態。那大漢見早已天亮，怕追兵在大白天裡更易趕來，便越行越急，一走便是三十餘里的路程。

那大漢環顧四周，眼見不僅沒有追兵，連人影也沒有一個；四周一片靜寂，只得一頭黑鷹在空中翱翔，才抒一口氣。他漸漸放慢步伐，專找一些較隱敝的山路小徑而行，不經不覺之間，又走了十餘里的路程。

他見二人已漸漸脫險，便一邊策騎奔馳，一邊回頭向趙玉致笑道：「姑娘，那所遞鋪離此地尚有二十多里左右的路程，我們很快就可以脫險了。妳與福至大師會合後，便可以回家了！」趙玉致回應一聲，道：「嗯。」她心中卻在掛念家人的安危，暗想：「不知哥哥現下怎樣？有福至大師保護，應該不會有什麼差錯罷？」越想越是歸心似箭，焦慮之情，難以自已。

那大漢忽道：「有追兵！」還未說畢，已有一支冷箭從後偷襲。

他轉身反手，接住那支冷箭。趙玉致向後一看，才知竟有三十餘名騎兵正冒雪而至。只見他們人若虎，馬如龍，雖只三十餘騎，但聲勢皓大，直如千軍萬馬一樣般殺過來。忽地裡，那大漢沿著白驢的身軀跳下。趙玉致知道他昨晚才與張繼昭惡鬥連場，早已大耗真氣，加上右臂受傷，實不可能與眾多敵人周旋。她登時心裡一寒：「難道大哥要捨我而去？」

只見那大漢雙腳落地後又旋即躍上驢背上，一落一上，早已輕輕巧巧的跳到趙玉致身後。原來那大漢見敵人來勢洶洶，已坐到驢背之後，以身體遮擋敵人的攻勢，確保趙玉致的周全。趙玉致只覺和他不過萍水相逢，對方竟一次又一次的捨命相救，不禁暗暗感動，說道：「大哥！」那大漢笑道：「姑娘莫慌，我打遼狗給你看看。」趙玉致一怔，奇道：「遼狗？」只見敵人所穿的不過是尋常的中原武服，又怎會是「遼狗」？那大漢飛快的道：「那班遼狗雖已喬裝易服，但只要他們一出手，便得要露底了。你看，他們腰間所懸的，正是契丹賊子聞名於世的『鑌鐵彎刀』！生死相搏之際，不得不使上平素慣用的稱手兵刃，那有餘裕再隱瞞？」她經那大漢提起，才知他們原來是契丹兵馬；見敵人越逼越近，心中暗道：「人家以眾凌寡，又有『鑌鐵彎刀』，但大哥的木棍卻失落於破廟之內，連稱手兵刃也沒有了。大哥怎地還笑得出？」

那大漢手腳連環而施，白驢忽左忽右，勉強避過了三、四支突如其來的勁箭，心中則想：「胯下這白驢子雖壯，但人家馬快，我們終非其敵，只得速戰速決。」不及細想之下，已從白驢身上取出一個弓箭袋，拉開長弓，「颼」、「颼」、「颼」三聲，三支羽箭正分別射向後方的敵人去。

只聽後方的敵人都在哈哈大笑，趙玉致向後一望，才知那大漢剛才射出的羽箭雖然勁力渾厚，但卻盡數落空。趙玉致只覺奇怪，心道：「大哥武功了得，難道竟不通箭術？」忽然之間，趙玉致隱隱覺得有一些熱烘烘的水點濺在自己的臉上，又聞到一陣血腥味，便驚道：「你的傷口破裂了！」原來那大漢被張繼昭的飛刀所傷，傷口才剛剛愈合，射箭時稍一用勁，傷口又再破裂，血如泉湧下，箭法大打折扣。

那大漢右臂的衣袖已染得一片殷紅，口中卻道：「不礙事！」猿臂屈伸，連發三箭，勉強才射中了一名敵人，即大叫道：「好！」神情語氣，竟如獸獵競技一樣，絲毫不以當前惡劣形勢所懼。那大漢的箭法本來不壞，但右臂受張繼昭的刀勁所傷後，拉弓發箭時的拿捏卻是差之毫釐，羽箭頻頻落空。

一眾契丹將士騎馬而來，本該轉眼便至，但似乎他們知道那大漢擅長近身搏鬥，在數丈開外便不再進逼，只以弓箭遙遙相擊。那大漢且戰且退，又連發十九箭，才射中了當中六人，但仗著騎術極佳，在契丹將士密密麻麻的勁箭下左右穿插，仍能力保不失。

其時大雪正濃，不僅使一眾契丹將士難以看清那大漢的身影，在嚴寒的氣候下，長弓也不易張開。那大漢及一眾契丹將士臂力過人，才能在大雪紛飛之時頻頻開弓勁射，射出去之箭雖然勢道剛猛，但亦難以百發百中。

那大漢再連環射出四箭，只射中了當中一人的手臂，往箭袋中一掃，卻發現袋內早已空空如也，羽箭用盡，情況凶險萬分。

忽地裡，一道勁箭破空而至，勢道兇猛，那大漢似是反應不及，哼的一聲，已中箭墜地。趙玉致驚道：「大哥！」白驢卻似乎懶理主人生死，仍是向前急奔，更越走越遠。突然「颼」的一聲，白驢應箭倒下，趙玉致也被拋到兩旁的雜草之中，只覺天旋地轉，骨痛欲裂。那大漢倒地後更是一動也不動，似乎早已是凶多吉少了。

趙玉致伏在草叢之中，全身乏力，但仍未失去知覺，聽到那些敵人正以契丹語爭論不休。趙家曾多次與契丹人做買賣，趙玉致也粗通契丹語，隱隱約約之間，聽到有一人道：「他的箭法如此不濟，又怎會是趙弘殷？」另一人道：「這是師叔給我們的消息，假不了罷？」先一人道：「可惜他死了，要不然，或可從他身上得到『赤心訣』的下落。」

趙玉致隱約聽到「可惜他死了」一句，心中一酸，不知不覺間已是眼光瑩然，心道：「大哥於我有大恩，估不到……估不到相識還不到一天，他竟這麼便死了……」她從草叢中看出去，只見一眾契丹人馬已漸漸向那大漢的屍身走近，心中只感到悲痛萬分。她又聽到有一人道：「將軍，我們去搜一搜這廝，好嗎？」那將軍說道：「好！說不定從死人身上，也找到一些關於『赤心訣』的端倪。」語氣間自有一股威嚴。這人名叫隆裕，是這路契丹人馬的首領，眾人聽他號令，都紛紛收弓拔刀，一步步的逼近那大漢的屍身，小心翼翼的注視著那屍身的一舉一動。

隆裕雖見對方倒地不起，但難保無詐，見到眾人已成合圍之勢，才躬身下馬，突然心念一動：「倒不如先廢去他一條腿再說。」他還未檢視那大漢的屍身，已揮刀劈向那大漢的大腿處。

忽然之間，聽到「碰」的一聲，那大漢竟突然「死而復生」，不僅輕輕巧巧的避過隆裕那一刀，更在電光火石之間，出奇不意的以腿法把他摔倒。只見那大漢躺在地上，手腳並施，已緊扣著隆裕的頸項及雙臂。隆裕為一眾契丹將士之首，武功亦是非同小可，殊不會一招之間便受制於人。但那大漢這一手「沙陀摔拿技」兔起鶻落，身法之快，已與偷襲無異。隆裕一時不慎，便即失手就擒。那大漢剛才確是使詐裝死，隆裕雖已處處提防，但畢竟還是著了他的道兒。那大漢冒上了大險，不僅騙得敵人走近，更一舉把他們的首領拿下，優劣之勢立變。

一眾契丹將士見首領被擒，均覺大駭，已有五、六人縱馬向前，連還施刀，以「快刀斬亂麻」的法子劈向那大漢的身上。那大漢見機極快，應變奇速，早已順勢翻滾避過，一躍翻身，右手指爪仍緊扣隆裕咽喉，左手已乘勢拔出懸在隆裕腰間的另外一把長刀，大喊聲：「且慢！」口中所說的卻是一句似是而非的契丹語。

一眾契丹將士似乎並沒有投鼠忌器，更有人發施號令，五、六名士兵竟不理隆裕的安危，繼續運刀向那大漢招呼，原來這班契丹將士乃當今大遼國皇帝麾下的精兵，不僅深通兵略，更是紀律嚴明，縱是一隊三十餘人的小隊，也是指揮得井井有條。在他們的編制裡，若將軍被擒或遭擊殺的話，便會有副將代之，副將之後又有偏將及指揮等等，如此類推。遼軍編制嚴謹，紀律嚴明，人人奮戰到底，絕對不會有「群龍無首」的境況。

那大漢滿疑一舉拿下敵人的首領，便可好整以暇的和人家討價還價，怎料敵人竟仍是勢若瘋虎的死纏難鬥。那大漢眼見在前方已有五、六把長刀迫至面門，後方的影子略有異動，已知敵人已包圍著自己，恐怕轉眼間便要給人家剁成肉泥，情況危急之極。趙玉致在草叢中見到那大漢突然死而復生，還未來得及歡喜，已看見敵人的八、九把長刀又向那大漢招呼，不禁閉上眼睛，不忍再看。

突然之間，那大漢右手一抬，已奮力把手上的隆裕向前方一擲，左手以長刀向後一封，立時化解了四方八面的攻擊。契丹將士都是勇武之士，見那大漢把武藝深湛的隆裕如稻草人一般拋擲自如，對方竟沒半分抗拒餘地，都瞧得目定口呆，對那大漢的武藝又驚又佩。

那大漢見敵人攻勢略緩，已無餘暇多想，情急之下便即出手，微一俯身，左手連揮，手中的長刀已向四方八面連環急劈。只聽到嘶聲四起，血肉橫飛，圍著那大漢的九匹契丹戰馬突然紛紛倒下，原來在這電光火石之間，那九匹戰馬的馬腳竟被那大漢的快刀斬斷。這手刀不僅使得極快，勁道之渾雄，更大出一眾契丹將士的意料之外。在戰場上，敵人若要「以步制騎」，步兵劈擊騎兵的馬腳或馬胸等部位，原是最正常不過的戰術。可是，馬匹體形龐大，筋骨粗壯，若要把馬腳一刀斬斷，也不得不用上重逾數十斤的陌刀、棹刀及斬馬刀之類的長柄大刀。只見那大漢手中所拿的不過是一把數斤重的單手長刀，卻能發出如廝剛猛霸道的威力，功力之深厚，用刀之巧，實已到了不可思議的地步。那九名隨著戰馬一同倒下的契丹將士，還未看清對方的來勢，又已紛紛中刀，盡數死在那大漢的刀下。

那大漢雖以左手運力，但用力過甚，亦牽動了右臂的傷口，只感皮破肉裂，劇痛無比；眼見餘下的敵人雖被他那出神入化的刀法所懾，但仍是勇武異常，紛紛連人帶馬的向自己攻來，情況凶險之極。他雖被敵人重重包圍，早已身陷絕境，但於這當兒情急拚命，強忍痛楚，仍是眼明手快，不僅避過敵人那凌厲狠辣的刀招，更展開綿軟功夫，在十多匹戰馬之間左穿右插，以極奇精妙的身法及步法，竟輕輕巧巧的躲過了數十隻馬蹄的踐踏。他得勢不饒人，驀地裡一聲大吼，左手又再連環急劈，餘下的十多匹戰馬都被那飛快絕倫的刀法斬斷前腿。那十多名契丹將士終究是武術好手，早見「前車可鑑」，墮馬後又豈容他再下殺手？他們知敵人太強，只有合眾人之力，才有勝望，於戰馬倒地後即翻身躍起，十多人已手握長刀，一起圍著那大漢，狠狠的盯著他的一舉一動，陣法轉眼間又已佈成。

那十多名契丹將士都紅了眼睛，見那大漢不動如山，即個個上前的跟他拾命相搏。可是，那大漢的武功實在太過奇特厲害，左手所劈出的每一刀不僅既快且猛，其方位、快慢及時刻，都教敵人大出意料之外；每一招一式，無不直截了當的擊向敵人刀招之破綻所在。他所使的，正是聞名於世的「飛燕刀法」。「飛燕刀法」乃極上乘的「左手刀法」，其一招一式，都是針對天下間的「右手刀法」而創下。原來縱是武技高強之輩，若窮畢生之力去研習單刀刀法，多半亦只會以右手為主，左手為副。因此平素苦練的諸般克敵制勝之法，亦只會專以克制「右手刀」為重。雖然不少門派亦會有專練左手的套路，亦會流傳不少克制「左手刀」的法門，但畢竟在江湖中使「左手刀」的高手太少，其克敵之法大都不為世人所重視。這十多名契丹高手的武技雖仍未練臻上乘之境，但系出名門，已算是非同小可，平素練習之時亦曾拆解過「左手刀」，但畢竟少了臨敵實戰之經驗，在這生死相搏的一剎那，卻遇上了那大漢當世最強的「左手刀」，難免會顯得處處受制，有力難施。只見那大漢出手如風，勢若猛虎，制敵死命，竟如斬瓜切菜的一樣容易。眾將士的武功本來也甚是了得，但在那大漢的殺著下，竟然逐一倒了下來，很少人能抵敵得住他三招兩式。在道上朔風呼號之中，夾雜著契丹武士中招後的嚎叫，還不到一盞茶的時分，一眾契丹將士都盡數死在那大漢的刀下。

那大漢見敵人已全數被他擊斃，走出數步，才鬆一口氣，頽倒在地。他在這兩天之中，馬不停蹄的惡戰了兩場，所遇到的敵人都是武藝精湛，深通戰術的高手，那大漢雖然獲勝，但真氣損耗甚巨，加上失血過多，只覺疲累不堪，只得運功調理自已早已亂成一團的真氣。

他在隱約之間遠眺過去，只見有一人忽然從地上的一堆屍身裡翻身而起，更施展輕功急促逃跑，越走越遠，心中才醒悟：「不好！是被我摔倒的第一隻契丹小狗！竟給他逃跑了！」原來剛才契丹首領隆裕雖被他擒下，但身上卻沒有受過半點傷。他被那大漢擲出去以後，驚覺對方武功太強，便即向外急滾，伏地詐死，以便再向敵人暗算偷襲。後來隆裕給那大漢的狠辣異常的刀法嚇得心膽俱裂，早已無心戀戰，雖見他顛倒在他，但亦不敢冒然向他索戰，趁他毫不在意之際，急施輕功逃走。

那大漢見到隆裕越走越遠，自忖已無力再追，不禁嘆了一口氣，轉過身來，見到趙玉致正牽著一匹戰馬，步履蹣跚的走過來。二人死裡逃生，不禁相視而笑，不約而同的道：「你沒事罷？」那大漢哈哈大笑：「死不了，連贏兩局，運氣不算差。」頓了一頓，又道：「妳呢？剛才見妳從驢子上摔了下來。」趙玉致道：「我沒事，只是身子有點酸痛。」嘆了一口氣，又道：「大哥的傷卻很嚴重呢！」她的視線已移至那大漢右臂的傷口上，目光之中，盡是關切之情。

那大漢又是哈哈大笑：「我倒忘了。」一邊替自己點穴止血，一邊則問道：「妳這頭馬是怎樣弄到手的？」趙玉致道：「啊！我也忘了跟你說，那一個要斬你腿的契丹士兵給你摔倒後，這匹馬便脫韁而去，我見牠走不到數步，又停了下來，便去把牠牽過來，牠竟十分聽話呢！」趙玉致向來冰雪聰明，她雖是一名千金小姐，但這幾天之間遭逢大變後，早已悟到在曠野之上能否逃得性命，關鍵就是手上有沒有座騎。所以她見那匹馬乖乖的不動，便大著膽子把牠牽過來。

那大漢道：「好一招『順手牽馬』！可惜給那廝逃走了，追兵恐怕轉眼又要來！」趙玉致大驚，說道：「啊！我們可以騎馬把他追回來嗎？」那大漢暗讚這位小姑娘聰明，但卻搖頭道：「不！所謂『窮寇莫追』，他武功很好，我累透了，現下未必是他的對手。再說，也不知有沒有同伴在後，也許他是為了引我們過去才發足狂奔呢！」他頓了一頓，又道：「就是把他殺了，張繼昭這廝早晚也會親自帶人前來。」趙玉致驚道：「這些士兵，是那惡人派來的？」那大漢道：「對！不是他，還有誰？」

趙玉致奇道：「他沒有追來，又怎知咱們在這裡？」那大漢道：「大概我怎樣找到妳，他便怎樣找到我們了。」說罷，即指向道上的一道蹄印，原來這幾天下了大雪，驢子在積滿雪的道上行走，早已印出一條長長的蹄印。那大漢昨晚見過福至大師後，即在黑松林近處發現了一道蹄印，便隨蹄印而行，乘夜趕到破廟去。如今張繼昭多半是「以其人之道，還治其人之身」。只是那大漢大為不解，他早料到此節，已專擇小路而行，又不時以樹枝掃走蹄印。蹄印時有時無，張繼昭的人馬，又怎能在片刻間便如影隨形的追來？

那大漢不再說話，略一定神，便緩緩站起，逐一檢查三十餘具屍身，也只找到一些乾糧、銅錢、碎銀及「飛錢」之類。搜到最後，從一個屍身上卻發現了一封密函，便即拆開來看，皺眉道：「這是契丹大字，妳懂不懂？」趙玉致道：「不！我只能聽一點點契丹語，認字卻不行。」那大漢道：「契丹文字共分大字和小字兩種，小字是回鶻人常用的字母，我可是一竅不通，但大字卻與漢字甚似，或許能看得懂也說不定。」一語既畢，便拿著信件不放，逕自看得出神。

趙玉致見他正聚精會神的閱讀那封書函，便不敢打擾，過了良久，只聽得那大漢道：「妳看，這兩個字和漢字中的『劉崇』是不是很相像？」又指著信函中的幾個大字說：「這不是『叔侄聯盟，直取中原』嗎？這一句卻看不懂，似是『鄆州城』什麼的……」趙玉致看到這幾個契丹字，果真和漢字極為相似。原來當年遼太祖開國之初，便命文官造字，以立國威。這些文官為了快快交差，便以漢字為根基，或添筆、或缺筆、或把幾個毫不相干的字組合成新字，以示識別。故此，那大漢雖然未能讀通整遍信函，但按上文下理推敲，已得知大概來。

那大漢濃眉深鎖，得知北方漢王劉崇和遼國已決定聯手出兵，難怪這隊契丹兵馬竟敢在大周境內越來越放肆。他想得出神，喃喃的道：「果然如此，劉賊與契丹人選擇在這時聯手，確是大事不妙……」趙玉致也隱隱覺得不妥，問道：「連契丹人也要攻打過來？」那大漢道：「對！其實早前也有消息傳來，說他們早晚便會攻來！他們目下只派一小隊人馬偷入我大周境內，一方面是刺探虛實，另一方面卻是在『打草穀』。」趙玉致奇道：「遼狗竟膽敢在天子腳下『打草穀』？」她曾聽父親和哥哥說起，約十多年前，石敬唐自立稱帝，全仗得遼國扶持，便割燕雲十六州以為酬謝。遼國素有經略中原的野心，自得到那遍土地之後，不僅國力大增，且佔盡地利，每次南侵，居高臨下，長驅而進，在一片平原之上，中原朝廷無險可守，遼國可謂佔到極大的便宜。遼國仗著地利，亦更熱衷於侵略中原，從此於邊陲之地常駐有重兵。可是，遼國朝廷對大軍又常常拖欠糧秣，餉銀亦嚴重不足，官兵一應所需，只得向敵人搶奪而得，每天派出部隊去向邊界的百姓搶劫，四處殺人放火，契丹士兵稱之為「打草穀」，實乃與強盜無異。是以邊界的百姓異常困苦，每日都過著提心吊膽、朝不保夕的生活：中原人士都對契丹兵馬的所謂「打草穀」極為痛恨。趙玉致只道遼兵只會在北方邊界等地「打草穀」，又哪會想到他們竟膽敢南下至京城郊外撒野？

那大漢苦笑道：「正是，人家也算給足面子，好歹也喬裝易服一下，才敢渡河而至。」趙玉致道：「那怎辦？」那大漢卻笑道：「怎辦？我也不知道！還是留給我們的官家去想罷！」他雖然信口胡謅，表現得事不關己，但當今天子郭威對他有知遇之恩，其養子柴榮更是他出生入死的好兄弟，得知劉崇與契丹舉兵來犯，實教他感到頗為不安。

那大漢定一定神，便道：「那逃跑掉的契丹士兵，多半會帶齊人馬再來，我們也得及早撤退。」

趙玉致牽著戰馬，顫聲說道：「哪麼咱們趕快乘馬逃跑？就是在積雪上留下蹄印，也沒有法子罷？」只覺就是乘馬會留下蹄印，契丹士兵也未必這麼快便趕過來，或許仍有一線生機。但若不乘馬急逃，就連一線生機也沒有了。

那大漢望著趙玉致牽來的那一隻戰馬，聽她說道「積雪上留下蹄印」一句時，猛地醒悟的道：「對！這匹戰馬很有用。姑娘這一手『順手牽馬』確是做得很好！」趙玉致一怔，還道他已贊成乘馬逃走，卻見他走到剛被射死的白驢上取過行囊，把手上的書函、「飛錢」、白銀及銅錢等都放進去，卻不把行囊放到戰馬上；再取出一條繩子出來，臉上流露出胸有成竹的樣子。

只見他隨手拾起兩具屍體，再用繩子把他們綁在戰馬之上。趙玉致越看越奇，還未來得及問個究竟，已見那大漢拿著刀柄，重重的打在那匹戰馬的臀部。那匹戰馬吃痛，便背著那兩具屍體發足狂奔。趙玉致不禁一驚，好容易抓來的一匹戰馬，竟給那大漢趕跑了。

那大漢笑道：「行了！蹄印這樣深就成了！」趙玉致雖無行走江湖的經驗，但動念也快，見到戰馬留下的蹄印，便即恍然大悟：「原來大哥是在聲東擊西。追兵看到蹄印這麼深，一定會上了咱們的大當，認定這是我們的座騎所留下的線索。」一轉念間，又想：「所謂『聲東擊西』，大哥引敵人走這條大道，難道他竟另外有一條小路可走？」

果然如趙玉致所料，那大漢道：「我們不能再走這條大路了，敵人多半猜到我們要到遞鋪，所以也不能再去。我們要改道去鄆州。咱們泰半的兄弟都在那兒，敵人在暗，不知他們的虛實，只有與一眾兄弟會合，約齊幫手，方為上策。從這兒穿過那個灌木林後，走兩個時辰左右，便會有一條極為隱蔽的小村落，咱們在那兒躲數天，待得追兵散了，再想法子繞道而行，便可直達鄆州。」他略一沉思，又道：「到了小村落後，我會找人送信給石兄弟和王兄弟他們，約齊了人馬，才去接你的家人罷。」趙玉致見他對周遭地勢極為熟識，漸漸安心起來，但仍忍不住問道：「那追兵不會發覺我們使詐嗎？」那大漢雙手一擺，笑道：「會！當然會！待得他們知道中計後，咱們已躲在小村落之內了。」

那大漢辨明了方向，便即起程，一步一步的走入灌木林裡。路旁堆滿了雜草落葉，積雪不深，二人所留下的腳印遠不及在大道上般清晰可見，但那大漢卻頗為把細，初走出一里開外的路程，以隨手折下來的樹枝把腳印掃走，走出灌木林時才拋下樹枝，邁開大步向前行。

二人一起悄然東去，那大漢知道趙玉致不懂輕功，便放慢步伐和她一起走，見她走得累了，便坐下來一起休息，足足走了四個多時辰，穿過兩個山頭，沿著一條早已結水的小河一直走，才到達那大漢所說的那條小村落。

那條小村落依山而建，村子裡的梯田一層疊一層的佈滿在小山丘之上。只見田裡閒放著幾輛用來灌溉的「龍骨踏車」，四下靜寂無人，地上早已鋪上一層乾草，想來田裡的白菜、蘿蔔和大豆等都已收割得七七八八，乾草上有一些積雪，放眼遠眺，疏疏落落的才見有十餘戶農舍。

那大漢帶著趙玉致走入小村落，信步走到其中一間農舍。只聽那農舍的木門「呀」的一聲打開，有一位老公公，眼睛矇矇的向著那大漢瞧著，過了半晌，忽道：「是趙兄弟嗎？」語氣之間盡是歡喜之情。那大漢道：「是我，常伯伯身子可好嗎？」人家叫他「兄弟」，他卻叫人家「伯伯」，教趙玉致摸不著頭腦，實在搞不清二人到底是什麼關係。

只聽到常老頭答道：「好！好！今年大豐收，咱們的牛兒還生了小牛呢！」卻見那大漢血跡斑斑，道：「又和惡人打架嗎？怎麼傷得這麼重？」那大漢笑道：「不礙事！我叫人帶來的水車能用嗎？」常老頭道：「能用！我的幾個兒子，在夏天河水較多之際，幾乎每一天都在用。呀！有一輛水車好像太舊，轉得不太靈活了。」那大漢道：「好！我改天叫人來看看。」常老頭得見故人，還是滔滔不絕的談論著家裡的瑣事，邊談邊走，帶著那大漢和趙玉致走入農舍之內。

農舍內，有一位婆婆見到那大漢，便笑道：「是你呀？又來偷白菜吃啦？」那大漢笑了一笑，道：「不是偷，是借，有拖無欠。」那老婆婆正是常老頭的妻子。她臉露慈祥的臉容，笑道：「偷東西是不對的，做錯了事還賴賬啦！」說著在那大漢的頭上輕彈了一下爆栗，倆老和那大漢都即大笑起來。過了半晌，常婆婆才察覺他身上有傷，皺眉道：「敵人來頭可不少呢，竟可把你傷成這樣子！需要金創藥嗎？」那大漢笑道：「要的！但尋常的金創藥不行。麻煩妳去拿一點少林派的金創聖藥『琥珀膏』給我。」常婆婆道：「嗯，好像還有。待會兒給你。」

趙玉致聽著他們的說話，有點摸不著頭腦，實不明白他們為何這般熟絡，亦想不通荒野小村之內，又為何會有「琥珀膏」這種金創聖藥。她越想越奇，臉現好奇之色。那大漢便道：「數年前，我和敵軍大戰，卻漸漸落了單，慌不擇路下便逃入這裡，幸而得到常伯伯和常婆婆救了我一命。」常婆婆笑道：「那天我在田間，見到他滿身鮮血，口中好像在咀嚼什麼似的。哎喲！我發覺整塊田的白菜也不見了。原來呢，是這位小哥兒給我們吃光了！好一個饞嘴的小偷呀！」常老頭笑道：「趙兄弟是恩公的兒子，我一眼便認了出來。內人卻有眼不識泰山，當時若不是我喝止，說不定她真的會打人呢！」趙玉致雖仍不完全明白三人的關係，更不知道常老頭口中的「恩公」是誰，但聽他們說得有趣，亦不禁噗哧的一聲笑了出來。那大漢聽那老婆婆談起舊事，回想當年狼狽不堪的情況，也不禁哈哈大笑。

常婆婆忽道：「這姑娘很標緻呢！是你的媳婦兒呀？」趙玉致臉上一紅，連連搖頭。那大漢一怔，便道：「不！她是我妹子，也是姓趙的。」常婆婆微感奇怪，心道：「既然是你妹子，那自然是姓趙了。」趙玉致心中卻想：「難道大哥真的姓趙麼？大哥明明不是『趙弘殷』，多半是以假名騙人，連常伯伯也瞞過了。到底大哥高姓大名？」她從爹爹及兄長的口中得知，不少江湖中人怕人家尋仇生事，都不會輕易讓人家知道自己的身份來歷，更不喜以真名示人。若他有心隱瞞，不僅會面對敵人時用上假名，就算是對著江湖朋友，也不輕易泄露自己的真正身份。她不禁嘆了一口氣，心裡暗道：「唉！大哥捨命相救，我卻連他的真名也不知道。」

常婆婆見二人衣衫襤褸，滿臉風塵，便領著他們走入屋子裡，讓二人略為梳洗，好好的休息一番。她轉頭便去拿了一瓶「琥珀膏」給那大漢，再和常老人親自下廚，準備晚飯。

那大漢梳洗完畢後，便在傷口塗上一層「琥珀膏」，再施針運氣，過了一個時辰左右，右臂上的血氣已漸漸通順，傷口的痛楚之感已大減。過了一會，常氏夫婦已預備好晚飯。四人一邊共進晚餐，一邊談天說地。常氏夫婦雖見那大漢來得很突然，初到之時更是滿身血跡，但似乎是見慣不怪，對事情的前因後果都沒有再問半句，只和他談及家裡的一些瑣事。倆老的兒子都早已成家立室，分住在村子裡的其他農舍，雖然每天早上也會來侍候他們，但平時卻甚少與二人用晚飯。此刻他們得遇故人，自也歡喜。常婆婆見趙玉致生得標緻可愛，舉止間甚有貴氣，卻沒有架子，對她也頗有好感，不時逗她說話，忽道：「多吃一點菜乾罷！莫要少看這些咱們親手弄的菜乾，很好吃的！」不一會又說：「這些豆腐好吃嗎？滑不滑？是我親手磨的。」趙玉致只覺桌上的菜式都甚為粗糙，談不上好吃，但見常婆婆盛意拳拳，也順著她的意思，多吃了幾口，點頭微笑的道：「很好吃！我和大哥趕了一整天的路，肚子早已餓壞了。那想到竟可吃到這麼美味的菜乾豆腐？」常婆婆大喜，笑道：「好吃就多吃幾口罷！」

那大漢和趙玉致用過晚飯後，常氏夫婦見天色已晚，便執拾了一間屋子給他們。農舍地方狹少，那大漢和趙玉致只得共處一室。趙玉致一走進室內，眼見只得一張床，越想越是不妥，正猶豫間，卻見那大漢已自行執拾了一張被子和幾個蒲團，鋪在窗前的桌子上。趙玉致微有歉意：「大哥乃正人君子，絕不會像張繼昭那惡人一樣，我怎會如此胡思亂想？」

那大漢在兩天之內，馬不停蹄的惡鬥連場，已感到十分睏倦，才剛剛躺在桌上，便已睡得鼾聲大響。趙玉致自幼錦衣玉食，農舍簡陋粗糙，自然頗為不慣，可是回想起這兩天的腥風血雨，此刻躺在暖洋洋的被窩裡，實似在人間樂土一樣。她聽到那大漢如雷似鼓的鼻鼾聲，不其然有一陣暖意，心中隱隱覺得：「只要有大哥在此，就是天塌下來也不用怕。」經過兩天的奔波勞碌，覺得眼皮甚重，不一會便已進入了夢鄉。

翌日，趙玉致一覺醒來，才知原來已是日上三竿。

只見鋪在桌子上的綿被疊得整整齊齊，那大漢早已不在室內，心中一急，生怕他就此不辭而別，便立刻走出去房間一看。她一推開門子，便看見他端坐在廳中的一張桌子前，桌上擺放著一些物品，十之八九都是從那些契丹士兵身上搜來的雜物。趙玉致看到他的身影，心中略寬，便道：「大哥，午安。」那大漢報以一笑，微一點頭，便道：「我們不妨在這裡等上好幾天，休息夠了後才起程不遲。」隨手從桌子上拿起一碟蒸餅，遞給趙玉致，說道：「吃一點罷。常伯伯出去為我們打點一些事。」說罷便拿起桌子上的一些物品來看，神情十分輕鬆自在。

趙玉致接過碟子後便坐在一旁，拿起蒸餅，慢慢的咬了一口，心中略感好奇，問道：「常伯伯為我們打點一些事？」那大漢隨口答道：「是！我已叫常伯伯找了十多名村民當哨兵，守著入村的各處通道。以防敵人來襲。嘻嘻！我曾遺下一批弓弩及長槍等器械給他們。萬一張繼昭的人馬殺到來，也不至束手待斃。在這兩天的時光裡，趙玉致已覺得眼前這位「大哥」粗中帶細，思慮周詳，縱使已擺脫了敵人，但仍不敢怠慢。她對用兵之道一竅不通，亦不懂江湖中的技倆，聽他想借村民之力作掩護，便不再追問，靜靜的把手上的蒸餅吃完。

她見那大漢不再說話，只在擺玩桌上之物，便靜悄悄的的凝望著他。只見他身材魁偉，皮膚略黑，舉手抬足之間卻顯得十分豪邁自在，器度不凡。趙玉致暗暗喝采，心道：『爹爹常說：『人不可以貌相。』但大哥表裡一致，一望而知，他確是一位英雄好漢。』

那大漢見趙玉致瞧著自己，微覺奇怪，便問道：「什麼？蒸餅不好吃嗎？」趙玉致給他的眼光一掃，立時怦怦心跳，滿臉緋紅，說道：「沒事。沒什麼。」這句話說得聲音細微，幾不可聞。那大漢見趙玉致神情古怪，但又支吾以對，便不再理會她。

他左手拿著那封用契丹大字寫成的密函，右手拿著一疊「飛錢」，口中喃喃的唸道：「漢賊與契丹聯手……打草穀……茶葉……野雞、殺牛族人……『飛錢』……鄆州城……」說畢，又把玩桌上的幾隻杯子。趙玉致知道他正在推想近兩日來所發生的種種事情，便說道：「我聽到契丹士兵好像要從你身上搜尋什麼『赤心訣』似的。」

那大漢定一定神，道：「嗯，『赤心訣』是一部武功秘笈。」趙玉致一怔：「武功秘笈？」那大漢便道：「對！相傳是前朝唐莊宗李存勗留下來的家傳武學，當中包含了沙陀族人武技的精髓。」趙玉致奇道：「沙陀族？」那大漢點一點頭，道：「對！妳也應該知道，這數十年間，自大唐覆滅以來，已改朝換代了好幾次，大周之前的李唐、石晉和劉漢等三個朝廷，都是由沙陀族人一手建立的皇朝。」趙玉致道：「我曾聽爹爹和哥哥說起。沙陀族人原是在吐蕃、回紇一帶出沒，但數十年前為中原朝廷招安，因護駕有功而成為防禦使，從此在中原擁兵自重，割據一方。」那大漢道：「對！大概就是這樣。沙陀族人驍勇善戰，更在中原建功立業，縱橫天下，直到現在，莫說是盤據太原，與我大周為敵的劉崇一路人馬，就連我大周禁軍之中，仍有很多將領是沙陀族人。而這族人當中，要數武功最高的，便非李存勗莫屬了。」

他又道：「當年趙在禮、皇甫暉謀反，攻入鄴都，李存勗派其義弟李嗣源前去討伐。但禁衛親軍卻是驕橫兇惡，因朝廷的軍餉問題而擁李嗣源為王。當時李存勗人心盡失，在洛陽反被伶人郭從謙率親軍追殺。李存勗雖是勇武過人，但最終仍是寡不敵眾。當年城破之日，『赤心訣』便給左右的伶人帶走。從此於江湖上消聲匿跡，再也找不到它的下落。」趙玉致道：「李存勗留下來的武功，真的那麼厲害？」那大漢道：「對，他的武功極高，天下罕有敵手。李存勗每次臨敵上陣，都會充當先鋒，更自恃武功高強，赤手空拳的衝入敵陣，再兇猛的敵人，也很難擋得住他的三招兩式。他武功出神入化，其親冒矢石，以一敵百的事蹟，直到現在，在禁軍中仍有人提起。」

那大漢頓了一頓，忽然笑了起來，續道：「據聞李存勗生前給了自己一個稱號，你知道叫什麼嗎？」趙玉致道：「我好像聽人說過，嗯……啊，我記起來了，好像是叫作『李天下』！」那大漢笑道：「對！就是『李天下』，你知道這個外號的由來嗎？」趙玉致道：「聽過，李存勗生前愛好音律，與城中的伶人交往甚密，有時更會粉墨登場，和伶人一起唱戲，更取了一個藝名，叫自己作『李天下』。」

那大漢的笑容極是燦爛，說道：「這就是了。他極好音律，官家有國事不理，卻去看戲聽曲，居然還自取藝名，實在有點莫明奇妙！」他又道：「有人曾說，他取名『李天下』，是統一中原北方後，自鳴得意，意謂『天下一統』。其實不是的，他自號『李天下』，所指的是『天下無敵』的意思，說的是自己的武功。」趙玉致恍然大悟，道：「原來如此！看來李存勗的武功確是非同小可，難怪那些契丹武人竟會覦覬這部武功秘笈了。」

趙玉致又道：「似乎要當官家也不容易，懂得帶兵不在話下，自身的武功也不能太差。」那大漢笑道：「這個自然，若無驚人技藝，又沒有超卓的戰功，又怎能教我一眾禁軍兄弟所臣服？若官家管不住禁軍，這個江山也不可能坐得穩呢！」眉目之間，卻忽然略過一絲憂色，原來正想起他的義兄，亦即是當今太子晉王柴榮，只喃喃的道：「若武功不怎麼樣，在軍中的資歷又不夠深的話……又如何服眾？」語氣之間，顯得甚是擔憂。趙玉致不明他心中所思，只怔怔的瞧著他，卻不敢打斷他的思緒。

那大漢略一回神，便道：「我們說到那裡？啊，是了。李存勗之頑強，是一般人很難想像的。我爹爹曾在他麾下當過親兵，多次和他出生入死。據爹爹所憶述，當年，城破之日，李存勗手上就只剩下不足一百兵馬，被五千亂兵所圍，寡不敵眾之下，他率眾且戰且退，竟還能殺敵過千。趙玉致嘆了一口氣，道：「就是武功再高，始終雙拳難敵四手，他最後是給亂兵殺死罷？」那大漢卻道：「不。李存勗力戰至最後，仍沒有敵人可在近身搏鬥之中傷他分毫。據爹爹所說，當時李存勗一時不慎，腿上中了流矢，只得走上城廓休息，身旁的伶人給他喝了一碗開水後，他便突然暴斃。他雖受箭傷，但最後卻是給伶人毒死的。」他想起這位大英雄最後並非戰死沙場，竟反為親信所毒死，不自覺的暗暗搖頭。

他又道：「群龍無首之下，餘下的親兵都紛紛投降，不肯投降的則被亂軍斬死，我爹爹仗著一身武功，才勉強突圍而出，保得住性命。」趙玉致點頭不語，只覺她這位「大哥」的武功已是出神入化，在他口中的李存勗，就自然更加了不起。

那大漢道：「李存勗的武功極高，他爹爹李克用的武功也是非同小可，同是沙陀族人之中數一數二的高手。他們的家傳武學『赤心訣』，其實是創自李克用之父。」趙玉致恍然大悟的道：「原來如此！李克用之父本名朱邪赤心，後來為大唐朝廷立下大功，才被賜漢名李國昌，所以他留下來的武功，便稱為『赤心訣』。」她冰雪聰明，舉一反三之下，大概對「赤心訣」的來歷，已有一點頭緒。那大漢點頭道：「正是，沙陀族人原以『摔拿技』稱雄當世，但李國昌乃不世武學奇材，不僅精通沙陀族人的諸般武技，更禮聘多名中原武術高手，鑽研我中華武技，最終另僻蹊徑，創出這套純以拳掌功夫為主的武術。據聞這套功夫的風格大開大闔，手法極為簡單，看似平平無奇，但每一招都是剛猛無儔，威力奇大。李國昌以沙陀族人的武技為根基，但卻取我中華武術之精要，創下這套與天下武術大相逕庭的絕學。他兒子李克用青出於藍，還把家傳的拳掌功夫融入諸般器械，使這套別樹一格的神奇武功發揮得淋漓盡致。其後傳到李存勗手裡，又生出了不少變化。『赤心訣』本只是口耳相傳，並無秘笈，但到了後來，唐莊宗李存勗忽發奇想，特地挑選了好幾名文武雙全的漢人，分別向他們講解家傳武技，再命他們把當中的秘奧訣竅逐一筆錄，花了好幾年時光，最終編寫成『赤心訣』。」

趙玉致到這一刻才完全清楚「赤心訣」的來龍去脈，便道：「那班契丹將士潛入中原，便是為了這部『赤心訣』而來？」

那大漢道：「張繼昭的師父，正是有『契丹第一高手』之稱的蕭繼軒。蕭繼軒乃契丹國的武學大宗匠，精通諸法神通。咱們學武之人，若聽到哪處有一部武功秘笈，縱使不去修習，總會想去看個究竟，即使連蕭繼軒此等絕造武學高手也不例外。可是，他縱有一睹秘笈之心，亦未必會因此勞師動眾而來。但凡傳授武技，都要師徒間口耳相傳，只靠文字或圖譜，殊不可能把箇中的細節都交代得一清二楚，而且不少上乘武技的竅門，只能意會，不能言傳。要真正學懂一門武功，非要精於此道的人從旁指點不可。若只偷得秘笈，自觀自學，又怎能悟到當中種種的精微變化之處？除非是同門中人，早對該門派的武技瞭然於胸，再看到秘笈，或許才會有所裨益；外人若無該門派的根基，就是本身武技如何超凡入聖，亦不可能學得到家。」趙玉致不通武藝，但觸類旁通，亦明白當中的道理，笑道：「天下的技藝也是如此，就如咱們學習蹴鞠，也要拜師學藝，單是看書是學不成的。就是初學書法，也得要請老師來指導筆法。」那大漢道：「這就是了！」

他臉容一肅，緩緩的道：「所以，蕭繼軒志不在此。我打賭他是為了『赤心訣』的另一個秘密而來。」趙玉致奇道：「另一個秘密？」

他點頭道：「相傳『赤心訣』除了記有李存勗的家傳武技之外，秘笈之內，還藏有『神臂弓』的製作之法。契丹人勞師動眾的前來爭奪秘笈，最重要的，是看上了『神臂弓』。若真的給契丹大軍得到『神臂弓』，可謂如虎添翼，後果實是不堪設想。」趙玉致不知「神臂弓」為何物，但想必是一種極厲害的器械，連契丹人也生出窺伺之心，便道：「『神臂弓』想必是一種神兵利器了。」

那大漢點頭道：「其實『神臂弓』並不是弓，而是一張威力奇大的『踏張弩』，以此射出去的箭，據聞三百餘步之內，仍可穿透數層鐵甲，號稱為『當世第一利器』。契丹人兵強馬壯，對我中原向來虎視眈眈。中原素來戰馬不足，只得多築城池，才可勉強抵禦他們的入侵。若要反守為攻，就非要依賴強弓硬弩不可。李存勗一統中原北方等地之後，便即命人鑽研弓弩之製法，希望可發明一些威力強大的器械，以克制契丹大軍。有一位名叫李宏的工匠，走遍大江南北的去找尋材料，經過多年的反覆試驗，最終發明了『神臂弓』，還把製法編成圖譜，獻了給李存勗。他得到了圖譜之後，不久便遇上了兵變。在危急之下，李存勗不想這等神兵利器的製作之法落入亂軍手中，便把圖譜藏於『赤心訣』之內，交了給他的心腹伶人，命他星夜逃出京城。」

趙玉致對弓弩之製法一無所知，便問道：「那『神臂弓』是很難製成的嗎？難道其他工匠造不出來？」

那大漢道：「他們當然造不來。尋常的弩機，最多也只可射至五、六十步左右。一些較為厲害的，也不過是射至百步開外，但那些弩機所射出去的箭雖能及遠，但威力亦不怎麼樣，又怎及得上『神臂弓』？當世威力最強大的弩機，要數『三弓床弩』。它可射至八百至一千步以外。可是，『三弓床弩』卻是龐然大物，不便攜帶，運使時至少也得要有數十名力士才行，又怎及得上只需一人的『神臂弓』那般輕便？弩機的大小、輕重和形狀略有不同，都會大大影響其威力；用什麼材料怎樣也模仿不來。」

作弩身、望山、弩弰、槍鏜及弦線等等，更有其奧秘。旁人沒有看過李宏繪製的圖譜，不懂製法，

趙玉致忽道：「那麼有沒有李宏的下落？」只覺縱使圖譜給人拿去，仍可從那工匠的身上得知製作之法。那大漢暗讚趙玉致聰明，卻搖頭道：「據聞李宏是党項族人。城破之時，他早已逃離中原；亦有江湖傳聞說他已被亂軍所殺。多年來，一直不知所蹤。」趙玉致嘆道：「原來如此。難怪契丹人這麼想得到『赤心訣』了，原來是『項莊舞劍，意在沛公』！他們想習得『神臂弓』的製法，終究是志在我中原的錦繡河山。」

那大漢亦道：「正是。所謂人為財死，鳥為食亡。他們現下和漢賊劉崇聯軍南侵，目的正是侵略我大周，最終所求者，亦不過是金銀財帛而已！」他又笑道：「那張繼昭為的可能是妳，那些契丹士兵為的則是金銀財寶，武功秘笈卻是聊勝於無罷了。要不然，當年禁衛兵因軍餉問題犯上作亂，李存勗也不用開倉派錢，更不用落荒而逃，只要找人全力印製這部『赤心訣』，每人一本，便可以化解那場兵禍呢！」

趙玉致嫣然一笑，道：「只抄印幾張紙便當軍餉，世上可沒有這種不勞而獲的事罷？」那大漢拿起桌上的一疊「飛錢」，眉頭一皺，說道：「就是有，蜀主孟昶這幾年間發行的『飛錢』，就是以一紙為憑，掠奪了我大周不少財帛。」

那大漢欲再說下去，但聽「啞」的一聲，常老頭推門進來，皺眉道：「唉！我千辛萬苦，才從郭大媽家裡借到文房四寶。」接著，把一疊紙張、毛錐子、墨和硯等逐一放在桌上，嘆了一口氣，又道：「趙兄弟可差點難倒我這副老骨頭呢！咱們村子裡只會有犁耙，哪會有人用毛錐子的？」那大漢嘻嘻一笑，道：「常伯伯，謝謝你。待會我要修書一封，勞煩你找人替我交到我的好兄弟手中罷！」常老頭道：「也是送到那所遞鋪麼？這個可不難。我叫阿牛送去便行。我去找阿牛來。」轉頭即走了出去。

趙玉致滿臉疑惑之色，一雙大眼，怔怔的瞧著那大漢，本欲問個明白，卻又不知他是否願意直言相告。

那大漢見狀，只覺這小姑娘絕非江湖中人，就是把箇中情由告之亦無傷大雅，便道：「實不相瞞。不僅我父親是禁軍中人，我亦是當兵的，大概妳已猜到罷？這次我受了朝廷的密令，與眾兄弟一同查探劉崇與契丹狗的一舉一動。劉崇那賊子自官家立國以來，一直盤據北方太原一帶，不聽我朝廷號令，更素有侵略中原的野心。這幾年間，亦不只一次打著為兒子報仇的旗號，率兵南侵，最終都給我們打敗。劉賊善於用兵，手上的兵馬雖然不多，但卻十分強悍。官家也不急於消滅他們，只以『堅壁清野』之策把他們圍堵，禁絕中原商旅到當地做買賣。北方太原一帶土地貧瘠，物資不豐，劉崇又給我們『封死』，在缺錢缺糧之下，想要揮兵南侵，絕非易事。只要過得幾年，便會給我們慢慢拖垮。」

趙玉致道：「官家此計甚妙。只要時候一久，兵不血刃便可以收拾敵人了。」

那大漢嘆了一口氣，道：「劉崇給咱們逼得緊了，竟想到石敬塘的無恥法門，與契丹人聯手起來！這幾年間，他為了從契丹人手中購得器械和戰馬，又要籌集軍餉，竟聯同契丹人一起打劫中原的商旅。劉崇麾下的將士本亦熟識中原地形，加上有野雞及殺牛族等山賊之助，直如入無人之境，在我大周境內做這殺人的勾當，教人頭痛不已。據探子回報，他們往來甚密，更有意聯兵南侵！朝廷派咱們前來，就是要查明此事，最好就是想到方法，壞了他們的好事。」

趙玉致道：「原來如此。大哥想必是在途中遇上福至大師，便前來迎救小妹了。」

那大漢點頭道：「劉崇與契丹狗賊雖在我大周境內放肆，但他們打劫商旅所得的金銀財帛，亦不可能立即送走，想必先設有倉庫，再等待機會，慢慢把賊贓偷運出去。在這幾個月以來，我們一眾兄弟，早已將山賊的好幾個巢穴都踏平了，但依然找不到劉崇與契丹人的蹤影。前天，我從遞兵手中接到福至大師的字條，才知趙姑娘給人擄走，便即趕來迎救。」

趙玉致道：「大哥救命之恩，小妹沒齒難忘。可是，小妹可不是耽誤軍情，阻撓了大哥捉賊的大計？」

那大漢笑道：「所謂救人如救火，姑娘的命子要緊，這才耽誤不得呢！此外，咱們一眾兄弟，用盡九牛二虎之力，才知他們的倉庫應在鄆州一帶，但卻一直無法把它找出來。這次奉福至大師之命前來救人，卻恰巧給我碰上張繼昭與一眾契丹將士，更從他們身上搜到這封密函，才得知原來他們的倉庫，竟設在鄆州城之內！無怪我們把當地一帶的山頭都翻轉了，依然找不到半點端倪。」

趙玉致知這封密函以「契丹大字」寫出來，不少字與漢字極似，想他看過上文下理，也猜到書信的內容，卻微感奇怪，道：「那些惡人的倉庫，竟設在城裡？」

那大漢臉色一沉，道：「這實是教人大出意料之外。若非我禁軍之中有內奸，敵人又怎能安然藏身於鄆州城之內？唉！其實有內奸也罷了，最教人意想不到的，就是他們竟敢這般猖狂，如此肆無忌憚的包庇逆賊！」

趙玉致心中一亮，只覺他所說之事合情合理；她雖對國家大事所知不多，但亦曾聽人家說過，中原朝廷軍紀敗壞，難以節制，通敵賣國之輩極多，便道：「那麼大哥是否要去鄆州城把那些惡人都揍一頓？」那大漢嘻嘻一笑的道：「我與一眾兄弟，本來就是要到鄆州城裡辦一件大事，我正要找遞兵替我傳訊，要眾兄弟提早出發。劉崇雖是機關算盡，但又怎料到我的人馬也是齊集在鄆州城內？咱們不僅要把那些惡人和內奸都揍一頓，也得要把倉庫裡的贓物都搶回來。所謂『三軍未動，糧草先行』。咱們若能把劉崇這條『財路』截斷了，或許可以拖延一下他們的南侵大計也未可知！」那大漢想一會，又道：「我知妳家在鄆州以北的青州。咱們先到鄆州一趟，辦完要事後，我便可找人送妳回家……嗯！轉頭我也會找人送信給福至大師，請他老人家與你的兄長一同到鄆州城會合。」趙玉致想起哥哥，心中一熱，便道：「我們何時起程？」

那大漢道：「我二人落了單，我又受了一點傷，不宜與敵人硬碰。張繼昭的人馬，多半仍在道上找我們。幸而這條小村落極為隱蔽，又遠離官道，他們理應不會懂得找上來。我先使人送信到遞鋪，待一眾兄弟在鄆州的佈置妥當後，才動身不遲。我們不妨在這兒住上幾天，等到我右臂的傷痊愈以後，就算在路上再遇上張繼昭這惡賊，也不用怕他。」趙玉致聽他說起張繼昭，心裡一驚，對昨天在破廟裡所發生之事仍是猶有餘悸，暗道：「菩薩保護，我們千萬不要再遇到這大惡人了。」

那大漢和趙玉致一起躲在農舍之內，足不出戶，不經不覺，已過了四、五天的時光。那大漢仗著內功深湛，加上少林派傷科聖藥「琥珀膏」的神效，右臂的刀傷已好了九成。趙玉致在這幾天內百無聊賴，便跟著常婆婆一起織布造衫，打理家中的日常瑣事。她出身富貴人家，自出娘胎以來從未做過家務，對貧苦農家的生活更是一無所知，自然鬧出不少笑話，也帶給兩老不少歡樂。

有一天晚上，那大漢吃過飯以後，便開始在農舍前的雪地上壓腿拉筋，轉腰鬆膊。不一會，已見他左手拿起長刀，輕輕巧巧的舞動起來。只見他出刀極為收斂，去勢緩慢，混不似數日前，在生死相搏之際那般兇猛。趙玉致坐在門前觀看，只覺那大漢舞弄長刀的招式極是好看，輕重快慢無一不恰到好處，動靜之間極是飄逸瀟洒。月光影照下，雪地生光，那大漢的一招一式，在舉手投足之際，竟有點像舞蹈一樣，剎是好看。

那大漢把一套「飛燕刀法」打完，顧盼之間，見到趙玉致穿上厚衣，正瞧著自己，躬身一揖，抱拳笑道：「小人初到貴境，舉目無親，特意表演這手刀法娛賓，多謝大家賞面……」竟一本正經的學那些江湖賣藝之人的口吻。趙玉致在各大小城鎮都見過不少賣藝演武之士，只覺十分有趣，給那大漢引得格格嬌笑起來。

趙玉致笑道：「大哥的刀法舞得真是好看！」那大漢道：「這是『飛燕刀法』，是單刀之中的『左手刀』。」趙玉致不懂武藝，不知這套刀法的來歷，想起當日他以這手刀法以寡敵眾之事，便道：「幸得大哥當日拔刀相助，一口氣把那些壞人打倒，要不然，我可沒有機會在這兒和大哥一起談天了。」想起數天前刀光劍影、血肉橫飛的情況，和現下星空無雲，月色怡人之景色，確有天淵之別。

那大漢笑道：「也不用客氣。路見不平，拔刀相助。」說著把長刀虛劈一下，裝模作樣，笑容極是燦爛。趙玉致笑道：「小女子感激不盡。」一語既畢，便盈盈下拜。那大漢見趙玉致認真起來，便即收斂笑容，順手向她的手臂一抬，說道：「姑娘不必多禮。義之所在，這是應該的。咱們謝來謝去的，何時才了？」趙玉致的手臂給那大漢輕觸，不禁臉上一熱，聽他說得有趣，便笑道：

「我要多謝你，這也是應該的。」竟學著他的口吻。那大漢見她說得有趣，便大笑起來，說道：「其實也不用多謝我。妳應該多謝一個人。」趙玉致道：「嗯……我知道了，你是說福至大師？」想起那大漢若不是受福至大師之命，也不會遠道而來，談起福至大師的活命之恩，實是心存感激。

那大漢說道：「福至師叔當然要謝。還得要謝一個人。」趙玉致問道：「是何方神聖？」那大漢道：「是拙荊。」趙玉致心中一動，奇道：「是尊夫人請你來相救小妹？難道我們是舊相識？」但卻想不出他妻子是何人。那大漢笑道：「不，不是這個意思。」接著把手中的長刀微微一揚，說道：「這套『飛燕刀法』，是她傳我的。要不是她把這套『左手刀』傳了給我，我右臂受傷之際，又怎能救你出來？早就給那些契丹將士斬成肉泥了。」接著把長刀隨手揮舞，神情輕鬆自在。

趙玉致說道：「原來如此。你的武功是尊夫人所授？」那大漢道：「也不是。我泰半的武功，都是少林武技。」趙玉致說道：「啊！我倒忘了。福至大師是你師叔，你學的自然是少林功夫了。」那大漢道：「我學的功夫很雜，亂七八糟的。我自幼在洛陽夾馬營長大，爹爹閒時也會教我武技。此外，小時候在軍營中向人家討教，東學一招，西學一招的。我從少便很頑皮，常常在軍營裡生事，爹爹才請少林武僧來治我。」趙玉致聽他說起自己的童年往事，便笑道：「一望而知，你小時候一定十分頑皮。」那大漢說道：「可不是嘛？內子都是這樣說的。」

趙玉致聽他談起自己的妻子，便笑道：「你們多半是不打不相識。她和你切磋武藝，因此你便學了她的刀法？」那大漢笑道：「我自幼習武，專研拳掌功夫，亦通曉騎射及各種用於戰陣的長器械，卻不擅使刀。成婚後才正正經經的跟內子學習她的家傳刀法。她也是將門之後，更是用刀的行家，賀家的『飛燕刀法』頗有獨到之處，在江湖上的名氣也很大。」趙玉致忽道：「我看你的刀法很厲害，那些契丹將士，可沒一個擋得住你的一招半式。」

那大漢卻道：「我不過是攻其無備，才能僥倖獲勝。其實契丹人也擅於用刀，他們所鑄的『鑌鐵刀』更是當世聞名。你想想，張繼昭的刀法就比我強得多了，我要制他死命，只能用長器械，用單刀卻不行。」他提及張繼昭，不其然想起他那手出神入化的「影月刀法」。

趙玉致聽他說起張繼昭，心中不禁一寒，便道：「他還會不會追來？」那大漢道：「很難說，但我卻要去找他出來。」趙玉致知他是禁軍中人，張繼昭卻是契丹人的走狗，二人當然是勢不兩立，問道：「你現在練刀，就是準備找他算賬嗎？」那大漢笑道：「這幾天足不出戶，氣悶得很，只能隨便活動一下筋骨。他的刀法比我強得多。若要以刀法制他，也得要請教內子了。」

趙玉致聽他多次提及妻子，暗想：「嗯，我明白了，他在雪地之上練習妻子的刀法，多半是在想念她。」一時間只覺得自己孤零零的，世上實無人念著自己，恐怕回家以後，他也會將自己忘掉，不禁嘆了一口氣。

那大漢見她嘆氣，問道：「幹麼?在想家嗎？」趙玉致臉上微微一紅，道：「是啊。這幾天躲在農舍裡，也氣悶得很。」那大漢笑道：「原來如此！我給你這個！」，便走入農舍，從行囊之中找了一個丫叉出來。那個丫叉乃木製之物，油上一層黑漆，更鑲有銅片，手工甚是精緻。

趙玉致在童年時也曾玩過丫叉，嫣然一笑：「你給我玩的？」那大漢點頭的道：「你想不想玩？」便把一粒石子扣在丫叉的繩弦上，道：「中！」只聽到「蓬」的一聲，已把石子射了出去，在樹上的一隻烏鴉應聲而落。

趙玉致拍手叫好，奇道：「給我試試？為什麼你會帶著這個丫叉？」那大漢笑道：「我從少便愛玩這個。」說罷，又是「蓬」的一聲，又有一隻烏鴉應聲而倒。那大漢見自己的「射術」已回覆了八、九成，臂上的傷口已不再發痛，不禁連聲叫好，笑容滿臉，神情甚是得意。趙玉致見那大漢流露出孩子氣的臉容，心念一動，抿嘴一笑的道：「是尊夫人給你的？」那大漢奇道：「是她弄給我的，妳怎會知道？」趙玉致搶過丫叉，卻笑而不答，心想若這丫叉不是他妻子之物，他又怎會無緣無故把這個小玩意放在身邊？

談笑之間，二人拾起石子，以丫叉對著農舍左右的大樹亂射一通，樹上的烏鴉一隻又一隻的倒下來。到了後來，連田野間的野兔、母雞，甚至是稻草人也都受到牽連。二人比拼「射術」，興高采烈的玩了一個晚上。

按一、關於「飛錢」與櫃坊：「飛錢」是我國最早的「匯票」，自唐憲宗期間（公元八〇五至八二〇年）開始，於各大城市之間流行，當時主要盛行於長江、江淮與成都等地，實是我國紙幣之雛形。「櫃坊」亦於唐中葉興起，成為了十分重要的商業機構，專門負責儲蓄和支付錢幣，但與後世之「錢莊」及現代之「銀行」不同，「櫃坊」只能向存戶收取保管費，不能運用存款，不可放款來賺取利息。當時商賈富豪，都會把錢財存於其中。

直至五代十國期間，各地錢法不同，幣制上形式各異，可謂五花八門。此外，商業往來頻繁，但銅錢不足，各地以鐵、鉛、錫等金屬鑄錢充數，劣質私鑄錢的情況更很嚴重，「大額錢幣」、「以十當百」之事，亦十分盛行，是一個貨幣紊亂的年代。

至宋初，「櫃坊」亦多已衰落及變質，不再經營存款及保管業務，卻成為了賭博場所。宋朝廷在京師設置「便錢務」，掌商人以錢換券的事務。

一直以來，四川等地銅錢不足，宋朝廷規定該地只能行使鐵錢，但因鐵錢太重，攜帶及交換不便，「交子」終於在宋太宗淳化年間（公元九九零至九九五年）應運而生。據《宋史．食貨志》：「會子、交子之法，蓋有取於唐之飛錢。」「飛錢」與「交子」之分別，是前者要到指定不同的地方兌現，後者，則在全國各地都可以兌現。

按二、關於張業與張繼昭：張業於蜀國權傾朝野，兒子張繼昭精通劍術，與歸信和尚往來甚密等確為史實。但張家被誅殺之時，張繼昭卻能逃出生天，則蜀國皇帝孟昶感面目無光，對此事秘而不宣，閱遍史藉，漫不可考，知世上曾有此事者，唯《汴京遊俠傳》之讀者而已。

只見一個身材高瘦、面目俊朗的男子正緩緩走入店子。他身穿敝袍，於肩頭及手臂上都綁有皮革。隱若可見，他於敝袍之下，腰間正懸著一把長刀，手上則拿著一根黑漆漆的木棍，臉帶微笑，眼神卻流露著悲苦憂鬱之態，正是多日前把趙玉致擄去的張繼昭。

第三回：鬥茶

二人在農舍裡養傷避難，一住便是七、八天的時光。

這一天的清早，那大漢執拾好行囊，雇了一輛騾車，與趙玉致一起啟程到鄆州。二人在途上談天說地，不經不覺，已在山徑上走了近半天。那大漢道：「騾子的腳力不錯，比我預計的還要早到了幾個時辰。待會兒，我們便會走到鄆州城內。首要大事……」趙玉致心中微驚，搶著問道：「大哥要找幫手對付那班惡人？」她所指的「惡人」，自然是張繼昭、一眾契丹好手和劉崇麾下的將士了。

那大漢哈哈大笑，卻道：「惡人當然要對付，但我肚子裡有一隻餓鬼，才是頭號大敵，一定要先行把它除掉。」趙玉致笑道：「大哥說得也是，早上只吃過一點乾糧，趕路半天，也沒有吃過什麼像樣的東西。」那大漢笑道：「何只這半天？這七、八日以來，在常伯伯家裡，也沒有吃過什麼像樣的東西！我與石兄弟他們約好，於城中有一間『江南分茶店』裡會合，那兒的糕點和小菜弄得不錯，反正他們的事還未辦完，我先帶你去試試那裡弄的菜式罷。」當世不少著名食店，都稱為「分茶店」，店內除了販賣茶水之外，還會備有不少特色的小菜和糕點小吃。趙玉致自幼喜愛佳餚美食，聽到那大漢的建議，立時精神一振，拍手叫好。

不一會，二人已走到鄆州城下。鄆州位於東京汴梁的東北方，只見城牆堅厚穩實，既高且闊，城外設有好幾個軍營及哨站，戒備森嚴，和開封府一片繁華氣象大相逕庭。

趙玉致見到城門前有一關口，站滿了士兵，對往來的百姓都逐一查看。可是，那大漢走過去之際，只從身上取出一塊黃澄澄的小銅牌給那些士兵一看，他們便立時肅然起敬，二話不說的便讓路給他們。趙玉致好奇之下，便偷看了那塊銅牌一眼，隱約見到兩行小子，寫著「禁衛軍、東西班行首」，想必是那大漢用來表明身份的信物。「東西班行首」在禁軍中的官階雖然不算很高，但卻擔當了皇宮的防禦工作，實乃皇帝的親信，身份非同小可。一眾將領及士兵見到銅牌後，都不敢有半分怠慢。

二人進城後，那大漢驅車前行，趙玉致見沿路上都有許多食店，店舖門前都高高的掛著一條又一條白色的布條及木牌，寫著各店之名稱。她看到有一座樓高兩層的食店，名為「嵩氏正店」。只見高樓的外簷柱子之上使用了「斗拱」，門前亦縛紮「綵樓歡門」，甚顯氣派；店前人來車往，熙熙攘攘，好不熱鬧。她素知只有數一數二的食店才會稱為「正店」，店內除了上等菜肴外，還有價值不菲的陳年佳釀。她放眼望過去，又見到對面有一所「川飯店」，販賣四川名菜。「川飯店」之旁有一間「素分茶」，是僧侶和善信吃齋的地方。她只覺此處雖遠不如開封城中的百花齊放，但各種店舖林立，百姓進出往來，亦甚是興旺。

不一會，便已走到「江南分茶店」。那大漢把驢車擱在食店之旁，二人還未走進店子，已嗅到店內傳來的蒸包子及炒肉絲的香味。只見店門前有一頭黃狗，正懶洋洋的躺在地上，一見那大漢走過來，便如遇到故人一樣的撲上前，好不親熱。那大漢笑了一笑，撫摸著黃狗，更以幾下純熟的手勢和哨聲，指揮黃狗跑前退後，玩得興高采烈。不一會，「分茶店」內便有人走出來招呼他們。

二人一坐下，那大漢便即叫道：「茶博士，給我寫幾道小菜來。」只見一名年約六十來歲的茶博士走過來，滿臉堆歡，拱手道：「趙兄弟，咱們很久沒見了，別來無恙嗎？」那大漢笑道：「王老，你好！我的肚子餓壞了。」趙玉致笑道：「大哥還未進城之時，已提起貴店的大名，說一定要來光顧。」王老頭忙道：「多謝賞面！多謝賞面！」他見到趙玉致清純秀麗，笑靨如花，微微一怔，道：「姑娘妳好……妳是？」那大漢不願多作解釋，便信口胡謅的道：「她是我的妹子。」王老頭笑道：「原來如此。」那大漢岔開話題的道：「今天有什麼好吃的？」王老頭便道：「先讓我看看，給你們打點一下！」說罷即走入廚房之內。

趙玉致問道：「大哥和王老先生是舊相識罷？」那大漢點了點頭。趙玉致即笑道：「大哥果然是相識滿天下。」那大漢笑道：「我交的朋友不少，連大門口之前的那頭黃狗，也是我好兄弟。」趙玉致笑道：「那便是『豬朋狗友』了！」那大漢哈哈大笑，道：「那頭黃狗是王老養的，名叫『大將軍』，嗅覺靈敏無比。曾有客人不肯付錢，悄悄溜走，都給『大將軍』找回來。從此以後，只要有『大將軍』在，便再也沒有人敢來這兒白吃了。」趙玉致嘻嘻一笑，問道：「那你是如何認識王老先生的？」

那大漢道：「大概五年前左右，我和內子一起出外做買賣，從南方辦貨回來，為躲過敵人的耳目，便繞道來到鄆州。」趙玉致聽他說得輕鬆平常，但想必曾遇過不少波折，便問道：「你們為何會遇上敵人？」

那大漢答道：「當時我們在金陵買賣茶葉，賺了一大筆，惹起一眾江南商賈的不滿，他們與江南官府勾結，竟派人前來追殺，咱們邊打邊逃的，最後連大半人馬也犧牲了，才保得住性命。」趙玉致微驚，卻對前因後果不大明白，問道：「不過是做茶葉買賣，為什麼會得罪人家？」那大漢還未答話，王老頭已取了茶盞、茶匙、水瓶及茶碗等用具出來，在二人面前「點茶」獻技。只見他拿起兩團細小的茶餅，輕輕的道：「這是敝店最上乘的『廬山雲霧』。」說畢，便即把茶餅略為烘熱，再放進茶盞裡磨成粉末，手法純熟之極。

那大漢對王老頭說道：「不喫茶也不打緊，不如先拿些好吃的點心來？」王老頭笑道：「不用急，我已吩咐了廚子為你們準備幾道點心和小吃。光臨敝店，又怎能不喝茶？」轉過頭來，便繼續專心「點茶」。

趙玉致道：「大哥，現下天寒地冷，先喝點熱茶，對身子也有益處呢！」王老頭接口道：「姑娘可十分有見地。當年陸羽先生的《茶經》已言明，茶有安神、明目、清熱、醒腦、解毒、消食、除膩、祛痰、治痢、益氣力、延年益壽等等好處……」他對喝茶的益處背誦如流，如數家珍。趙玉致心道：「要大哥靜靜的坐著品茗，確是有點滑稽。應該給他喝一點酒才對。但這裡又不是『正店』，又怎會有美酒賣？」果然，那大漢已打斷了王老頭所談的「茶經」，說道：「貴店有沒有酒？」還未說完，已流露出饞嘴貪飲的神色。

王老頭笑道：「當然沒有，明知故問！」還欲繼續談他的「茶經」，店小二已送上兩大碟色彩鮮艷的小點，分別放在二人眼前。王老頭便端上兩個茶碗，笑道：「還是吃東西要緊，不如一邊喝茶，一邊吃小點罷？兩位請慢用。」轉過頭來，已緩緩走入廚房。

趙玉致看到碟上有十多種小吃，有一些鵝梨、芭蕉、金橘、荔枝等乾果；又有一些蒸餅、油餅等糕點，更有桂花糕及棗塔等甜點，每一件小吃都弄得頗為精巧細緻，便拿起筷子，吃了一口，再喝了一點茶，只覺小吃美味可口，茶味清香甘甜，回味綿長，便道：「大哥，這『廬山雲霧』的茶味幽香高雅，確是不錯。我聽爹爹說過，早在漢代，廬山寺的僧侶就已在山上種茶，據聞在高山濃霧之中所種出來的茶份外甘甜，僧侶們積累了千餘年的種茶經驗，種出來的茶自然是不同凡響了。」說罷，又喝了一口。

只見那大漢轉眼間已狼吞虎嚥的把十餘件小點吃完，聽得趙玉致所說，才喝了一口茶，卻是一飲而盡，拿著空空如也的茶碗，笑道：「茶的好壞，我不大懂，只知道茶葉買賣確是一門牟取暴利的大生意！」

趙玉致聽得那大漢談起茶葉生意，想起他剛才的話，便道：「啊，是了，你們當年為什麼會給人家追殺？」那大漢哈哈大笑，道：「我賺了一大筆，但當地商人卻是血本無歸，他們便想把我賺的錢搶回去。」趙玉致出身茶商世家，但卻也聽得不大明白，神色間滿腹疑惑。那大漢續道：「江南盛產茶葉，一般客商去南方買茶，首先會向官府買『茶引』，再向當地茶商買貨，然後再把茶運回北方去賣。」趙玉致道：「是的，自來便是這樣。除了做買賣、運貨及開店子之外，咱們也有種茶。我家為了確保每年的茶葉供給，多年前，更和一名南方商賈聯親，與他們一起，疏通了當地官府，在江南一帶買了不少茶園。」

那大漢卻道：「我在金陵買了大批茶葉以後，一不種茶，二不運送。」趙玉致一怔，一雙明亮的眼睛生出奇異的目光：「那你怎麼賺錢？」她聽父親的教誨，深明「貨如輪轉」的至理，只買不賣，實是出人意表。

那大漢續道：「我買了茶葉後，沒有立刻回開封，反而在當地等候了兩個多月。金陵茶市之內的上等茶葉買少見少，茶價越來越貴，我便趁機把手上的茶葉盡數賣回去給他們了。」趙玉致嘖嘖稱奇，連做夢也想不到竟有人用這種方法賺錢。讓她更想不到的是，那大漢當時連做生意那筆錢，也是借回來押注的。

趙玉致道：「明買明賣，童叟無欺，他們也沒藉口追殺你罷？」那大漢道：「當年我把茶葉賣給他們後不久，茶市的氣氛便急轉直下，江南各地的官府發行的『茶引』，竟忽然間無人問津，連眾人趨之若鶩的各種上等茶葉也賣不掉，茶葉變得越來越便宜。他們覺得受騙了，便來向我討債。」茶葉於當世乃禁榷品，不僅是一門大生意，更是朝廷一項重要的歲入。商賈買賣之際，須向當地官府購買「茶引」；官府亦可藉發行「茶引」來左右茶價。趙玉致也曾聽過茶價貴賤不定的情況，便笑道：「難道大哥是生神仙不成？又怎能洞悉先機，得知茶葉會忽然變得低賤？」那大漢笑道：「其實我也只是瞎猜而已。那些茶葉賣得太貴罷？當時一眾南方商賈都認為中原的內亂稍定，朝廷終可騰出手來備戰，為防契丹兵馬南侵，多半會派人來購買茶葉，以便向塞外商人換取戰馬。所以茶引和茶葉便越賣越貴了。」趙玉致笑道：「我聽過，這是『以茶易馬』的傳統。」

那大漢道：「對！這也是實情。很久以前，咱們向那些關外人買馬，都是付銅錢的，間中也會用銀鋌。可是，銀鋌十分珍貴，怎能輕用？此外，這十餘年間，中原一帶還在鬧錢荒，咱們根本沒有足夠的銅錢付賬。另一方面，那些回紇、大食國，甚至乎是契丹等關外商人，對我們出產的茶葉卻是趨之若鶩，更不惜以千金來換。雙方各取所需，便促成了『以茶易馬』的辦法。」趙玉致道：「是的，我曾聽爹爹說過，這些年來，中原的城鎮和草市越建越多，牧馬場卻越來越少。相反，塞外則是天然的牧馬場，但氣候土壤卻種不出上佳的茶葉，雙方的買賣便因此應運而生。」

那大漢點頭道：「大概就是這樣子。自來汴梁四通八達，無險可守，實乃四戰之地，朝廷只能以兵為險。那一年間，不少南方商人認為，咱們中原的形勢稍穩，定會招兵買馬，以抵禦契丹人的入侵。咱們要買馬，便要買更多的上等茶葉。因此，茶葉頓變得越來越貴……」趙玉致道：「嗯！我也曾聽爹爹說過，咱們在開封分號的茶價，除了受朝廷及南方官府的『茶引』所左右之外，也是盯著馬匹的價錢來決定的。那麼，大哥是得知訊息，知道這些傳言都不是真的，所以便把手上的茶葉賣清光？」那大漢道：「其實謠言滿天飛，我也不知孰真孰假。我只知前朝的樞密使，亦即當今朝廷的官家，確實是派了親信來南方辦貨。」趙玉致知道五年前左右，仍未改朝換代，中原還是沙陀族人劉漢的天下，當今天子郭威，於那時亦已是位極人臣，掌朝廷兵權，若他親自派人來辦貨，多半便是要招兵買馬了。

那大漢續道：「其實當時不僅南方的茶葉變貴，連北方來的馬販也在漫天討價，竟當我們朝廷是羊牯一樣。戰馬越賣越貴，茶價便緊隨其後。茶價變得更貴，又反過來左右了戰馬的價錢。那時情況晦暗不明，我也不知道那麼貴的茶葉買回去之後，還能否賺錢。但到了後來，我終於從李璟那處找到一些端倪。」

趙玉致奇道：「李璟？大哥說的是……」那大漢點頭道：「是的。李璟不是旁人，正是當今盤據江南諸路，割地稱王之人。」自大唐覆滅以來，各地藩鎮紛紛自立為國，不聽中原朝廷之號令，近幾十年間，天下四分五裂。李璟之父李昪，原為江南楊吳太祖楊行密和其麾下大將徐溫的養子。他於楊吳順義七年篡位自立，更自稱為唐室後裔，改國號為大唐。李昪在位的六個年頭裡，勤政愛民，興利除弊，與民休息，為稱霸南方奠下堅厚穩實的基礎。李昪駕崩後，兒子李璟繼位。李璟仗著父親留下來的「家底」，屢次對鄰國興兵，先後滅了馬楚、王閩兩國，從此疆土倍增，駸駸然已成為南方第一大國。李昪、李璟兩父子雖自稱為唐室後裔，但中原朝廷則視之逆賊，稱之為「偽唐」。李璟雖在南方稱霸，但在位這幾年間窮兵黷武，虛耗國力，現下只得休養生息；雖然這些年來，中原變天，朝代更替，民不聊生，李璟一方，卻一直無力北伐。雙方對峙多年，都是各有所忌，並不敢冒然向對方用兵。

只聽那大漢續道：「李璟即位後不久，便著手整頓江南茶市，規定但凡所有商賈在茶市的買賣，都須由官員筆錄下來，以便他們向朝廷賦稅。我記得當年在官府裡，至少可看到三十餘種茶葉的買賣記錄，有價錢、份量、付鈔的方法等等。這些記錄少說也有五年多。我便偷偷的請人把這些記錄抄回來，讓我好好的參詳一下。」趙玉致奇道：「有什麼好看？難道從中可得知茶葉太貴，所以你便把茶葉賣掉？」那大漢道：「可不是嘛！很多年前，我曾見過華山派的一代宗師陳摶陳老先生。他教了我一套『陰陽棒法』。我就是用這套棒法來洞悉天機。」

趙玉致大奇：「他教你那套棒法，又和茶葉買賣有什麼相干？」那大漢笑道：「『陰陽棒法』並不是一套武功。陳摶多年來精研易經卦象及道家陰陽之說，參透了天道循環的至理，最終悟出一套買賣之道出來。我依著他的法子，把那幾年間的買賣記錄，畫成一幅一幅的『陰陽圖譜』。從圖譜可推算出，當時應該有人在茶市上下其手，把茶價弄貴。這『陰陽棒法』的用法，其實我也很生疏，也不知道自己的推算對不對，但當時茶價已很貴，我就是把買回來的茶葉賣掉，也能大賺一筆，又何必要把之運回去開封府？當下便再不猶疑，把手上的茶葉賣清光。或許倒有不少熟知北方形勢的茶商也是這樣想，大家都一起把茶葉賣掉，茶價便越來越便宜了。」

趙玉致仍不大明白「陰陽棒法」之奧秘，但自來做生意的人也很迷信，出門遠行，甚至是做買賣之前，都會求神問卜。她想既然「陰陽棒法」與易經及八卦之說有關，則多半是用來占卜的物事，便不再追問下去。她只覺得眼前這位大哥的年紀雖不算大，但閱歷卻十分豐富，聽他說起往事，實覺精彩萬分。

過了半晌，王老頭見那大漢已把茶點吃完，便再為他「點茶」。他一邊清洗茶餅，一邊陪笑道：「你們談起當年之事嘛？那一年呀，趙兄弟可狼狽得很呢！那時戰亂剛停，年關在即，城中的米糧也不太夠，街道上的不少邸店及食店更早已關門大吉。趙兄弟、趙夫人和幾個家丁光臨敝店，我們卻沒有什麼可吃的東西給他們了。」

趙玉致笑道：「那次一定餓壞了我的大哥呢！」王老頭笑道：「可不是嘛？我們連忙到廚房裡看看，就只剩下一些蓮藕、香菰、蔥、姜、菜乾、些許麵粉和幾塊未用完的豆油皮等物事。」趙玉致道：「連一些饅頭、糕餅也沒有？」王老頭道：「都沒有了。咱們米缸裡還一些米，可煮點糜粥，但市集隔十多天後才再開，我們也得要留點東西給自己吃。」趙玉致笑道：「那你們如何利用剩下來的東西做一道江南菜給我的大哥吃了？」王老頭陪笑道：「說來慚愧，咱們著實弄不出來。」

那大漢笑道：「那時內子見狀，便即親自下廚，花了一點心思，把那些零星的材料弄了一道很好吃的菜出來。」王老頭道：「是的，還記得她入廚不到半個時辰，便把蓮藕、姜、香菰等切絲，伴了些許鹽、麵粉、菜乾，用豆油皮包著，捏成一字條形，放進油炸後，再把那一條條的豆油卷切成『車輪』形狀，最終完成了那一道可口的菜式。不僅趙兄弟吃得滋味。咱們的廚子也來試了一口，都是連聲叫好。她別出心裁，弄了那一道色、香、味俱全的『豆油蓮藕卷』，可教咱們的廚子慚愧得很呢！」

那大漢忽道：「今天有沒有那道菜？」王老頭笑道：「有！當然有，這一道『豆油蓮藕卷』已成為咱們的招牌菜。」三人都是哈哈大笑。王老頭把弄好的茶奉上，便再入廚房打點一下。那大漢又喝了一口茶，說道：「這道菜式十分好吃，待會兒妳也得試試。」

趙玉致即恍然大悟：「原來他來到鄆州，也不忘到這間店子吃點心，是想吃他妻子所創的菜式。」她過了一會，隨口問道：「當年你們贏了那場買賣，後來怎樣？」那大漢道：「其實真正贏了那場仗的可不是我，而是另有其人。」趙玉致奇道：「是誰呀？」

那大漢道：「相比起他，我所得的利錢一點也不算多，其實這場茶葉買賣的風波，也是由他一手弄出來的。」趙玉致道：「就是那個在茶市裡上下其手的人？」那大漢輕輕點頭，低聲道：「對。這個人不是旁人，而是柴少爺。想當年，我們一眾兄弟都叫他『柴少』。」趙玉致問道：「柴少？」那大漢輕輕的笑聲道：「嗯，正是晉王，當今開封府尹。」趙玉致聽到「晉王」的稱號不禁一凜，知道晉王柴榮是當今皇上郭威的亡妻柴氏的侄兒。郭威情深義重，一直對亡妻念念不忘，再也沒有冊立皇后；更愛屋及烏，收柴榮為養子，視如己出。郭威諸子早在三年多前的一場兵變之中被人殺害；他登極後即指定柴榮為皇位的繼承人。

趙玉致喃喃的道：「原來是他。」一轉念，又只覺除了中原朝廷之外，又有何人膽敢在江南一帶發難？若不是郭威身邊的第一大紅人，又會有何人有此能耐，可以在茶市之內翻手為雲，覆手為雨？

那大漢道：「不是他，又是誰呢？」又道：「原來茶葉變貴，正是偽唐那假皇帝李璟想出來的奸計。他先把『茶引』的價錢弄貴，再勾結南方諸國的商賈，聯手囤積大批茶葉，原是要使茶價變貴，與南方商販一起謀取暴利，另一方面，又可加重中原朝廷的負擔，好讓我們虛耗國力，為招兵買馬疲於奔命。而且，南方諸國雖是土地肥沃，但卻銅產不足，向來缺錢，這一著亦可使銅錢源源不絕的從北方送到南方。晉王向來算無遺策，又怎會不知他們的詭計？他當時先找人靜悄悄的買了很多茶葉，再找人在邸報及小報中宣揚朝廷『以茶易馬』的消息，茶價本已頗貴了，經他這麼一鬧，更是水漲船高。商人紛紛搶購，他卻命人扮作巴蜀來的商人，悄悄的把茶葉賣給李璟一路的人馬。南方諸國等人雖是聯手買茶，但卻各懷鬼胎，不肯互通消息，最終仍是上了晉王的大當，給他逐個擊破。」分茶店內的地方雖然頗寬闊，客人不多，但那大漢正在談及朝廷當年的秘聞，所以把聲音壓得很低，以防給其他人聽到。

趙玉致道：「晉王賺了一大筆後，便張揚而去了？」那大漢卻道：「我起初也以為是，卻原來不是這麼簡單。」趙玉致奇道：「晉王還有後著？」那大漢點頭道：「當年我在江南的道上碰到他，從他的口中得知，茶價變貴後賣掉茶葉，不過是第一步棋。」說罷，便把一隻空茶碗端在席上，以示「第一步棋」的意思。趙玉致「嗯」的一聲，眼光之中，滿是疑惑。

那大漢續道：「大家雖同朝為臣，但我也是那時候，才真正認識晉王。當時內子和我仍在江南一帶，於一間『分茶店』裡吃飯，他領著幾個隨從走入，我見他不過大著我幾歲，談吐舉止間卻顯然非等閒之輩。他當年甚少露面，那時又是微服出遊，我起初還不知他的身份來歷，聽他的口音，才知也是中原人士，便作了個東，請他一邊吃，一邊談。我和他談得很投緣，到了後來，他才表明身份，更把事情的始末都告訴給我們聽。」

他拿起第二隻空茶碗，緩緩的放在席上，低聲道：「他的第二步棋，便是把茶價『壓』下去！原來他把茶葉賣清後不久，便即找人告訴各地的商行，朝廷將在大名府鄴都、以及周邊的相州、刑州、鄆州等戰略重地築修城牆，加建城樓、城垛、甕城、羊馬城等等，以抵禦契丹人的入侵。而且，朝廷更會開設『弓弩院』，專責發明及大量製造各式弓弩，以供將士使用。」趙玉致道：「那麼朝廷招兵買馬，也不是什麼出奇之事罷？那和茶葉賣買，又有什麼相干？」那大漢笑道：「這當然相干。晉王說的全是實情，南方商人聽到中原朝廷正大規模的築城，便開始惶恐不安，更開始把原本囤積在手上的茶葉賤賣，實是兵敗如山倒。」趙玉致仍不明白當中的因由，便問道：「為什麼會這樣子？」

那大漢緩緩的道：「咱們大規模的修築城牆，鑄造弓弩和各種守城器械，便代表朝廷抵禦契丹人，以守城為上，而不是志在攻城掠地。單是守城，可用不著那麼多戰馬。朝廷不要戰馬，便不用買太多茶葉。買馬用茶葉，築城要的是民伕，用的是錢糧。百姓們替朝廷出力，把磚頭和大石搬來搬去，咱們可不能只請他們喝茶罷？」

趙玉致嫣然一笑，只覺那大漢說得十分有趣，便道：「所有人都以為朝廷需要源源不絕的茶葉來換取戰馬，卻原來是一場誤會，所以南方的茶葉便變得無人問津了。」那大漢點頭稱是，續道：「晉王使計使茶價變得低賤，是有原因的。咱們中原老百姓也要喝茶，若茶葉太貴，可加重了咱們中原茶商和老百姓的負擔。晉王在南方茶市搗亂之際，中原商賈大都熟知大周的形勢，並沒有輕舉妄動，多半在隔岸觀火。反而南方茶商卻紛紛向茶園爭購茶葉，以囤積居奇，深信可以更貴的價錢把茶葉賣給咱們。」

那大漢頓了一頓，再把第三隻茶碗端在席上，問道：「那麼，你認為，晉王的第三步棋會怎樣行？」趙玉致微微一怔，緩緩搖頭，只覺柴榮把南朝商人都殺了一個措手不及，早已大獲全勝，還會有什麼後著？

那大漢還未等趙玉致答覆，便笑道：「這第三著棋嘛，當然是買茶了。茶葉變得便宜，便是買貨的時候。他最終賺得了一大筆錢，又賺了一大批茶葉。其實咱們築城守備以外，始終也要買戰馬，禁衛軍才能做到攻守兼備，朝廷方能安寢無憂。其實戰馬短缺，一直都是禁軍的一大問題，遇上良機買茶，朝廷當然不會白白放過。」

趙玉致只覺晉王柴榮在南方的茶市內貴出賤收，上下其手，確是一個極厲害的人，難怪他雖在戰場上未建尺寸之功，但卻仍深得郭威器重。她又隱隱覺得，柴榮借郭威的氣勢和傾國之力，自然可翻手為雲，覆手為雨，而眼前這位「大哥」卻有如一葉輕舟，縱是狂風駭浪，也能隨波上下，始終不讓波濤吞沒，若論智計和膽色，都是各擅勝場，難分軒輕。

那大漢見趙玉致怔怔的不發一言，便道：「怎麼了？」趙玉致道：「沒有什麼，只覺得晉王未免過猶不及，那次可得罪了南方諸路的人馬呢！」那大漢笑道：「得罪南方的茶商不打緊，但得罪了李璟，可不是鬧著玩的。」頓了一頓，又道：「當年，李璟很快便知道晉王來到江南弄鬼，便即派禁衛軍到茶市捉拿他，封鎖金陵城鎮內外的各處通道，誓要把晉王捉回去斬首。」

趙玉致道：「李璟不會這麼做罷？若晉王有什麼不測，官家絕不會就此罷休。」那大漢讚道：「妳真是冰雪聰明，其實李璟雖然自負得很，卻仍對我們還是十分忌憚，絕不敢輕舉妄動。」又笑了一笑，又道：「那麼你想想，為什麼他口口聲聲要殺晉王？」趙玉致道：「他……他在威嚇晉王，要他鳴金收兵？」一轉念，又道：「難道他另有所圖？」

那大漢微笑道：「對，就是另有所圖！李璟這老奸巨滑，是一個極厲害的對手。他派兵入城去殺晉王，就是要所有人都知道，中原最大的買家仍在金陵，還在靜悄悄的買貨。果然，李璟在大鑼大鼓的擾嚷一番後，茶市又再興旺起來。」趙玉致道：「李璟這一步棋也高明得很呢，只做一場戲，便穩住了茶市，我還道他會命人用真金白銀出來買茶，以穩住人心。」那大漢笑道：「當時我也是這麼想。可是，他的手段比我高明百倍。這一招借力打力，我是想不出來的。而且，這一步棋連消帶打，迫使晉王不得不收手。」

趙玉致一雙大眼流露出好奇的神情，道：「哦？李璟如何連消帶打了？」

那大漢道：「讓我意想不到的，就是中原的商賈和老百姓得知李璟揚言要追殺晉王之後，大家都害怕兩國交惡，戰事一觸即發，商人一邊屯積米糧，老百姓則一邊搶購。開封城內突變得百物騰貴，市集更是一片混亂。」趙玉致恍然大悟，道：「這確是一箭雙鵰的妙計！」那大漢道：「可不是嘛！晉王只得星夜趕回去，才能穩住大局。」

趙玉致道：「晉王剛剛才打了一場硬仗。轉眼間又要回去拆招，可是忙得要命！」

那大漢道：「晉王就是有這樣的狠勁，實是是天不怕、地不怕。他舉止談吐儒雅，就如一介書生；可是，幹起事來卻是幹勁十足，實勝過不少武夫呢！」

趙玉致笑道：「當年你們與南方茶商的一場『鬥茶』，可算是十分精采呢！」那大漢聽到趙玉致把當年晉王柴榮在茶市一役比作「鬥茶」，也覺得很有趣，便笑道：「我只懂買賣茶葉，人棄我取，人取我棄，其精義所在，就只有『賤收貴出』這四個字。『鬥茶』這些玩意複雜得多，我是一竅不通的。」說罷把茶一飲而盡，又笑道：「其實喝茶便喝茶，又有什麼好鬥？」趙玉致口中的「鬥茶」，是當世文人雅士之間頗為流行的一門手藝。所謂「鬥茶」，便是朋輩間評比茶葉的品第、水質的優劣和煮水烹茶的技藝高下等附庸風雅的玩意。不少大官、文人雅士和商賈，每當見面，都以「鬥茶」為樂，各自拿出珍藏的上等茶葉和極為貴重的用具來比拼「點茶」的功夫，互相

「爭妍鬥麗」，在朋輩間炫耀一番。

二人談笑之間，不知過了多少時候，茶博士王老頭才把幾道佳餚送上來。其中一道金黃色的正是「豆油蓮藕卷」。還有的是「清燉獅子頭」和「炙子骨頭」兩碟小菜。此外，王老頭還替他們點了一碟「側厚燒餅」、一碗「軟羊麵」及一碗「桐皮麵」，都是該店著名的美食。

只見那大漢急不及待的便夾了一塊「豆油蓮藕卷」來吃。他平素吃飯時都是狼吞虎嚥，但現下卻在細細品嘗。王老頭笑問道：「還可以嗎？」那大漢道：「不錯，已有內子七、八成的功夫。」其實廚子在這道「豆油蓮藕卷」下了不少功夫，用的更是上等材料，絕非當年信手拈來的可比。可是，在那大漢心目中，還是覺得妻子當日弄的才是最正宗、最好吃。

那大漢把所有菜餚吃完之後，隨便轉頭一望，卻見到一個客人正要結賬。只見那客人隨便放下一張兩尺寬闊的白紙後便欲離去。那名茶博士連忙拿起那張白紙查看一番，便即滿臉堆歡的道：「多謝客官，慢走、慢走。」那大漢知道該名客人放下的正是一張「飛錢」。一直以來，邸店、分茶店等小本經營的生意，仍是收取銅錢為主，若客人以「飛錢」結賬，掌櫃都會先叫店小二替客人到「櫃坊」兌換銅錢來付賬。那茶博士看到飛錢後，卻照單全收，竟連到「櫃坊」一趟的功夫也省卻了，似乎「飛錢」越見流通，已和朝廷鑄造的銅錢甚為相近，普天之下，連尋常百姓也已開始使用「飛錢」了。

那大漢皺眉道：「晉王當年的『鬥茶』雖是非同小可，但蜀主孟昶以「飛錢」悄悄的蠶食我國的財帛，才算是可怖可畏。」趙玉致只覺使用「飛錢」，可比攜帶著一串串的銅錢方便得多，對那大漢所指的「可怖可畏」尚未明白，正欲問個清楚。可是，突然之間，她怔怔的望著店子的大門，神色變得十分慌張。

只見一個身材高瘦、面目俊朗的男子正緩緩走入店子。他身穿敝袍，於肩頭及手臂上都綁有皮革。隱若可見，他於敝袍之下，腰間正懸著一把長刀，手上則拿著一根黑漆漆的木棍，臉帶微笑，眼神卻流露著悲苦憂鬱之態，正是多日前把趙玉致擄去的張繼昭。

張繼昭一走進來，原本輕鬆的氣氛突然變得劍拔弩張。他走到二人身旁，緩緩的坐下，一整衣衫，更向那大漢抱拳問好。

那大漢知他是一個極厲害的對手，暗地裡已注視著他的一舉一動，以防他突然發難，神情間卻仍顯得十分輕鬆，哈哈大笑的道：「你好！」張繼昭道：「趙兄有禮。」

那大漢道：「張兄遠道而來，在下今日就作個東，咱們再點幾個小菜吃罷。」他不露聲色，心裡卻湧現出種種疑團：「我來到鄆州，就是要來捉拿你們。你卻偏偏送上門來。可惜石兄弟他們尚未來到。」又想：「當日咱們已遠離官道，更在小村落躲了數天。他又怎會知道我的行蹤？刻下又為什麼不約齊人馬，只隻身赴會？」只覺難明之處甚多。

張繼昭笑道：「不用客氣了。今日前來打擾，是想跟你做一個買賣。」那大漢笑道：「殺頭的生意也可以談，但蝕本生意我是不幹的。」張繼昭道：「一手交一手，童叟無欺。」說罷，把手中的木棍輕輕巧巧的放在桌上，原來正是那大漢在破廟中失落的一枝木棍。當日那大漢為擋張繼昭的飛刀絕技，罡氣一摧，竟把這木棍直末至柄的打入佛像之內。這木棍雖非貴重之物，但習武之人在比武中失掉了器械，絕非光采之事。張繼昭把木棍送還，顯是一個很大的人情，也對他給足了面子。

那大漢笑道：「好。謝謝你。你還我木棍，我請你喝茶。」向王老頭道：「貴店最上等的名茶是什麼？今天我作東，你給我好好招呼這位老哥罷。」王老頭點頭道：「好！我去好好準備。」似乎他也感到來者不善，片刻間已跑入廚房，倒不知他還敢不敢再出來。

張繼昭道：「趙兄的稱手器械，又怎會只值一碗茶？」那大漢知他是為趙玉致而來，明白只要他一談及趙玉致，勢必立時反臉，心中盤算：「怎生想法子拖延一下，待會兒與石兄弟他們聯手，來一個甕中捉鱉。」他知張繼昭為當世用刀的絕造高手，自己雖然不懼，但卻無十拿九穩的辦法制他，還是等同伴前來，以眾欺寡方是上策。

那大漢想好計策，殺機已起，但仍是笑嘻嘻的，說道：「言重了，我這根舊木棍卻連一碗茶的價錢也比不上。」又問道：「張兄確是神通廣大，我三番四次的改道而行，道上又不留痕跡，你又怎會知道我在這裡？」他岔開話題，一來確是想知道張繼昭的消息為何這麼靈通，二來是想拖延時刻，希望援兵快到。

張繼昭並沒有回答他的問題，卻道：「趙兄智計過人，我原是拍馬也追不上的。」又道：「其實當晚在黑夜裡，我已知道自己被騙了。」那大漢奇道：「又有何人膽敢騙你？」

張繼昭續道：「正是閣下。」那大漢奇道：「在下可沒有什麼騙你。」張繼昭卻道：「閣下倒忘了。當晚你在破廟裡自稱是趙弘殷。趙老英雄武藝深湛，人稱『天下三絕』，成名數十載，我向來十分敬重。但我瞧你年紀不過三十，又怎可能是他？」那大漢才想起在破廟跟他信口胡謅，冒認頂替之事，此時聽張繼昭當面揭穿，亦不以為意，只笑嘻嘻的瞧著他。

張繼昭故作試探，緩緩的道：「單看你的年紀和武功路數，我想你大概是趙老英雄的子侄後輩罷？但閣下曾直呼趙老英雄名諱，若你果真是他老人家的後輩，又怎會如此無禮？」那大漢笑道：「我倆父子同體，其實也不算是騙你。」

張繼昭緩緩說道：「原來兄台果真是趙匡胤。」他離開破廟後，即回大本營與一眾師兄弟反覆推敲，從敵人的年紀及武功路數來看，早已猜到對方的身份來歷。但此刻聽他親口承認，仍是心中一凜。趙弘殷被譽為「天下三絕」，武技已臻絕造之境，乃當世的武學大宗匠，偏偏卻是處事低調退讓，素為江湖中人敬仰；他的兒子趙匡胤年紀雖輕，但卻是當今晉王跟前的大紅人，平素又喜廣交朋友，愛抱打不平；這幾年間，他在江湖上的威名已不在其父之下；據聞其武技不凡，已直追乃父。張繼昭素聞趙匡胤聰明機變，行事往往出人意表，只是他又何必冒認作自己的老爹？

趙匡胤點頭道：「正是區區在下。當日一別，我還以為你會去找我爹爹算賬，不料卻在這裡相逢。」一語既畢，便把茶碗裡的茶一飲而盡，舉止豪邁，竟如喝酒一般，語氣竟輕鬆得像是與故人聚舊一樣。

趙玉致心道：「原來大哥的果真是姓趙的，名叫『趙匡胤』。他怎麼多日以來，都不跟我說自己的真名？」想及此處，不禁思潮起伏。此時王老頭已靜悄悄的走過來，更為他們三人「點茶」，二人談笑之間，劍拔弩張的氣氛，又緩和了好幾分。

張繼昭道：「當年慕容彥超領著數萬精兵回開封府救駕，就是給你一棍打下馬的？」

三年多前，中原還是沙陀族劉漢的天下，開國皇帝劉知遠登極後約一年便病逝，由兒子劉承祐繼位。當時劉承祐年紀尚輕，國家大事，暫由朝中元老郭威、楊邠、史弘肇及王章等主持。劉承祐大權旁落，終日寢食難安，隱忍三年，終於按奈不住，出手奪權。他趁當時掌握軍政大權的郭威領兵抵禦契丹兵馬入侵，不在京城之際，率親兵誅殺朝中元老，更心狠手辣，竟殺害郭威全家老少。郭威悲痛莫名，為求自保，只得擁兵自立，率軍回開封府。當時，大將慕容彥超乘亂掘起，從兗州趕回來，欲以勤王之名，乘勢渾水摸魚。當時雙方兵力相若，實不知鹿死誰手。此外，慕容彥超突然趕來，實是大出郭威意料之外，原本勝券在握的郭氏一方，士氣因此而受到極大的打擊。可是，兩軍交戰之際，慕容彥超竟突然馬失前蹄，卻原來是被趙匡胤以迅雷不及掩耳的手法一棍伴倒馬腳。慕容彥超最終雖然保得住性命，但主帥被人擊倒，即動搖了軍心，氣勢立挫。郭氏一方乘勝追擊，慕容氏潰不成軍，最後愴惶撤退。從此，郭威再無遇上任何抵抗及阻礙。其後郭威經過一番布置後，才登極稱帝，建立了當今大周皇朝。趙匡胤那一棍為大周立下大功，自此在江湖中亦聲望日濃，更成為了當今皇帝郭威和儲君柴榮身邊的大紅人。張繼昭一見趙匡胤，自然便想起他當年威震江湖的事蹟。

趙匡胤聽他提起往事，也不放在心上，只淡淡一笑：「江湖傳聞，當不得真。」張繼昭卻道：「趙兄武功之高，機智過人，在下平生少見。你當日單槍匹馬，手臂受傷，還要分神照顧一名女子，竟能逃過我佈下的天羅地網，更殺了我派去的三十餘名刀術高手，在下實是萬分佩服。可是，你或許很想知道，當日你明明早已遁走，我又為何仍能如影隨形的追來？」他笑了一笑，語氣間頗為得意。

趙匡胤見他暢談當日之事，實是正中下懷，便抱拳道：「兄台神通廣大，在下願聞其詳。」張繼昭把手指扣起，放在嘴邊，然後張口輕吹，立時發出一陣柔和而綿長的嘯聲。

忽地裡，一頭黑鷹從大門飛了進來。只見那頭黑鷹身形甚為龐大，兩翅展開後足有三、四尺之長，牠隨嘯聲的高低起伏，在店子裡盤旋飛舞。店內的客人均覺大驚，當下交頭接耳，議論紛紛。

張繼昭嘯聲漸止，右臂一抬，那頭黑鷹剛好落在他手臂之上。趙匡胤才知張繼昭肩頭及手臂上綁著的皮革原來是一些養鷹用具，以防被黑鷹之利爪所傷。趙匡胤心道：「當日從破廟走出來之時，好像見過有一頭黑鷹在空中飛舞，只是沒有留心。難道此人竟能利用這頭黑鷹來追蹤我？」

趙匡胤道：「你就是用牠來找我？」說罷向那頭黑鷹一指。張繼昭點頭道：「是的。我從契丹人身上，習得養鷹之法，至今已有好幾年。我這頭黑鷹的目光十分銳利，牠在空中飛舞，任你有通天徹地之能，也是無所遁形。」說罷即看著黑鷹，連施手勢，似乎是一些與之溝通的手法。

趙匡胤笑道：「契丹人養馬和養鷹都有一手。你把這頭黑鷹調教得聽聽話話也罷了，但黑鷹能認人，我可是第一次聽見。」張繼昭哈哈一笑：「黑鷹只認得我，要他追趕敵人，還得要靠一些法寶。」他嘯聲一起，黑鷹翅膀一展，雙腳一登，已飛了出去。他左手從懷裡一探，拿著一包藥粉出來，笑道：「趙兄，請看！」

趙匡胤奇道：「這是什麼？」語氣間充滿好奇之意。

張繼昭道：「這是我師門的『穿梭銀粉』。銀粉散在頭髮和皮膚之間，常人肉眼難辨，但我的黑鷹卻能看得清清楚楚。這些銀粉無毒，但卻遇水不溶，歷久不退，縱是連連洗操，也得要等到十天半月之後，銀粉才會慢慢散去。當日我在破廟內放暗器傷你，也順道沾了一些銀粉，黑鷹久經訓練，自然是死釘著你不放了。」

趙匡胤恍然大悟，才明白為何張繼昭能夠得知他的行蹤。他久歷沙場，也知道遼兵喜以飛鷹傳遞重要軍情，但以之作追蹤，卻是首次聽見。他暗忖，當日三十多名契丹兵馬趕過來之際，正是早午之時，自己身上的銀粉返照日光，自然會給黑鷹發現。及後，天色漸暗，他與趙玉致二人棄騎而逃，走入小徑，沿路有大樹蔽擋，黑鷹便跟他們不上。他於農舍養傷那幾天，白天之時甚少出外走動，黑鷹自然找不到他們。數天後，他們起程趕路，自己正坐在車頭沒有遮擋之處駕騾車，黑鷹眼利，便終於仗著銀粉找到他們了。教人意想不到的，就是經過多日，沾在他們頭髮上的銀粉還未盡數退掉。他得知箇中情由，當下嘻嘻一笑，道：「令師蕭繼軒號稱『契丹第一高手』，原來不只刀術了得，還有這麼多秘技。」趙匡胤的話題實是越扯越遠。

張繼昭道：「中原武林，當世以少林方丈福居大師、華山派掌門陳摶及禁軍教頭趙老英雄三人最強，被譽為「中原三絕」。家師常常嘆息，言道雖與他們有幾面之緣，但卻未能逐一領教，引為平生一大憾事。」趙匡胤笑道：「這不過是江湖中人誇獎罷了。家父常說：『天外有天，人上有人』，其實中原武林之中還有不少隱世高手，只是江湖中人賞面，才對他們有這樣的稱譽罷了。」

張繼昭卻道：「非也！他們數十年來得享大名，又豈是僥倖？實不相瞞，家師近年於武學一道上又有所領悟，有意再涉足江湖，與中原群雄印證天下武學。」趙匡胤心中一凜，他當年和蕭繼軒在沙場之上曾有一面之緣，雖只過了一招，但已只知此人武功深不可測，當年殊非其敵手，又知他受遼國皇帝耶律述律所器重，在遼國地位尊崇，於這幾年間深居簡出，只埋手鑽研武術，操練兵馬。不料他竟打算涉足中原，恐怕江湖上又將會有一場腥風血雨了。

張繼昭續道：「家師南下，做徒弟的只好打頭陣了。」語氣肅然，氣氛又漸漸緊張起來。

趙玉致從二人的對話之中，也感到不妥，不禁暗暗心驚，恐怕張繼昭又會突然發難，只感到怦怦心跳，不自覺的把身軀微微靠向趙匡胤身旁。

趙匡胤微微一笑，道：「難道兄台今日就是要來叫陣？」見張繼昭語氣間步步進迫，便即單刀直入。張繼昭的左手輕按著木棍，卻道：「不敢，我還你這條木棍，你還我妻子，大家算是扯直。」張繼昭也知趙匡胤絕不會任由他把趙玉致帶走，這樣說來，不過是在叫陣罷了。

趙匡胤道：「胡說八道！你強搶民女，人家還是冰清玉潔的姑娘，又怎會是你妻子？」張繼昭聽到「冰清玉潔」一詞，又留意到二人坐得極近，即醋意大增，想起這幾天以來，他們二人朝夕共對，只怕早已做出了好事來。他冷笑道：「是冰清玉潔的姑娘也好，是我妻子也罷，我也得要把她帶走。你若阻撓，我只好跟你打這一場頭陣了。」氣氛急轉直下，茶博士王老頭聽得心驚膽跳，不自覺的把茶碗打翻，「碰」的一聲，茶碗跌在地上，碎片四散。

驀地裡，趙玉致只感兩股勁風無聲無色的在身旁掠過。眼前一晃，只見趙匡胤和張繼昭二人早已躍起身來，拳來腳往的大打出手。

江湖中多以「擲杯」為號，王老頭一不小心的打碎茶碗，聲音一響，卻讓二人大駭，不及細想之下，都連忙出手。張繼昭一躍而起，左手一抹，已把木棍撥倒在地，使趙匡胤未能及時伸手拿棍，右手即欲拔出腰間的「影月刀」。他那拔刀之法實是迅捷絕倫，而且其時刻及方位的拿捏更是妙到了巔毫，其拔刀之勢，已隱隱封住了敵人的退路，只消刀一出鞘，便會立時削中敵人，教人防不勝防。趙匡胤見狀，已知無法後退躲避，即反而搶身向前，以左胛撞向張繼昭的面門。這一招的力道大得異乎尋常，且去勢奇急，不僅攻向敵人，手胛之勢更把張繼昭的右臂壓了下去，使他無法拔刀，連消帶打，正是少林絕學「大金剛拳」的精妙招數。

張繼昭見趙匡胤那剛猛異常的攻勢，殊不敢與之硬碰，即急忙後撤；他動念極快，生怕攻敵不成，反被人乘勢奪刀，即右手順著敵人之來勢一收，「影月刀」亦已回鞘。

他只一招之間，便給趙匡胤迫退，看似是處於下風，但其實他深明進退之道，知道自己只消多退一、兩步，便有餘裕再拔刀，殺敵人一個措手不及。趙匡胤乃當世絕頂高手，且臨敵經驗極豐，又豈會不知箇中關鍵？見張繼昭後退，即向他步步進逼，「蓬」的一聲，又以右手胛撞向他的「膻中穴」。張繼昭見敵人來勢洶洶，在那電光火石之間，還未給對方打中，已感到有一道勁風如無形氣牆般壓在自己身上，只覺若被他那剛猛無匹的攻勢擊中，縱有上乘真氣護體，亦難免會身受重傷；只得腰間急轉，身子一偏，左腿順勢向後踏出半步，在那間不容緩的情況下，險險避過趙匡胤的攻擊。

趙匡胤得勢不饒人，見右髆落空，正欲踏步向前，以左髆再攻，左右手髆連環而施，連綿不絕，竟是一招快似一招。

張繼昭見對方的左髆攻來，左腿一蹬，瞬即使出一招「中掃腿」，快似閃電的擊向趙匡胤腰間之要害，正是「大金剛拳」裡這招「連環髆」之破綻所在。其時趙匡胤以「大金剛拳」的「髆擊」攻向張繼昭，欺近敵人身前，原是要教他難以拔刀，二人相距極近，敵人亦不可能施展腿法，因此攻敵之際，中路及下盤，大可不必去守。不料張繼昭剛才乘著身子一偏之勢向後踏了半步，於這半步之距，竟找到空隙施展腿法。這一招突如其來，正是聞名於世的「契丹腿擊術」之奇招。相傳契丹人一生與馬為伴，腰腿之間的筋絡都練得很鬆，潛移默化之下，終悟出了一套高明的腿法。張繼昭這招「中掃腿」雖然使得極快，但勁力不大，志在迫退敵人，教自己可以乘機拔刀殺敵。

趙匡胤見他的腿法精妙，脫口而出的讚道：「好！」依然不肯退後閃避，繼續踏步向前，坐馬一沉，順勢以左髆撞向敵人的大腿之上，立時消解了對方的攻勢。

各門各派的「掃腿」雖都不大相同，但勁力都集中於小腿脛骨或腳背之上，腰間使力把腿掃出之際，大腿定要放得極鬆。趙匡胤以手睜撞向敵人的大腿，看似是以硬碰硬，但其實卻是以己之強，攻敵之弱，已把「大金剛拳」之精髓，發揮得淋漓盡致。張繼昭萬料不到敵人竟可及時變招，以手睜硬生生的把自己的「中掃腿」架開，稍微吃痛，但真氣流傳，及時把對方的勁力卸去，並未受傷，左腿順勢向後一踏，便即連忙施展上乘腿法，如狂風暴雨般攻向敵人身上。趙匡胤所施展的少林絕學「大金剛拳」，純走剛猛路子，只以拳擊、披睜和膝撞為重，招數不多，但卻是威力奇大；當中更包含了不少以拳法破解腿法、摔跤、擒拿和各種兵刃的諸般法門。張繼昭之刀法雖強，於器械一道上，與趙匡胤可算是在伯仲之間，但身子終究不及他高大粗壯，若比拼拳腳功夫，難免會吃虧，幸而他從蕭繼軒身上習得的「契丹腿擊術」亦確是武林一絕，招式精妙無比，雙腿連環，極盡變幻之能，才與敵人鬥至旗鼓相當。張繼昭腿法凌厲，好幾次成功把趙匡胤逼開了一步，但乘勢拔刀之際，又給趙匡胤及時阻止，二人越打越快，頃刻之間，已拆了四十餘招，更把「分茶店」裡打得桌翻凳倒。

店內的茶客見二人忽然大打出手，都是大為吃驚，紛紛逃命而去。當中有幾名客人膽子較大，卻乘勢順手牽羊，偷偷地走到大門前的幾個蒸籠近處，老實不客氣的伸手把蒸籠裡包子、饅頭、蒸餅及豆團等小吃都據為己有，盡數放進行囊裡，然後與眾人一起奪路逃跑。王老頭與一眾茶博士、掌櫃及店小二等見狀，亦拿他們沒法子，只得遠遠的站在一旁，瑟縮一角，生怕趙張二人拳腳無眼，殃及池魚。

趙玉致雖然亦躲在一旁，但卻十分擔心趙匡胤之安危，忽然看到那條黑漆漆的木棍卻在跟前。原來張繼昭剛才順手把木棍掃倒，木棍著地後，緩緩滾動，剛好落在趙玉致的腳前。她即俯身拾起木棍，心道：「若給那惡人拔出腰間長刀，後果不堪設想，怎樣可把木棍送到大哥手上？」她雖不通武藝，但亦隱約明白箇中關鍵。可是，二人乃當世絕頂武術高手，內力深厚之極，雖是赤手空拳，但拳風勁氣所及，不必擊實，亦可教人身受重傷。她只向二人踏前好幾步，已感到勁風刮面如刀，駸駸然覺得寒意侵體，似是到了高山絕嶺，狂風四面吹襲，難受之極。趙玉致雙手緊握木棍，暗自憔急，卻再也未能走前半步。

張繼昭連施詭計，始終再也找不到拔刀之機，卻在霎眼間見到趙玉致正欲向他們走過來，心念一動，已想到了制勝之法。二人都是當世武術高手，與敵人比拼拳腳，仍是眼觀六路，耳聽八方。趙匡胤亦看到趙玉致正要踏步前來，又忽見張繼昭神情略有異樣，心中一凜：「這廝到底在想什麼？」

忽地裡，卻見寒光一閃，一把飛刀正如流星趕月般向趙玉致那方噬去。

這把飛刀實為暗器，不過四、五寸長，他於破廟之內，亦曾施展過這門飛刀絕技。原來他雖然未能拔出腰間的「影月刀」，但雙袖裡卻分別暗藏一把飛刀，左手更已悄悄的握緊刀柄，只待趙匡胤的拳招攻向自己的上路，便可以短刀削向對方之手筋。可是，趙匡胤的「大金剛拳」實是威力太強，他只得全力施展上乘腿法，方能打成平手，又哪有餘裕再以短刀偷襲對方？

此時，張繼昭為求擲出飛刀，對敵人那排山倒海的攻勢不擋不架，自身更是門戶大開。對方只須上前補上一拳，便可立時把他擊斃，但趙玉致卻難免要遭毒手。趙匡胤見飛刀一出，心下大驚，即向後一躍，已搶到趙玉致身前，順勢把她向右一拉，卻見飛刀於左方一掠而過，勁力雖強，但準頭卻差，「蓬」的一聲，打在「分茶店」的牆壁之內。原來張繼昭並無殺趙玉致之意，只是虛張聲勢，實是拿自己的性命作賭注，賭的是趙匡胤的俠義心腸，用意自然是引開對方，好讓自己可以從容地拔出腰間的「影月刀」。

突然，人影微晃，白光一掠，原來張繼昭已拔刀在手，搶步上前，以迅若風雷的刀法往趙匡胤劈去。

霎眼之間，只見趙、張二人都拿著器械在手，互相牽制著對方。張繼昭的「影月刀」早已架在對方的頸項上，但運刀的雙手卻給趙匡胤以左手壓著。趙匡胤的右手卻也拿著木棍，棍端指向對方的咽喉要害。原來趙匡胤救人之際，已順手從趙玉致手上接過木棍，卻見張繼昭拔刀在先，出手如風，影月刀在那電光火石之間劈至，還未來得及雙手持棍，只得右手向前一送，以木棍刺向敵人之咽喉，左手一掠，壓著敵人的雙手，使敵人無法運刀。他左手擋架，右手搶攻，連消帶打之下本是大佔上風，但張繼昭及時把頭仰後了半寸，趙匡胤右手的木棍若上再向前送出，左手防禦的力道必會減弱，張繼昭的「影月刀」便會有機可乘。二人是當世的武術高手，都深明箇中利弊，當下只凝招不發，爭持不下。兩人的這一手殺著，不僅飛快絕倫，攻防生剋之間，各已顯露了極上乘的武學造藝。二人都佩服對方的武技了得，應變奇快。

王老頭見雙方凝招不發，僵持不下，便大著膽子，走近幾步，向張繼昭賠笑道：「是小的大意，不小心把茶碗打翻，弄髒了地方，惹得大爺不快，我向大爺賠不是。」他本想勸二人罷鬥，卻又不敢開口，便向二人賠罪。趙匡胤大笑道：「打翻便打翻，我們二人比鬥，又豈會與王老相干？」說罷，又向張繼昭道：「兄台，當晚在破廟裡，我們已比拼了兵刃，現下亦拆解過拳腳，又何必再比？」見張繼昭的刀鋒向外一偏，顯是同意罷鬥，即雙腿一蹬，退了開去，身子已在影月刀揮舞運使的範圍之外，但右手的長棍仍遙指著對方，生怕他突然發難，攻擊身後的趙玉致及王老頭。

張繼昭想起當日以單手駕馭「影月刀」的奇招竟被趙匡胤隨手破去，對他的武功也十分忌憚，亦不敢輕舉妄動，見他退後，便緩緩的把「影月刀」插回刀鞘。趙匡胤才把木棍垂下，笑道：「這裡是人家做生意的地方，在這兒舞刀弄槍，可難為了我們的掌櫃呢！何不先坐下來，再慢慢商量？」

掌櫃及茶博士等見二人收起兵刃，才敢慢慢走近。一眾店小二即連忙「收拾殘局」，過了良久，方能安排三人重新就座。

趙匡胤一坐下，便即微微一笑，道：「張兄雖是膽色過人，但孤身一人走入鄆州，難道不怕我約齊幫手來捉拿你麼？鄆州城內共有精兵過萬，恐怕你現下已插翼難飛了。我看你還是不要再打趙姑娘的主意了。」張繼昭得知他們的行蹤後，一直緊隨其後，暗中察看二人的一舉一動，確見他們左右並無黨羽埋伏，才安然現身。可是，他畢竟身在大周境內，又知趙匡胤於禁軍裡的身份頗不尋常，亦一直擔心他早在城內伏下幫手，此刻聽他虛張聲勢，才放下心頭大石，冷冷的道：「閣下雖是禁軍中人，但只管開封府裡的事，卻不見得可調動鄆州的兵馬。」又把手指輕輕的放在嘴邊，道：「實不相瞞，我的人馬卻在城中，只要黑鷹報訊，不到一盞茶的時分，他們便會趕到來。」趙匡胤九成不信，只嘻嘻的笑道：「就是在下調動不了鄆州的兵馬，但只消驚動了官兵，恐怕任你的輕功再高，也未必能逃出生天。你的同伴就是真的躲在左右，若知你失手被擒，也不見得會膽敢前來相救。」

張繼昭亦知在城內官兵眾多，不宜妄動，要擄走趙玉致，只能智取，便道：「你我棋逢敵手，拳腳器械都已比過了，卻始終分不出勝負。分茶店是喝茶的地方，我們倒不如『鬥茶』罷？」趙匡胤笑道：「如此甚好，我煮茶的功夫天下無雙，待會兒可讓你開開眼界。」

趙玉致一雙大眼，怔怔的瞧著趙匡胤，心道：「剛才還聽到大哥自嘲不懂茶藝，現下竟答允『鬥茶』？大哥就是不願和人家動武，按理也可與人家鬥酒、賭轉或下棋，要不然，也可比拼蹴鞠、捶丸、角觝、甚至是彈雀或擊石等等玩意。要他端坐在桌子前附庸風雅的『鬥茶』，似乎確實有點牽強。」心中只覺得趙匡胤這一句話實是奇峰突出，教人頗感意外。

張繼昭聽到趙匡胤誇耀自己的「鬥茶」功夫，一雙鳳眼立時射出凌厲的目光，笑道：「你真的要和我比拼『鬥茶』？」語氣間大有嘲弄之意。張繼昭是蜀中前重臣張業的兒子，少年時過慣錦衣玉食的生活，文人雅士間的玩意無一不瞭然於胸。千餘年來，巴蜀一帶以出產的上等茶葉享負盛名，蜀中的權貴都精於茶道，張繼昭對此道更是駕輕就熟。

趙匡胤笑道：「『鬥茶』也好，要不然，『鬥酒』也行！」趙玉致心道：「『鬥酒』又豈能和『鬥茶』相比？『鬥茶』鬥的是品第的高下，可不是和人家鬥喝得多啊！」張繼昭冷笑道：「好！若在下輸了的話，不僅還你木棍，更將這把『影月刀』留下，如何？」趙匡胤笑道：「輸了便輸了，我要你的『影月刀』幹什麼？」張繼昭森然道：「要是你輸了的話呢？」目光中已看著趙玉致那嬌美的臉龐，憶及亡妻，心中一酸。趙匡胤哈哈大笑，道：「嘿嘿！我從來也不知這個『輸』字是怎樣寫的。」

趙玉致噗通的一聲笑了出來，趙匡胤這句話說起來十分純熟，恐怕是每當輸錢賴賬時都會說的俏皮話。趙玉致悄悄的向站在桌旁的王老頭說道：「王先生，你可以為大哥他們預備一些茶具嗎？」二人並不是在爭奇賭勝，炫耀家底；公平比鬥，鬥的自然是「點茶」的功夫，所用的茶葉和茶具都應該一樣才算公平。

王老頭聽到趙玉致的吩咐，連忙預備了好幾個茶餅，以及拿了兩份「點茶」專用的茶具出來，端在二人的身前。

張繼昭見到王老頭手中的茶餅，淡淡的道：「『廬山雲霧』雖然不錯，但近幾年間，種植這種茶的茶園越來越多，品質各有高下。你們有沒有『平水珠茶』？要不然，『蒙頂金露』也行！」王老頭連連搖頭，心道：「這些上等貨色，大概只可在東京買得到，在這裡賣的話，非虧本不可。『平水珠茶』雖是極品，但沒有高明的沖泡功夫，泡出來的茶多半會很苦，要恰到好處，實是很考功夫。我當了茶博士二十年，自問也沒有十足把握。這人大言不慚，難道確實有什麼真材實學？」正想得出神，只聽張繼昭又道：「『廬山雲霧』也可將就用得。只是近來的茶葉都略帶苦味。」一邊說，一邊卻連連搖頭。

張繼昭見到眼前那四、五款茶具，又道：「茶具不齊，又如何弄得到好茶？還有竹爐、石磨、砧椎、拂末、紙囊、棕帚及火莢等等呢？」王老頭心中一驚，張繼昭口若懸河，如數家珍，似乎確是一個精於茶道的大行家。他還是當學徒之時，也曾用過這些茶具，只是在分茶店內的茶客人來人往，生意滔滔，著實沒有功夫把「點茶」的步驟逐一做好，茶具更是去繁就簡，絕不會像文人雅士那般講究。

只聽張繼昭續道：「水瓶的口子太短，倒出來的水便不夠力了，給我換一個回來。嘖嘖嘖！你看，茶碗太細少了，又是白色的，又如何察看茶色？又如何看到水痕了？」茶色尚白，茶碗為了襯托茶色，以黑色為佳，王老頭身為茶博士，又豈有不知？只是他們每天為客人至少泡上好幾百碗茶，難免會稍有失手，大多數的分茶店都換上了白色的茶碗，以防茶博士「馬失前蹄」，給客人發現。王老頭給這位行家說三道四，更是臉色一陣紅、一陣白，不知如何回答才好。

趙匡胤奇道：「要這麼多茶具？怎麼剛才不見你用過？」轉頭看著王老頭。只見他一臉尷尬，說道：「說來慚愧，敝店確實沒有客官要的這些茶具。客官所說的，大部份都是『炙茶』及『研茶』的用具。其實當今之世，咱們大都『點茶』而不『煮茶』，就是略去『炙茶』及『研茶』兩步……亦應該不太打緊。當然，『鬥茶』的法子可謂五花八門，文人雅士品茗，又是講究得多。」

趙匡胤越聽越是胡塗，還欲再問，張繼昭卻不理會他們，從身上取出一個繡花荷包，拿了幾張「飛錢」出來，遞給了王老頭，道：「都給我買回來，要兩份，我和趙兄一人要一份。啊！差點忘了，也給我們買四、五張茶巾回來，要絲綢造的。」一轉念，又道：「剩下來的錢，不用還我，回頭再有打賞。我只想與趙兄『鬥茶』，你莫要弄什麼詭計，否則連這間店子也給你夷平。」似乎是怕王老頭伺機去報官。王老頭微微一怔，忙道：「豈敢！豈敢！」接過「飛錢」，便即動身，與一名店小二一起外出辦貨。

張繼昭見王老頭遠去，便道：「既是公平較技，也得找幾個公證。」趙匡胤皺眉道：「要這麼麻煩？」張繼昭笑道：「那個茶博士是你的舊相識，他可算是一個，另外再多找兩名茶博士罷。」眼光到處，已望著站在遠處的兩名茶博士，便朗聲道：「有勞兩位兄台，待會我和趙兄『鬥茶』，你們可以作公證嗎？」兩名茶博士大驚，他們知張繼昭實非善男信女，聽到他的邀請，都連連搖頭。

突然人影一晃，電光連閃，寒氣一掠而過。眾人見張繼昭似乎已跨步躍至兩位茶博士的身前，隨即又見他坐在板桌之旁，拿起一個茶碗，緩緩的在品嘗茶香，卻似是從來沒有離座一樣。分茶店之中，就只有趙匡胤此等絕頂高手，方能清清楚楚的看到張繼昭以出神入化的快刀劈向兩名茶博士手上的鐵茶壺。兩名茶博士只向後退出幾步，鐵茶壺的嘴子竟突然斷裂，「碰」、「碰」兩聲的墜在地上。他們雖然看不清楚張繼昭的刀法，但卻知是給他造了手腳。二人見用鐵打造的壺嘴竟給人隨手劈斷，都是大為驚駭，更明白若再諸多推搪，自己頸上的人頭也會和壺嘴子一樣，只得乖乖的坐在張繼昭左右，神色之間頗為慌張。

趙匡胤笑道：「兩位大哥是新來的？」其中一名茶博士顫聲道：「是的。我們鄉下在洛陽。」

趙匡胤問道：「在東市。」趙匡胤喜道：「我也是在洛陽長大的。你們的老家在哪？」另一人道：「在東市哪兒？」先一人道：「白馬寺左右。」趙匡胤一拍大腿，笑道：「當年我也是住在那兒附近。只是我常在夾馬營裡，很少回家。」兩名茶博士巧遇故人，慌張驚恐之情略減。趙匡胤又問道：「兩位高姓大名？」其中一人道：「小弟姓張。」另一人道：「小弟姓郭。」趙匡胤道：「原來是張兄和郭兄。」趙玉致見兩名茶博士都已年近半百，但卻仍自稱「小弟」，不禁覺得有趣。

其時正值隆冬，眾人坐在分茶店裡，仍感到其寒入骨。過了良久，才見王老頭和那名店小二拿著一大箱茶具回來。他見到兩名茶博士都坐在板桌之旁，不禁一怔，問道：「張老、郭老，你們在做什麼？」張老苦笑道：「客官要我們作公證，我們只得恭敬不如從命了。」王老頭苦笑道：「客官是茶藝高手，由他們『點茶』給我們喝，實是咱們天大的面子呢！」郭老大著膽子，賠笑道：「客官來分茶店，卻不用咱們服侍，這樣的客官，往那裡找呢？」眾人都笑了起來。

王老頭把箱子放下，不再和他們說笑，集中精神的為張繼昭和趙匡胤作好「鬥茶」的準備。他知張繼昭對茶藝極為講究，不敢做得馬虎，連忙燒了一大桶水，把所有茶具都洗滌得乾乾淨淨，才逐一擺放在他們面前。店小二則打了兩、三桶井水給他們。過了差不多半個時辰，才把所有事情都安排得妥當。

趙匡胤眼見茶博士和店小二忙碌了這麼久，早已有點納悶，打了一個呵欠，顯得頗為疲倦。張繼昭見一切已安排好，果真遵守諾言，再給王老頭一點打賞，轉頭向趙匡胤笑道：「趙兄，可以開始比鬥了。」趙匡胤伸了一個懶腰，把身子坐直，道：「好！」語氣間豪氣干雲，絕無本分文人鬥茶時的雅量氣度。張繼昭右手輕輕一攤，說道：「請！」表現得儒雅大方，好整以暇的開始烹茶。

趙匡胤見到滿桌茶具，已感到有點眼花撩亂，不知從何入手，隨手拿起茶餅，欲把它放在石磨上壓碎。王老頭等茶博士見狀，都不禁連連搖頭，趙玉致到低聲道：「『研茶』之前，先要『炙茶』，即是把茶餅略略烤一烤，迫出茶餅內的水氣。」趙匡胤卻笑道：「你大哥當然知道要『炙茶』。你不用擔心，所謂『旁觀不語真君子，自作主張大丈夫』，你說下去，張兄可要怪罪於我了。」趙玉致伸一伸舌頭，笑道：「小妹不是君子，但大哥卻是大丈夫，我不說就是了。」張繼昭聽到趙玉致說笑，轉過頭來，怔怔的看著她，似乎若有所思，呆呆出神。

王老頭眉頭緊皺，心道：「趙兄弟乃粗人，又怎會懂得茶藝?與人家『鬥茶』，可不是班門弄斧，自討苦吃嗎？」轉過頭來，只見張繼昭氣定神閒，正拿起其中的一塊茶巾，緩緩的在一個盤子裡清洗雙手。過了半晌，才見他開始慢慢的「炙茶」。王老見他「炙茶」的功夫極為正宗，茶餅在竹爐內給他不停翻轉，火候控製得恰到好處。只見茶餅的水氣已給他盡數迫出，茶餅已烤成了「蝦蟆背」的形狀。他把那個茶餅放在紙袋之內，才拿起另一塊的茶餅，繼續施展他「炙茶」功夫。王老頭心道：「還比什麼?單看人家『炙茶』的手法，已可確認他在茶藝上的本事，這一場比試又可必再繼續？」

趙匡胤一手握著茶餅，細看張繼昭的一舉一動，才漸漸明白當中的細節。他忽然笑道：「用火烤茶餅只是下乘之作，火焰太盛，就是如何眼明手快，茶餅也難免會炎涼不均，大大影響了茶的清香味道。」他雖似是說得頭頭是道，但不過是信口胡謅，把平日聽過王老頭於茶藝上的說話拼揍而成。他心念一動，忽發奇想，把茶葉平放在手掌之上，手齊鼻尖，手勢身法正如和人領教討招一樣。

一眾茶博士見他那不倫不類的手勢，心道：「茶藝高手在『炙茶』之時定然會十分小心，又怎會炎涼不均了？若不用火烤，又可以用什麼來烤？」趙玉致卻是「噫」的一聲，臉上露出驚訝之情。只見趙匡胤手掌之上的茶餅，竟有一道水氣緩緩升起。原來趙匡胤竟以一門「火焰真氣」代替火種，硬生生的以內功把茶餅內的水氣迫出。

這門「火焰真氣」原是鮮卑慕容氏的獨門絕學，當世會者極少。數百年來，慕容家因擅長各種火攻戰術而聞名天下。他們一生都以火為伴，更從中悟出了武學至理，創下「火焰真氣」這獨門內功。慕容家族當中有一名高手，名叫慕容延釗，是趙匡胤的總角之交。二人識於微時，自少便一起練習武術，趙匡胤因此對「火焰真氣」的秘技粗知大略，仗著內力渾厚，竟隨手使了出來。他始終沒有正式習過此門武學，其變化精微之處難免似是而非，殊不能以之殺敵，但用來「炙茶」，卻是恰到好處。

張繼昭大是佩服，說道：「我曾聽家師說起，武林中故老相傳，鮮卑慕容氏有一門『火焰真氣』的神功，可使體內的真氣急促運轉，形成比火還要熾熱的內勁，傷敵於無形，也不知是真是假，原來當真有此奇功。」趙匡胤笑道：「在下初窺門徑，貽笑方家。」說話之間，「火焰真氣」絕無半分阻礙，茶餅之上的水氣仍似是無窮無盡的向上湧。王老頭等人不明「火焰真氣」之奧秘，瞧得嘖嘖稱奇，看得目定口呆。

張繼昭見到自己手上的茶餅所冒起的水氣已越來越少，便不再理他，小心翼翼的看著茶餅的變化，待得茶餅變軟，水氣漸止，便把它放在紙袋裡內慢慢冷卻。過了良久，才見他準備了三個大小不一的石磨來『研茶』。另一邊廂，趙匡胤見茶餅的水氣已盡，便急不及待的把茶餅放在茶輾之內弄碎，手法極是粗劣。王老頭心道：「趙兄弟果然對茶藝一竅不通。『炙茶』之後，不能立刻『研茶』，非要等到茶餅變涼後不可。『研茶』時最忌太大力，若把茶末弄得大小不一的話，就是用了上等的茶葉，泡出來的茶也不會好喝的。」

趙玉致亦通茶藝，低聲道：「王先生，我曾聽人家說過，『研茶』可不能用『死力』，要把茶餅磨成細末，才算是上等之作，也不知這樣說對不對。」雖然她是向王老頭請教，但卻是在指點趙匡胤，卻見趙匡胤臉上一片茫然，似乎對趙玉致所講的話不甚明白，仍是手忙腳亂。

趙匡胤勉強把「炙茶」、「研茶」及「煮水」到「點茶」等功夫逐一完成，一舉一動都是錯漏百出，「點茶」之際，更不慎把茶水倒歪了一點，只見滿桌茶痕，水花四濺，狼狽非常，卻見他不以為意，仍是笑嘻嘻的望著眾人。

另一邊廂，張繼昭卻是一絲不拘，氣度儒雅。他精通茶藝，對每一項細節都極講究。只見他好整以暇，慢慢的把茶葉放入茶碾，將其磨成細末，再入蘿過篩，最終把茶末放進數個茶碗之內。他右手拿起茶瓶，把滾熱的沸水沖入茶碗裡，左手則拿著一隻小勺子，一邊澆，一邊攪，「點茶」之動作乾淨利落，滴水無痕，實是熟練之極。

忽然之間，眾人看著張繼昭身前的幾碗茶，都是「噫」的一聲。

原來張繼昭潛運內勁，手執小勺子不停攪動茶碗，且越來越快，「簌簌」聲響，茶面上所泛起的茶油逐漸積厚，竟昇高了半寸多，直如一座小山丘一樣。大家滿疑茶油會滿瀉之際，他卻立時把小勺子提起。那座「小山丘」便即一沉，水波平息，茶面卻突然出現了一個花形圖案，剎是好看。張繼昭那「點茶」之法，竟有其不傳之秘，讓眾人驚歎不已。大家還沒有喝過他們的茶，單看二人的手藝，這次「鬥茶」實是高下立判，大可不必比了。

他們都把茶碗放到眾人之前，三名茶博士和趙玉致都分別端起張繼昭所泡的茶，只見茶色清澈雪白，茶香撲鼻，淺嘗一口，均大為驚佩。王老頭更讚道：「這一批『廬山雲霧』雖屬上品，但如張先生所說，始終略帶苦味。可是，客官在『點茶』時的拿揑竟無不恰到好處，茶味清甜可口，苦味似有若無。小的做了數十年茶博士，卻自愧不如。」餘下兩名茶博士都連連點道，大讚茶味甘甜。眾人知張繼昭在「點茶」時花了不少功夫，方能把苦味略去，卻又保存了清香優雅的茶味。

三名茶博士面面相覷，只覺張繼昭的茶藝實是登峰造極；反之，趙匡胤泡的茶卻是亂七八糟。一望而知，他「點茶」時不知輕重，放進太多茶葉，茶味一定極苦，三人單看茶色，都不約而同的臉有難色，雅不願把茶喝下去。

張繼昭笑道：「是我贏了。」趙匡胤說道：「贏的是我。」眾人都是一怔。只聽到趙匡胤胸有成竹的續道：「王老，給我倒一壺羊奶來，還有一些薑、蔗糖。」三名茶博士都是大為不解。趙玉致心道：「難道大哥真的有什麼奇招妙計？」眾人都覺得趙匡胤異想天開，難道「點茶」竟用得上這些物事？

王老頭聽到趙匡胤吩咐都一一照辦。其時其時中原的富戶人家大都愛吃羊肉、喝羊奶。嚴冬之際，一道滾熱辣的涮羊肉更是城中一絕。可是中原及江南等地的產羊極少，要吃羊的話，只得千里迢迢的從關外的商賈手上買回來，因此當世的羊肉實為上品，尋常店子不易求得。但這間「江南分茶店」歷史悠久，於鄆州城裡亦可算是數一數二，亦以販賣羊奶製的各式小點聞名，所以於後園裡養了幾頭母羊。王老頭不一會便把羊奶、薑、蔗糖等放在桌子上。

只見趙匡胤把薑和蔗糖都放進去那壺羊奶內，然後那壺羊奶放在火爐之上弄熱。過了一盞茶的時候，壺子傳出陣陣的羊奶香味，趙匡胤與高采烈的把羊奶和那四、五碗茶都一起倒進去茶壺之內，雙手不停的把茶壺上下搖動好幾下，笑道：「成了。大家試試看。」說罷，便把茶倒了出來。他把清茶混入羊奶，眾人都覺得此一著實是異想天開，稀奇古怪，不禁嘖嘖稱奇。

王老頭等茶博士都拿起了茶碗，他們都是茶藝上的大行家，實不願喝下這碗不倫不類的「羊奶茶」，但也只得皺著眉的淺嘗了一口。三人喝了一口茶後，都突然感到精神一振。羊奶香滑，茶味濃郁，竟處處合乎節拍。他們面面相顧，都覺得趙匡胤弄出來這碗「羊奶茶」實是十分出色。趙玉致見狀，都端起茶碗喝下去，更嫣然一笑，點頭道：「妙！」

張繼昭見他們不但對趙匡胤的「羊奶茶」大加讚許，更把自己的茶擱在一旁，不禁大怒道：「這稀奇古怪的法子，你是從那裡學來的？」

趙匡胤說道：「在軍營裡。」張繼昭一怔，奇道：「軍營裡？」趙匡胤續道：「禁軍之內的兄弟，都是來自五湖四海之輩。我認識一位天竺人，這是他家鄉煮茶的方法。」張繼昭冷笑道：「蠻夷等地之人，又怎懂得我們源遠流長的中華文化？他們又怎會通曉茶藝？」趙匡胤笑道：「非也，我聽那為天竺來的朋友所說，這法子是由一位中原人傳授給他們祖先的。其實各師各法罷了，蠻夷外族的人也是人，難道外族人連煮茶也不懂？若他們不喝茶，我們這麼多的茶葉賣給誰？中原各地的茶園及茶商可要關門大吉了！」張繼昭哼的一聲，並不答話。

王老頭向著張繼昭說道：「客官，既是『鬥茶』，又何不互相交換一下，試一試對方泡的茶？」張繼昭神情略帶不屑，說道：「趙兄，請！」敝袍一揚，把茶碗推向趙匡胤身旁。他一推之力暗潛內力，茶碗飛快絕倫在桌子滑行，但卻半滴茶水也沒有濺出來，手法瀟灑之極。趙匡胤隨即一手把「羊奶茶」遞去張繼昭身前，才接過對方的清茶。茶碗卻後發先至，早已推至張繼昭身前，也沒有濺出半滴茶水，出手卻是十分豪邁。二人隨手一推，都暗藏上乘武術的要理，可謂各擅勝場，眾人雖對武技一竅不通，但見二人各施妙手的把茶碗推出去，剎是好看，都不禁暗暗喝采。

二人拿起茶碗，把對方泡的茶喝下去。張繼昭只覺對方的「羊奶茶」雖然有點異想天開，但著實讓人感到有點驚喜。趙匡胤的「點茶」功夫極差，弄出來的茶本是極苦，但伴入羊奶、薑、蔗糖等配料後，卻恰好把清茶之中的苦味化去。此時正值隆冬，於冰天雪地、寒氣入骨的季節裡喝下這碗「羊奶茶」，更感周身百駭也是暖洋洋的，不禁精神一振。張繼昭心道：「他『點茶』的功夫亂七八糟，但在寒冬裡喝下這碗『羊奶茶』，確是讓人感到十分舒泰。難怪三位茶博士竟會愛上這碗番邦異族的小玩意了。」

趙匡胤把對方的茶淺嘗一口，經張繼昭及一眾茶博士剛才提起，亦發覺「廬山雲霧」的茶葉確實略帶了一點苦味，但茶味依然清香飄逸，足見張繼昭的「點茶」功夫確實遠在一眾茶博士之上，只道：「好茶！好茶！」口吻及神情卻如評酒一樣，殊無半分文人「鬥茶」時的雅量。

郭老頭道：「單論『點茶』的功夫，張先生實是技勝一籌，但趙兄弟的『羊奶茶』確讓我感到一試難忘。」張老頭也道：「張先生的功夫實是十分高明，小人自愧不如。但無論如何，我仍感到清茶之中仍帶了一點苦澀之味，甚至乎是有一點蒼涼之意，實是讓人百思不得其解。」郭老頭點頭道：「是的！茶藝一道上博大精深，我曾聽師父說過，茶味也能反映出『點茶』之人的心境，張先生的功夫就算再高，但心裡若有事情放不下來，你這份心情，也會隨著所泡的清茶流露出來。」張繼昭似乎給郭老頭說中要害，只哼的一聲，並不說話。

張老頭續道：「趙兄弟的『羊奶茶』雖然有點粗造，但喝進肚子裡卻讓人感到又暖又飽。咱們三人忙了一整天，肚子裡連一個饅頭也沒有，這碗『羊奶茶』確如及時雨一樣，來得正好。」郭老頭又道：「家師也曾常常對我們說，『點茶』的功夫雖然難得，但能夠讓客官們喝得高興，才是最可貴的。」二人你一言，我一語，都似是在說明為何趙匡胤的「羊奶茶」技勝一籌。

王老頭見狀，忙道：「兩位所泡的茶都是十分了得，大家扯個直，如何？」卻說了一番打圓場的話來。趙匡胤以「鬥茶」為名，拖延為實，並不理會王老頭之話，更笑道：「三人之中，有二人讚我，怎樣算也是我贏了。」仍想東拉西扯一番。

張繼昭卻冷冷的道：「不！贏的人是我。」

趙匡胤欲再反駁，但覺眼前忽然微微一黑，手腳脫力。

他略一定神，才知道已著了對方的道兒。趙匡胤只見到三個茶博士和趙玉致都一個個的倒下來，問道：「這……這是什麼？」張繼昭笑道：「也沒什麼。不過我在茶裡放了些許本門的『軟筋散』罷了。」原來張繼昭在「鬥茶」之時，早已想到計策，只消在茶水裡下毒，便能不費吹灰之力的把趙玉致弄到手。

趙匡胤暗罵自己粗心大意。他本知道張繼昭原是師承於峨嵋派，亦聽過「軟筋散」是峨嵋派的獨門秘藥，可讓人在十二個時辰內勁力全失。可是，從來毒藥都不可能無色、無味及無嗅。下毒之人，多半會把毒藥混入烈酒，濃湯或各式小點裡，方能把毒藥的味道盡數遮掩，甚少會把毒藥放入清茶之內。自己在喝茶之時，明明不覺有絲毫異樣，對方又如何可以神不知、鬼不覺的下毒？

只聽到張繼昭續道：「或許趙兄會想知道，為何『軟筋散』可放在茶裡。」趙匡胤緩緩的道：「正是。」一邊答話，一邊收攝心神，欲把體內散亂的真氣逐一凝聚。

張繼昭說道：「本門的『軟筋散』始終有些微苦味無法化去。若平素放在清茶之中，也不難發現。」端起盛茶的瓶子，續道：「我剛才說這批『廬山雲霧』略帶苦味，其實是騙你們的。茶博士買的是上等貨，只是他們茶藝不過爾爾，才會把這上等茶的苦味也沖了出來。以我的『點茶』的功夫，又怎會讓上等的『廬山雲霧』帶有苦味？」王老頭雖然躺在地上，但神智未失，聽到張繼昭之言，心道：「原來剛才喝到的一點兒苦味，竟是毒藥的味道！這回死定了。」

趙匡胤雖然中毒不輕，但仍是笑嘻嘻的，更雙手一攤，神態輕鬆，絲毫不以眼前的劣勢為意。

只聽到張繼昭又道：「趙兄，在下和你無怨無仇，亦無加害之意。只須再過數個時辰，你們身上的藥力便會散去。只是這位趙姑娘和我有點淵源，我是非帶走不可的。山高水長，後會有期；他日有機會再領教你的棍法。」趙玉致聽到張繼昭這番話立時大驚，但只覺眼前的物事越見模糊，連半分抵抗的力道也使不出來。

張繼昭一步一步的走向趙玉致，卻突然有一頭黃狗飛撲上前，張口咬著他的前臂，原來趙匡胤已暗施手勢，命牠上前攻擊。那頭黃狗正是王老頭養的「大將軍」。牠見主人中毒，早欲撲上去與敵人周旋，此時見趙匡胤連施手勢，便立時搶出，死咬著敵人不放。張繼昭的前臂和肩頭都綁上厚厚的皮革，黃狗的爪牙雖利，卻傷他不得。他冷笑一聲，緩緩的把手臂抬高，「大將軍」懸在空中，忽地裡，張繼昭身軀微側，右腿一抬，眾人只覺眼前一花，聽到「撲」、「撲」、「撲」連環幾聲，張繼昭已連出四、五腳，踢向「大將軍」身上。張繼昭每一腳都踢得甚輕，腿法不含絲毫內勁。「大將軍」雖未受傷，但已痛得死去活來，嘴角一鬆，已軟軟的跌倒在地上。

張繼昭全心賣弄他的「契丹腿擊術」，片刻間已連環使出「上撩」、「高掃」、「斜釘」、「彈踢」及「直蹬」等諸般腿法，動作之快，招式之巧，實已到達極上乘的境界。趙匡胤心中大是佩服，心道：「雖然契丹武人大都會『契丹腿擊術』，但尋常高手，又怎能使得這般出神入化？」張繼昭一整衣衫，緩緩的走到趙匡胤身前，淡淡的道：「趙兄，我敬你為人，本欲放你一馬，他朝另擇日子，待我想通破你棍術之法子，再和你公平較量。但瞧你現下功力全失，仍是詭計多端！若不把你除去，我實在寢食難安。」說罷，已從腰間抽出「影月刀」，神情冷漠，目光之中已露殺機。

趙玉致大驚，突然生出了一股力氣，站起身來，擋在趙匡胤身前，道：「不要傷我的大哥，要殺就殺我罷！」望著那寒氣迫人的「影月刀」，心中卻漸漸寧定下來，心道：「我就是這麼給人家殺死麼？」隱隱覺得，要是為救趙匡胤而死，心中反而較為平靜。她此念頭在腦海之中一閃而過，忍不住轉頭望著趙匡胤，卻見他神情輕鬆自在，死到臨頭，竟仍是一副無可無不可的神態。她中毒後身子本弱，只感眼皮漸重，身子慢慢軟下來，終於暈倒在地。

張繼昭再踏前數步，繞過趙玉致，刀鋒已迫近趙匡胤跟前，冷笑道：「趙兄，你還有什麼詭計了？是我贏了。」他把「詭計」二字，說得十分響亮，諷刺之意甚為明顯。

忽地裡，只見趙匡胤右手一揚，即聽到「颼」的一聲，張繼昭感到頭頂的氣流略有異樣，即低頭一閃，一支勁箭從「分茶店」外射進來，穿過窗子，剛好從他的頭頂略過，插進木柱之內。張繼昭剛才若是反應不及，早已立時斃命。他心中一驚，急忙察看窗外的情況，只見已有十餘名好手躺在鄰近店子的屋頂上結成陣法，手持弓弩，箭頭都指向自己身上。只要他再走前半步，即會變成刺蝟一般。

張繼昭微微後退一步，欲破門而出，但只聽到「格」的一聲，大門打開，又有數十名敵人，手持長刀、鐵棒和長槍等各式長短器械，來勢洶洶的衝了進來。此外，屋頂上亦傳來鑠鑠的瓦片聲，似乎已有不少高手躍到屋頂上。張繼昭察看來人的一舉一動，已知他們盡數是訓練有素的精銳之師，當中牽頭的五、六人更是身負絕技的武術高手，單是這五人聯手，自己便非其敵。加上數十名好手的重重包圍之下，就是武功再高，也是插翼難飛了。

趙匡胤緩緩站起，舒了一口氣，說道：「好險，張兄，你錯了。贏的人是我。」笑容極是燦爛。此時他的語氣已不如剛才般沉重泛力，原來他仗著內功奇厚，早已潛運真氣，把「軟筋散」的毒性迫了出來，片刻間已回復了六、七成的功力。

張繼昭本是才智過人，早已想到在「鬥茶」時乘機下毒，騙得他們喝下「軟筋散」。可是，他又怎料趙匡胤計中有計，早已與禁軍裡的兄弟暗中聯絡，在鄆州佈下天羅地網？他苦笑道：「趙兄口口聲聲要『鬥茶』，原來是要等齊人馬，才向我動手。閣下棋高一著，輸的確是在下。」趙匡胤笑道：「張兄智計過人，這次只是我手風比你順罷了。我知道你們的人馬在這兒，便即派人前來，早就約好了在這裡會合，但卻是千算萬算，也不可能知道你竟會送上門來。唉！好在我的一眾好兄弟終於及時趕至，要不然，我可要死在張兄的刀下了。」張繼昭哈哈大笑：「原來如此，在下運氣不佳，似乎非投降不可了。」話雖如此，但仍緊握著「影月刀」，殊無半分投降之意。

此時，已有人把躺在地上的趙玉致和三名茶博士移開。一名衣著光鮮，身形略胖的人更已走到趙匡胤之前，以長刀直指張繼昭，以防他出奇不意的突襲。只見他雙眼細小，臉色白淨，笑容和藹可親，貴氣迫人，乍眼看過去，還道是富甲一方的大財主，年紀不過二十五、六歲。他大聲的說道：「久仰張兄大名，放下『影月刀』，我們也不會為難你。」

張繼昭見他雖然身材略胖，但如淵渟嶽峙，渾身是勁，單看身形，已看得出他是精通角觝之技的一流高手，便問道：「來者何人？」那人說道：「在下石守信。」第一個護著趙匡胤的人，正是石守信；他和趙匡胤自幼在軍營中長大，乃出生入死的好兄弟。

張繼昭說道：「原來是石兄，可惜在下將成階下囚，已無機會領教你的『沙陀摔拿技』。」石守信雖然武藝深湛，但仍未立過什麼卓越的戰功，在武林中也是名氣不大，對方竟能一語道破，更知道他精通「沙陀摔拿技」，不由得使他一怔，道：「在下粗通『摔拿技』，你又從何得知？」

張繼昭笑道：「閣下在大周禁軍裡當兵，又怎會不懂得沙陀族人的絕技？看你一雙『結耳』，還不是苦練角觝時所留下的最佳憑證？」原來練習角觝之人，往往需要在地上與人纏鬥多時，翻身轉勢間極容易弄傷耳朵，久而久之，耳朵便漸漸扭曲，變成了「結耳」，後世稱了為「摔跤耳」。

張繼昭看到石守信的身形和步法，已知他是一等一的武術高手，再見到他的虎背熊腰，粗手大腳，加上這一對「結耳」，便從中猜到了對方的武功路子。

石守信便道：「久仰張兄的威名，若有機會的話，也想領教一下你的『契丹腿擊術』。」石守信剛才在外埋伏時，早已見識過張繼昭的腿法，更暗地裡想好了幾個方法，以摔拿技破他的腿擊術，正欲找機會試試法子是否管用。

石守信見張繼昭不置可否，便轉頭向趙匡胤道：「趙大哥，咱們該怎麼辦？」

趙匡胤道：「放他走罷！」說罷，又打了一個手勢。眾人都是一怔。他們收到趙匡胤的密函，星夜趕來鄆州，就是衝著張繼昭等人而來，怎料他竟會下令放人？在石守信身旁的一個壯漢已發施號令，喊道：「讓路！」店內的一眾好手已讓出了一條通道給他，但店外的將士卻仍堵塞了大門。發施號令的壯漢面色極黑，一臉肅然，正是禁軍中的「黑臉神」劉守忠，也是趙匡胤在禁軍裡的好兄弟。

張繼昭見「分茶店」外仍有士兵重重包圍，便問道：「兄台想怎樣，才肯放我走？」趙匡胤抱拳道：「不敢！我本是要捉拿你的，但你剛才對我手下留情，我很承你的情。」張繼昭冷笑道：「哦？」趙匡胤續道：「剛才你想到在清茶裡下毒，只消份量稍重，我又怎能這麼快便復原？若下的是毒藥，恐怕我已斃命了。」張繼昭「哼」的一聲，並不答話，心中只在盤算，對方何苦要為了一個小姑娘而處心積累的設局來捉拿他？他又如何得知自己的音訊，竟趕來鄆州？他越想越覺不妥，心中閃過無數念頭，疑問卻似乎已漸漸清晰起來。

趙匡胤鑒貌辨色，知他已清楚自己的圖謀，便開門見山的道：「實不相瞞，你們契丹人與劉崇勾結，我們焉有不知之理？大家不妨在這裡做一個買賣，如何？」見張繼昭不答，又道：「你們在我大周境內打劫商旅，搶了不少茶商手上的上等名茶，賺了一大筆橫財。現下，你們的人馬盡數都在鄆州。」

張繼昭聽對方竟對自己的一舉一動瞭如指掌，微微一驚，但瞬即寧定下來，道：「托賴！咱們這筆生意，確是賺了不少。」竟是直認不諱。

趙匡胤笑道：「好！張兄實是快人快語！只消把你們在鄆州的落腳地告知，我不僅保證不傷你半根汗毛，還可與你共享富貴！」在旁的石守信一聽，立時心中暗喜，暗想若能迫得張繼昭把秘密說出，不僅可破壞了北方劉崇和契丹的大計，自己和一眾兄弟，也可老實不客氣的把贓物據為己有，大發這筆從天而降的橫財。眾兄弟之中，石守信最為貪財，更從來也不會放過任何發財之機。

張繼昭微微一怔，說道：「天下間豈會有此等好事？」

趙匡胤笑道：「這個自然。只要你們把所有上等茶葉留下，咱們自會放你們一條生路。」趙匡胤說得十分明白，他只擔心劉崇與契丹「以茶易馬」。若他們得不到茶葉，與那些遼國馬販做買賣之時，一定會大打折扣。只要劉崇買不到足夠的戰馬，便不敢冒然興兵，大周朝廷亦可暫時避過一場兵禍。

張繼昭笑道：「劉崇與你們官家仇深似海，難道他得不到茶葉，便不會南下嗎？」趙匡胤卻道：「若劉賊交不出茶葉，我想你們也不會給他多少戰馬。」張繼昭「哼」的一聲，不禁暗佩趙匡胤洞悉形勢。原來遼國皇帝耶律述律對「聯漢伐周」一事愛理不理，對盟友的各種供給也十分吝嗇。劉崇好容易才暗通遼國重臣，請到國師蕭繼軒一系人馬，共同在大周境內搜刮財帛。他提出以搜刮回來的茶葉與遼國馬販做買賣，才得到遼帝首肯。若他們最終不能把這一大批上等茶葉弄到手，遼漢兩國的買賣自然做不成。

趙匡胤溫然道：「你們的人馬在我大周境內已有多日，就是你不肯說出他們的下落，咱們的兄弟早晚也會把你們找出來。鄆州城內佈有一萬精兵，莫說是要找到你們的倉庫所在，就是讓你們全軍覆沒，也是易如反掌。可是，我們又何必弄到這個田地？」語氣間甚是誠懇。

張繼昭「哼」的一聲，森然道：「我既已拜入師父門下，便得要向遼帝效忠。你要我通敵賣國，可別妄想了。」又道：「郭威氣數將盡，轉眼間便要大難臨頭，你又何苦為他效力？」一眾大周勇士平素深受大周皇帝郭威的恩惠，聽到張繼昭對他的咀咒，都是勃然大怒。只見張繼昭冷笑一聲，突把右手放在嘴邊，張口輕吹在指縫之間，立時傳來一道清晰明亮的嘯聲。

趙匡胤剛才曾見識過張繼昭呼喚黑鷹的技倆，連忙喊道：「眾兄弟，不要妄動，緊守崗位！」

突然之間，張繼昭飼養的那頭黑鷹已闖入店內，隨嘯聲起伏，在室內盤旋飛舞，片刻間已攻向緊守門口的數個大周勇士。他們都是身懷非凡武技之輩，黑鷹雖然兇猛，卻傷他們不得。可是，張繼昭乘亂躍起，眾人只覺眼前一花，已見他走到東面的窗格之前。這幾下兔起鶻落，趨退若神，窗格兩旁的武士見狀都是一驚。他們欲上前迎敵，但卻給黑鷹擋著去路。

就在此時，趙匡胤見張繼昭忽然在敝袍裡一探，便即喊道：「小心！」

突然，有五、六把飛刀竟同時破空而至，分別擊向在窗格左右的一眾大周勇士。他們連忙低頭，飛刀盡數落空。他們雖是百中揀一的一流好手，但若沒有趙匡胤的事先張揚，絕不可能避過張繼昭那出奇不意的飛刀絕技。

就在此時，張繼昭已從窗格處跳了出去，以神出鬼沒的輕功遁走。黑鷹亦從店子的大門飛走，只片刻間，一人一鷹已消失於鬧市之中，再也見不到他們的蹤影。

石守信見張繼昭竟在自己佈下的天羅地網中逃走，心道：「這廝一走，我們便失去了贓物的下落了。」心想一筆橫財就此化為烏有，不禁暗暗可惜。但一轉念，心中卻想：「既然趙大哥知道他以嘯聲控鷹的絕技，便不難想到人家正要以此聲東擊西，又怎會只叫一眾兄弟按兵不動？這不是白白放人家一條生路麼？」越想越覺得奇怪，細小的雙眼在急促運轉。

過了半晌，「分茶店」內，突見一個二十六、七歲的高瘦青年走進來。他身穿勁裝，右手拿著長弓，面色略黑，濃眉大眼，雖算不上俊俏，但形相樸實。只見他一走進來，便向趙匡胤弓身行禮，接著便對石守信連連揮手。石守信正為張繼昭之事煩惱，略一回神，才見到那人，便道：「審琦，你箭法如神，幹麼不發箭阻撓張繼昭，竟任由他逃走？」此人正是王審琦，是禁軍裡其中一名青年高手，精研各種射術。他聽得石守信忽然有此一問，微微一怔，一時間不知如何回答。

與石守信一起在「分茶店」中列陣的禁軍高手「黑面神」劉守忠，卻道：「是趙大哥給他打了訊號，命他不可放箭，難道你沒瞧見麼？」劉守忠向來木納，說話不多，但為人卻極是謹慎把細，對趙匡胤所下的每一道命令，都是看得清清楚楚，從來也沒有半分差錯。

此時，在屋頂上的大周勇士也逐一走下來，帶頭的兩位首領，都分別向趙匡胤點頭行禮。當中有一名身形高大的軍官，正是王政忠。他說道：「守信兄弟眼見張繼昭逃走，大批贓物的蹤影便無從入手。這種見財化水的心情，做兄弟的又怎會不明白？」說話聲如洪鐘。一眾禁軍兄弟都知石守信十分貪財，看他給王政忠說中心事，忐忑不安的樣子都是大樂。

一同從屋頂走下來的另一名武士楊光義卻道：「王兄，你可別取笑石兄弟了。」轉頭又向石守信道：「石兄弟，你也不用擔心。趙大哥這招叫作『欲擒先縱』，石兄弟今天賠的，明天準能夠賺回來。」石守信嘆了一口氣，道：「趙大哥真的有法子把寶物找回來？」

趙匡胤只哈哈一笑，神情卻甚是疲倦。他緩緩坐下，說道：「店小二，給我一碗清水罷。」店小二連忙把清水奉上。一眾大周勇士見趙匡胤坐倒在地，才知原來他身上的餘毒未清，不禁擔心起來。眾人見狀，都不經意的都把目光投向楊光義，要他出手幫忙。

原來楊光義曾跟一名宮中的御醫學習達十多年，自少便精通醫理，擅長各種救死扶傷之道，外號叫作「死不了」。他替人治傷療病時，人家問及傷勢病況，他常常答道：「死不了！死不了！」他於治病時，雖常常看似漫不經心，但旁人治不好的重傷頑疾，他卻往往能妙手回春，甚至起死回生。久而久之，人家便給了他一個外號，叫作「死不了」。他見趙匡胤不停地喝水，接著便靜坐養氣，知他施展的正是少林派上乘內功「金剛伏魔氣勁」，欲把餘毒迫出體外。他察看趙匡胤的臉色，再以一指輕搭他的脈搏，便笑道：「大家放心，死不了的。」轉頭卻拿出藥箱，替三位茶博士和趙玉致把脈斷診、施針用藥。原來楊光義見他們臉色不佳，知他們毫無內力根底，難以抗毒，便即出手相救，把他們身上的毒液迫出來。

楊光義醫術極是高明，只過了一盞茶的時分，眾人身上的毒已盡解。趙玉致悠悠轉醒，見趙匡胤正坐在她身旁，定睛望著他，只覺如在夢寐。隔了良久，才道：「大哥沒事麼？」醒來的第一句話，仍是掛念著趙匡胤的安危。趙匡胤溫然道：「妹子莫慌，大家也沒事了。全仗兄弟們及時趕到。」趙玉致「哇」的一聲哭了出來，喜極而泣的道：「剛才嚇死我了。我還道你給人家殺死呢！」

店內的數十個大周禁軍勇士，聽得趙玉致那柔和悅耳的聲音，都不由自主的向趙玉致望過去，只見她清麗脫俗，眉目如畫，實是美若天仙。眾將士見她的一雙大眼秋波流轉，只專注在趙匡胤身上，都不禁莞爾一笑。眾人見此時此景，都不敢打擾他們，但石守信仍對那批贓物念念不忘，忍不住的向趙匡胤問道：「張繼昭逃到那裡了？趙大哥有把握把他捉回來嗎？」

趙匡胤卻有心吊他的口胃，只微笑不語，卻向著眾人道：「這小妮子正是福至師叔命我找回來的姑娘，她是青州趙家的千金，現下是我結義金蘭的好妹子。」趙玉致臉上微微一熱，奇道：「我幾時和趙大哥結拜了？」趙匡胤正色道：「妳對我有救命之恩，大家患難與共，早就如親人一樣了。難道妳這幾聲『大哥』是白叫的麼？」

趙玉致大奇：「一直以來，也多蒙大哥捨命相救，欠下人情的可是小妹呢！我又何曾對你有救命之恩？」

趙匡胤卻道：「不！我懂武功，救妳不過是舉手之勞，也算不上是捨命相救。妹子剛才見張繼昭要殺我，卻擋在我面前，這才算得上是真真正正的捨命相救呢！」頓了一頓，又道：「妹子，快來拜見幾位兄長，他們都是我的結拜兄弟，說起來，也可算是妳的義兄。」說罷，便逐一把自己在禁軍中的義兄弟逐一介紹給她聽。

他有此一著，原來是另有深意。他當初在破廟裡冒認作其父，皆因趙弘殷年事已高，俠名遠播，早是武林中的前輩英雄，由他出手救難，江湖中人便會覺得合情合理，絕不會蜚短流長。自己正當盛年，恐怕難免會給人家說三道四。他剛才見眾兄弟都竊竊私語，於是便即當著眾人面前，認她作義妹，以保存她的清譽。

一眾兄弟見趙匡胤不似說笑，當即神情一肅，正正經經的向趙玉致點頭示好，更各自報上名來。趙玉致心中暗暗稱奇，心道：「石大哥較趙大哥年輕，稱他為『大哥』也是自然不過。可是，為何其他人就是年歲較長，也稱趙大哥為『大哥』？」原來趙匡胤在江湖上成名已久，武技高強，早已深得一眾青年將軍的愛戴，在軍中的日子雖不算很長，但駸駸然已是眾人的首領，就是一些較年長的兄弟，也喜歡稱他為「大哥」。

等到趙玉致逐一向一眾禁軍將士行禮後，石守信又道：「晉王命我們做的事，可沒有做完呢！趙大哥，你神機妙算，一定有法子把他捉回來罷？」趙匡胤笑道：「妙計倒沒有，但萬事俱備，現下只欠東風而已。」一眾大周勇士都是微微一怔，不明所指。忽地裡，聽到「分茶店」外傳來一陣陣的馬蹄聲，單聽蹄聲的多寡，便可大約知道，店外已聚集了三、四十名騎兵。

一名禁軍下馬後便立即走了進來。此人面色赤紅如火，英氣迫人，不過三十來歲年紀。一眾大周武士認得他是韓重贇，亦是趙匡胤在禁軍之中的另一名兄弟。

他向趙匡胤微一躬身，低聲道：「趙大哥。王殷王老將軍和他幾名心腹已給我們拿下，餘人都不敢輕舉妄動，但沒有官家的手諭，我們可不能調動城中的兵馬。」趙匡胤點頭道：「好！做得好！他們有沒有說出那班契丹奸賊到底藏身於何處？」韓重贇搖頭嘆道：「王殷的幾名手下給咱們嚴刑逼供之下，已坦承包庇那班契丹狗賊的罪，只是誰也說不出敵人的巢穴所在。那班賊子雖是大搖大擺的入城，但所謂狡兔三窟，他們於城內，已一連換了好幾個地方，最終亦只王殷一人知道敵人匿藏在何方，但他卻始終守口如瓶。官家一日未治王老將軍的罪，我們也不敢向他迫得太緊。」

原來王殷本是鎮守鄆州的大將，亦是當今皇上郭威的心腹，與晉王柴榮亦交情非淺。可是，近日卻傳出他通敵賣國，與契丹人和劉崇勾結之事。鄆州城內的兵馬雖不算多，但與東京汴梁相隔甚近，若然造反，實是不堪設想。柴榮深感事關重大，派人四出查探，確知此事屬實後，既得官家首肯，便暗地裡派他們前來偷襲王殷，希望兵不刃血的把鄆州收復，但於調動城中兵馬一事上，牽連甚廣，亦非他一人可以說了算，始終要官家郭威答允才行。此外，朝廷為了使禁軍各路的人馬互相制衡，亦盡量避免其中一方的人獨當一面，所以才打算於王殷被擒後，另外調派官兵接手城中防務。

韓重贇又道：「據王老將軍的手下所言，劉崇的人馬，果然已離開鄆州，只剩下一班契丹將士，但為數不少，竟有三百人之多！」石守信道：「賊子不少，城裡的兵馬，我們又動不了，要十拿九穩的收拾劉崇的人馬，還得要想法子。」

趙匡胤笑道：「這兒共有多少名遞兵？」眾人才想起，軍營裡尚有遞兵，調動之時靈活得多，與禁軍的規矩不盡相同，或可好好利用也未可知。

韓重贇笑道：「我已說服了他們，一共有五百名遞兵。」原來他未等趙匡胤發施號令，卻早已安排妥當。王審琦、劉守忠、王政忠及楊光義等人，都是大聲叫好。遞兵本來肩負傳遞軍令、運送糧餉或刺探軍情的工作，上陣作戰，殊非禁軍的敵手。但他們熟知軍情，平素亦偶有操練，至少勝過臨時徵召的民伕，仗著人多，足可與敵人一決高下。

石守信心道：「我們這次帶來了三百多個兄弟，再加上五百個遞兵，就有八百多人。鄆州城也不算大，我們人多勢眾，或許能把他們找出來。」但心念一動，道：「若他們如縮頭烏龜的足不出戶，難道我們要派人馬逐家逐戶的去找嗎？」眾人都覺得石守信言之成理，若無法得知他們的確切行蹤，縱是把鄆州圍得密不透風，也是無濟如事。

趙匡胤伸一伸懶腰，霍地站起，說道：「張繼昭會為我們帶路。」眾人都是一怔。石守信道：「他不是已經逃走了麼？」趙匡胤笑道：「牠會找到張繼昭的行蹤。」說罷，往門前一指。

眾人只見一隻黃狗正躺在地上，輕搖著尾巴，正是剛才咬著張繼昭不放的那頭「大將軍」。

按一、關於「銀鋌」：唐宋時的白銀形制，最普遍的是「鋌形」，兩端多呈弧狀，稱之謂「銀鋌」，當時的大額交易，已開始使用白銀；「銀鋌」又稱為「銀錠」，或許是因為兩字讀音近似。後世百姓口語中多稱為「錠」，而漸漸很少人用「鋌」了。

按二、關於「柴榮販茶」：柴榮經商販茶，確為史實。年少時，他為了生計，隨商賈頡跌氏於江陵一帶賣茶。及後，他因姑母柴氏的關係，受郭威賞識，被收為養子。自此，他便為郭家籌謀，繼續出外經商，專做茶葉生意。等到郭威大權在握之時，他才正式棄商從戎，輔助郭威處理朝廷大小事務。

至於柴榮與李璟「鬥茶」一段，所謂高手過招，不著形跡，當時知情者極少；箇中來龍去脈，亦不見有史書記載。可是，中國歷代以來，朝廷一方面為了穩定市場，另一方面則想牟取利益而企圖左右商品價格的例子，確是十分普遍。例如，於唐朝安史之亂後，劉晏掌管天下財政二十多年，設置了知院官，目的就是掌握各種商品的價格動向，然後「賤收貴出」，以獲其利，同時亦穩定了市場價格，最終做到「斂不及民而用度足」。據《舊唐書、劉晏傳》所說：「故食貨之重輕，盡權在掌握，朝廷獲美而天下無甚貴甚賤之憂，得其術矣。」可知其策略於當時甚為有效，亦為史學家所稱讚。

其時月色朦朧，巷子內忽明忽暗，石守信不自覺的感到有一陣懼意，隱約之間，更聽到自己的心跳聲。他走到和張繼昭相距四、五尺之外的地方才停下來，正欲拔出腰間的佩刀，以家傳之「乾坤連環刀」制敵死命。

第四回・巷戰

眾人趁天色未黑，便即啟程到南方城門附近的軍營，與一眾禁軍兄弟和遞兵會合。

鄆州在城內、城外都設有好幾個軍營，由京城調派過來的禁軍與當地官兵輪流駐守，互相制衡。自王殷與其黨羽被擒後，城中的兵馬頓變得群龍無首。他們雖知趙匡胤與一眾好兄弟，均屬殿前司一路的人馬，更是當今開封府尹晉王柴榮的親信，不僅身份特殊，且還有要事在身，本應助他們一把，但畢竟尚未得知官家的旨意，軍法所限，只得緊守崗位，誰都不敢輕舉妄動。此外，各大兵營的將軍，驚覺朝廷竟得知敵人於鄆州城內私藏賊贓，縱能洗脫通敵之嫌，但疏忽職守之罪，卻是責無旁貸。大家都是坐立不安，紛紛向趙匡胤說情，跟王殷劃清界線，還千方百計的向他們奉迎討好。城南軍營的將士，更連忙讓出營裡的一些空地來，以作為一眾禁軍將領的「落腳點」，方便他們行事。

趙匡胤見眾人已齊集於軍營之內，才想起要先安頓好趙玉致，便欲命人送她到附近的一間邸店下榻。

趙玉致在這些日子以來，都與趙匡胤如影隨形，此時就是分離片刻，亦甚為不願。她輕輕的拉著趙匡胤的衣袖，悄悄的道：「大哥，我不想去。」趙匡胤問道：「為什麼？妳舟車勞動，想來也辛苦了，為何不去休息？」趙玉致急道：「我怕……」趙匡胤輕拍了她的肩頭一下，溫然道：「不用怕！待會兒，我會命人送妳到『同福邸店』下榻。那間邸店在軍營之旁，呼應極易，加上我會派一些兄弟前去看守，妹子可安心在那兒休息。那些惡人就是吃了豹子膽，也不會敢來軍營左右撒野。我現下正要去捉拿他們。辦完事以後，再回來找妳。」趙玉致仍說道：「但我怕……」一臉愁容，似乎欲言又止，不知心裡想著什麼。

趙匡胤心裡明白，見她自遇上張繼昭以來，仍是驚魂未定，自然對己倚若長城，不願分開，便笑道：「我知道了，妳怕悶，對不對？」從行囊中拿了那個丫叉出來，遞了給她。趙玉致接過丫叉，想起當日在田野間玩耍的趣事，不禁笑了出來。只聽得趙匡胤又道：「要是有惡人來襲，妳便用這個丫叉來對付他。」趙玉致笑道：「我射得不夠準，連樹上的烏鴉也射不中，又怎能射中敵人？」趙匡胤笑道：「敵人的個子比烏鴉大，又不懂得飛。射人可比射烏鴉容易得多呢！」

趙玉致給他一逗，心情舒暢得多，嘻嘻一笑，輕輕的道：「大哥，你可以送我去邸店麼？」趙匡胤道：「當然可以。」見天色漸暗，知這小妹子定是怕黑，即命石守信等兄弟先到軍帳裡守候，再陪她到邸店走一趟。

趙匡胤與趙玉致一走出軍營，只走了不足百步，便到達附近的「同福邸店」。

所謂「邸店」者，居物之處稱「邸」，沽賣之所為「店」，實為商賈往返各地做買賣時的貨棧、店舖及客舍。這間邸店在軍營之旁，平素多招待前來「入中」的商賈，邸店佔地雖不算廣，但門前已有四、五名身手不凡的武師在看守，邸店之內更是燈火通明，尚算是守衛森嚴。趙匡胤早已命人打點一切，一走進邸店，便有店小二前來招呼，態度甚是殷勤，不一會，便帶了他們到廂房去。

趙玉致剛走到廂房之前，輕輕的道：「大哥，你要去整治那班惡人麼？」趙匡胤：「當然！張繼昭正是那班惡人之中的一個頭目，只要找到他，便可找到這幫人的下落。」趙玉致想起張繼昭之驚人武技，不自覺的替他擔心起來，拿起手上的丫叉，虛晃了幾下，笑道：「大哥可以帶我一同去打惡人嗎？」趙匡胤微微一怔，道：「不！他們人數不少，還有絕世高手混入其中，我又豈能讓妳涉險？」趙玉致俏臉一笑，道：「但我有這個嘛，你不是說過可以用來打惡人麼？」說罷，又拿起手上的丫叉搖晃了幾下。

趙匡胤溫然道：「妹子又怎能如此胡鬧？」語氣間卻無怪責之意。

趙玉致急道：「我是怕你出事。」聲音越來越低，幾不可聞，但關切之情，卻盡顯在眉梢眼角之間。她面上微微一紅，只覺怦怦心跳，實不知如何是好。

趙匡胤見她垂下俏臉，眼波流轉，心中一動，不禁暗想：「我和這小妮子不過是萍水相逢。我雖救過她性命，但她也曾挺身而出，亦算是救了我一命。大家互不相欠，她又何必這樣待我？」

見她靦腆之態，微微一怔，便即岔開話題，隨口問道：「妳怕我會輸給那班契丹狗麼？」趙玉致的一雙俏目，已含有淚光，說道：「不！不是的，只是……」趙匡胤笑的道：「我從來也不知這個『輸』字是怎樣寫的。」

趙玉致記得當日他在「江南分茶店」裡，亦曾以這句話來敷衍張繼昭，想必是他的「口頭禪」之一；聽到這番話後，立時破涕為笑，道：「我只是想跟著你，看你們怎生對付那班惡人。」

趙匡胤道：「這個容易，妹子想知道什麼，我回來後告訴妳便是。」

趙玉致知他無論如何也不會答應帶自己同行，只得道：「那麼，大哥打跑了壞人以後，可否及時回來告知我當中的細節？知道你們如何大發神威，亦不枉此行了。」目光中盡是期盼之情。趙匡胤只覺她孩子氣甚重，兵凶戰危，實不是有趣之事，但她似乎把之當為出外遊歷一樣，還要人家一一細表，便笑道：「好！答允妳。」趙玉致問道：「你不打誑？」趙匡胤笑道：「不！所謂『君子一諾千金』……」趙玉致連忙點頭，卻聽得他續道：「當然是有拖無欠！」趙玉致搖頭道：「不！你回來後就要告訴我。」語氣間甚是堅定。趙匡胤只得道：「那麼，好罷。什麼也不做，回來後的第一件事，就是找妳。」

趙玉致輕輕的伸出右掌，道：「君子一言既出，駟馬難追！你一定要平安回來，找我說話。」示意要他擊掌為盟。趙匡胤覺得這小姑娘竟要他為此事立誓，未免有點小題大作，異想天開，嘻嘻笑道：「也好！咱們一言為定！」一語既畢，即伸手輕拍在她的掌上。趙玉致見他肯立下誓約，嫣然一笑的道：「大哥，萬事小心了。」心道：「大哥乃當世豪傑，既然他肯立誓，上天又怎能讓他失信於人？老天爺自然會讓大哥平安回來。」趙匡胤對女兒家的心事也不完全明白，看見她天真爛漫的神情，不禁莞爾一笑。

趙匡胤忽道：「啊！差點兒忘了跟妳說，我的兄弟已找到福至師叔和你的兄長，他們應該在這一、兩天便會來到。」趙玉致想起不久便可和家人重逢，心中大樂，拉著趙匡胤的手，道：「大哥，你不僅救了我，還讓我與家人團聚，我實在……實在……」趙匡胤笑道：「實在什麼？」趙玉致不知如何應對，卻聽他接口道：「實在是時候剛剛好，可及時趕回家鄉，與家人一起過小年了。」小年又即冬至，當世多稱之為「小年」或「亞歲」。趙玉致知他又在信口胡謅，便道：「是的，剛好便要過小年了。」想起過小年之時，二人便要各散東西，惆悵之情，猶然而生。

忽地裡，有一名禁衛兵緩緩的走到二人跟前。卻見他雙手一揖，向二人請安問好。趙玉致見此人頗為高大健壯，一頭濃髮，滿臉虬髯，粗手大腳，但卻一臉稚氣，只聽他向趙匡胤說道：「師父，石大哥說他們已準備妥當。」趙玉致心道：「看起來，這人的年紀還比大哥大著幾歲，但竟稱大哥作師父？」

此人名叫張瓊，雖然外表粗豪，虬髯滿臉，看起來頗為老成，但年紀不過十七、八歲，正是趙匡胤的手下。趙匡胤見他雖然資質愚鈍，但本性敦厚，在空閒時曾授過他一點武功。張瓊的悟性不高，但勝在體格健壯，臂力過人，在勤修苦練之下，居然略有小成。他心存感激，便常稱趙匡胤為「師父」。石守信等人見趙匡胤和趙玉致二人走出軍營已久，便差張瓊前來找他。

趙匡胤道：「張兄弟，我們可不是說過嗎？我不是你的師父。」原來他公務纏身，亦沒有多少教人的耐心，實不願正式收徒。張瓊忙道：「知道了，師父。」始終仍是難以改口。趙玉致一聽，即忍不住「嗤」的一聲笑了出來。

趙匡胤和她相視而笑，道：「嗯，妹子，我得要去收拾那班惡人了。」趙玉致點頭道：「知道了，祝大哥一切順利。」趙匡胤笑了一笑，轉頭便走了出去。趙玉致見他們的背影越縮越小，最後淹沒在黑夜裡，不禁輕輕的嘆了一口氣，過了良久，仍呆呆的站在門前。

趙匡胤與張瓊回到軍營裡，只見帳內燈火通明，石守信、王審琦、韓重贇、楊光義，劉守忠及王政忠等一眾禁軍兄弟都坐了下來。軍帳之正中，放有一張桌子，桌上有一幅鄆州的輿圖，不僅載有這一帶的山川形勢，卻連城裡的大街小巷，河道水井、房舍店鋪和城內各處的軍營及據點等，都一律列得清清楚楚。

石守信正把玩手中的一串銅錢，神色呆滯，似是若有所思；見趙匡胤進來，便即走到他左右，道：「趙大哥神機妙算，就是王殷不肯說契丹人的下落也不打緊，那頭黃狗果然替我們找到了他們的賊巢所在！」所說的那頭黃狗，正是茶博士王老頭養的「大將軍」，牠自來嗅覺靈敏無比，剛才在分茶店內又曾死咬著張繼昭不放，早已認得他的氣味。趙匡胤知張繼昭逃走後，多半會回到老巢去，就是他如何小心，在撤退時做足遮閉隱藏的功夫，仍會在途上留下些微氣味，絕不可能逃過「大將軍」的「靈鼻」。鄆州城不算大，能夠收藏大批贓物而不為人所知的地方，不可能超過二、三十處，若派兵逐一去搜，一定會打草驚蛇，弄巧反拙，但若只暗中派數人去打探，讓「大將軍」帶路，自然可毫不廢力的找到敵人之所在。

趙匡胤笑道：「張繼昭剛才賣弄腿法，把『大將軍』踢倒，其實已與牠結下深仇。那廝又在『分茶店』裡留下了幾把飛刀，給『大將軍』一嗅，牠自然會為我們領路。」轉頭看著身旁的王審琦，問道：「賊子的巢穴在那兒？」

王審琦接口道：「我與數名兄弟，帶了那頭黃狗去找，牠在朝陽巷前便停了下來，還不停的吠，我們連忙依著趙大哥教的手勢，牠才靜了下來。那兒就只得一個荒廢已久的糧倉。」原來他除了箭法如神之外，輕身功夫與騎術亦練至極上乘之境，從戎數載，更已精通了諸般刺探軍情之術。

趙匡胤命他親自壓陣，除了要找到敵人之所在，還要他辨明對方的虛實。

趙匡胤微一點頭，往桌子上的輿圖一看，卻見左下角有一行小子：「天福三年」，心中暗道：

「『天福』是石敬塘那廝曾用過的年號，至今也有十五、六年了。這張輿圖未免有點舊，所記下的街道也未必全對。若一眾兄弟信以為真，以此佈陣，未免有點粗心大意。」當世戰亂連年，你攻我伐，守城大將不時要修築城牆，城內的大街小巷，往往只數年時光，便會因應城防之佈置而重修或改道。他暗想：「王兄弟向來做事把細，絕不會馬馬虎虎的見到舊糧倉便折返。」

果然，只聽王審琦續道：「這幅輿圖是多年前繪製的，作不得準。所以我亦暗中查探過舊糧倉的裡裡外外，把各處的通道都默記得清清楚楚。」即拿起毛錐子修改輿圖，把舊糧倉周遭的實況，交代得一清二楚。

趙匡胤讚道：「做得好！探明賊子的虛實沒有？」

王審琦道：「敵方陣營裡，果真剩下約三百人，他們說的都是契丹話。當中多作商人打扮，穿著白色袍子，也有一些人作武師打扮，身上只備有鑌鐵單刀和長槍等利刃。另外又有數名身穿黑衣的女子，腰間裡懸著突厥彎刀。除此之外，他們身上並沒有什麼甲冑及防具，亦不見有火器或諸般奇門兵刃。但單看這班人的身形步法，似乎武功不弱，當中不乏武術好手。」片刻間已把敵人的多寡、虛實、所用的兵刃等都說得清楚分明。

趙匡胤刻下仍未能調動城中兵馬，只可以帶來的數百個兄弟，加上借回來的五百名遞兵，與敵人拼死一搏。他一直擔心敵人隱伏了更多的人馬在城內，對此戰實無十足把握，此刻得知敵方雖有武術好手混入其中，但畢竟人數不多，又沒有什麼厲害的兵刃器械，頓即放不心頭大石，道：「好！張繼昭仍留在倉裡麼？」一眾禁軍兄弟都留神起來，原來他們剛才也是粗略的聽王審琦說了一遍，仍未完全摸清舊糧倉內的諸般細節。

王審琦點頭道：「他逃到舊糧倉之後，便再沒有走出來。此外，倉庫之內，有一名二十來歲的青年，身手不錯。聽他與張繼昭說話，此人應該是當日給趙大哥擒著的隆裕。除了他們之外，還有一個三十多歲的壯漢，身高肩闊，粗手大腳，滿口契丹話，似是眾敵寇的首領，即連張繼昭對他也甚為尊敬。此人的身份，好像猶在張繼昭之上，觀其舉止器度，他的武技亦非同小可，殊亦不在張繼昭之下。」語氣甚是疑重。眾兄弟都是心中一凜，才知原來除了張繼昭之外，竟還有一名絕頂武術高手在糧倉之內，暗想王審琦深入虎穴，終能全身而退，且不被敵人發現，其遮蔽、藏身及輕身等功夫，均到了很高的境界，心下都大是佩服。王審琦雖已二十七、八歲，但從戎不久，臉上仍是稚氣未消，加上天性木訥，不善言辭，平素又是滴酒不沾，與禁軍中人大都不甚投緣，一眾兄弟和他都疏於往來，都只當他是一名不甚懂事的少年，覺得他箭法雖強，但亦不怎麼樣，那想到他辦起事來，竟是這般幹練？

石守信問道：「武技不在張繼昭之下？此人是誰？難道是蕭繼軒？」

趙匡胤神情一肅，搖頭道：「應該不是。蕭繼軒身形高瘦，且年紀不對。」

王審琦亦道：「我也不見張繼昭向他行師徒之禮，如聽他好像稱他為師兄。我剛才在橫樑之上，不敢走得太近，聽不到二人的對答，只勉強看到他們的口形。只是他們說的是契丹語，我只勉強懂得一點兒，著實猜不到他們到底在說什麼。」

趙匡胤道：「此人是張繼昭的師兄，又是一眾契丹士兵的首領。嗯，他想必是楊衮！」一眾禁軍兄弟一聽到「楊衮」二字，都是心裡暗驚。此人為遼國猛將，精通兵法，縱橫沙場多年，頗得遼帝重用。他更是蕭繼軒的開山大弟子，相傳已頗得其師之真傳，武技非同小可。只聽趙匡胤續道：「此人實是極難纏的敵手，他自少便拜入蕭氏門下，據聞他的武技與張繼昭尚在伯仲之間，絕不好惹。幸而敵明我暗，且敵方之人數不多。我們又是以眾凌寡，縱是楊衮與張繼昭二人聯手，我們亦不懼。」

石守信卻滿臉愁容，嘆道：「舊糧倉之內，只得三百契丹兵馬，卻不見劉崇等人馬的蹤影，又沒有野雞族、殺牛族等山賊在內。恐怕其餘的黨羽，早已不在城裡，更帶著一箱箱寶物遠走高飛了！」當此亂世，兵賊難分，當兵者更是無法無天，只懂得伺機大撈一筆。石守信向來貪財如命，這次隨趙匡胤前來，早已在打那批贓物的主意，得知現下只剩下少數敵人，此趟可謂見財化水，不禁長長的嘆了一口氣。

趙匡胤笑道：「楊衮和張繼昭二人還在壓陣，留下來的贓物也不會太差罷！」

王審琦亦道：「舊糧倉佔地甚廣，內裡仍有很多大木箱。敵人為數雖然不多，但剩下來的贓物也不會少。」一眾禁軍兄弟亦連忙點頭，「黑臉神」劉守忠竟罕有的流露出笑容，道：「由賊子首領親自壓陣，木箱之內，當是最珍貴的寶物！」「死不了」楊光義也接著道：「守信兄弟，你大可不用擔心。一眾賊子與王殷狼狽為奸，留在城裡的賊贓，又怎會不值錢？」

趙匡胤亦道：「擒賊先擒王。只要拿下賊子的首領，又何愁找不到其他賊贓的下落？」

眾人都覺得有理，石守信即道：「那麼事不宜遲，我們趕快起程捉拿這班奸賊罷！」

韓重贇忽道：「王兄弟，糧倉有多少個出口？」

趙匡胤聽他有此一問，暗暗佩服起來，心想：「嗯，我們以眾凌寡，第一步就是要把所有出路封死。韓兄做事向來狠辣，既然敵人不多，自然便想到要把他們一網成擒，甚至趕盡殺絕。王兄弟早已把兩個出口畫了出來，韓兄這樣說，其實是在提醒我。」

王審琦指著輿圖，道：「除了在朝陽巷之外，還有在這一條小巷裡有後門。但他們暗中築了一條夾道，從後門逃出來，可直達朔月徑。」

趙匡胤看著輿圖，反覆推敲，道：「這條小徑與朝陽巷相隔甚遠，以地道或夾道相連，確是逃命的絕佳路徑。」只覺敵人確是思慮周詳。若然受圍攻，他們大可先派下屬至朝陽巷，以牽制我們的兵力，自己再大搖大擺的從夾道逃出來，終能立於不敗之地，想及之處，心中已有計策：「我們大可將計就計，把他們封死在朔月徑裡。」

韓重贇又道：「朔月徑比平常的街道窄，雖然我們人馬較多，但在這狹少的道上作近身搏鬥，卻未必可佔到多少便宜。我們只能用弓弩作遠攻，才可穩勝。我們借來的遞兵，武技都不怎麼樣，但大可伏兵於此，以弩機制敵死命。」遞兵雖不善打仗，但平素尚有操練，亦懂得使用弓弩，正好在遠處掩護一眾禁衛軍。

趙匡胤點頭道：「嗯，韓兄之意，甚合我心，大家以為如何？」石守信、楊光義、劉守忠、王忠政和等人當下即各抒己見，議好諸般行軍佈陣的細節。

剛入黑不久，眾人即點閱將士，選馬揀械，人人忙碌。他們雖在大周境內，以兩倍多的兵力夜襲敵人。可是，一來他們不想擾民，二來敵人絕非泛泛之輩，因此實不敢有半分大意。他們打點一切後，便即排好陣式，分成三小隊，靜悄悄的出發。

不一會，一眾大周禁軍將士已走到舊糧倉前的大街。他們兵分三路，由劉守忠、楊光義和王忠政等人，共領半數人馬，直取朝陽巷，打算從正門那方的幾處出口突襲，殺入敵方陣營；趙匡胤及石守信二人，則共領二百名將士，到朔月徑包抄敵人的後路。韓重贇與王審琦，則帶著二百名好手，遊走兩地，更於鄰舍的屋頂上都佈有士兵，隨機應變，以防不測。

趙匡胤和石守信領著兵馬，埋伏在橫街窄巷之中。他們預料劉守忠、楊光義和王忠政等人馬從朝陽巷殺入舊糧倉之後，敵人在深夜裡遭突襲，定會措手不及。楊袞和張繼昭等人寡不敵眾之下，多半會從夾道逃至此地。一眾禁衛軍想到不久便會遇上當世兩大武術高手，當下都不敢妄動，但卻不自覺的怦怦心跳，極為緊張。

過了良久，他們隱隱聽到從朝陽巷上傳來的喧嘩聲，接著燈火通明，叫喊聲之中傳來一陣陣器械相碰的聲響，便知在朝陽巷中的將士已殺入舊糧倉，正和敵人交手，未知鹿死誰手。

只過了一盞茶的時分，只聽到「啞」的一聲，一頁扇門給人輕輕的打開，有一個黑影飛快的從門隙中走了出來。趙匡胤和石守信都是心中一凜，不約而同的心道：「來得很快！」一如所料，敵人果真從此處逃走。

趙匡胤猿臂屈伸，射出一支勁箭，直取對方肩膊。那敵人見機極快，已反手射出一枚飛刀，把羽箭打落，身法之迅捷，手段之利落，已到了常人不可思議之境地。在朦朧的月色之下，雖仍看不清他的面目，但見其飛刀之法，幾可斷定，此人正是張繼昭。

張繼昭雖在危急關頭，但仍甚是寧定，淡淡的道：「趙兄，我們又見面了。」二人相隔尚算遠，月色之下本來難以看清對方之面目，但他單憑來箭的去勢勁道，亦已猜到敵人的身份來歷。

趙匡胤走出數步，嘻嘻一笑，道：「張兄別來無恙嗎？」張繼昭冷笑道：「手風不太順。又給你發現了行蹤。」趙匡胤道：「所謂乘勝追擊，在賭桌上也好，在戰場上也罷，這是最自然不過的。」張繼昭道：「看來又是你贏了。」趙匡胤卻道：「不敢！只是我手風比你好。」張繼昭卻道：「非也！智取力敵，我皆不如你。趙兄機敏無比，在下確是平生未遇！」頓了一頓，又問：「你是如何找到來的？」

此時，石守信和數十名大周將士，各持弓弩和器械，已紛紛現身，餘人卻仍埋伏於後。石守信手執單刀，擋在趙匡胤身前。他見張繼昭東拉西扯，明白他正是在使「緩兵之計」，恐怕已伏有極厲害的後著。他知張繼昭詭計多端，且武技實是高得出奇，生怕他伺機暗算偷襲，當下即凝神屏息，注視著他的一舉一動。他暗中察看，見巷子內的牆壁約有近兩丈高，牆身又十分平滑，並無處借力，心裡又想：「姓張的就是輕功再高，似乎也不可能一下子躍過高牆。我們包圍在前，高牆在後，他就是有通天徹地之能，也不可能逃脫了。」

張繼昭見一眾大周將士均擠在巷口處，手上的弓弩都紛紛對準自己，已成合圍之勢，不禁心中暗驚，但仍是不動聲色，一邊擺出漫不在乎的神情，一邊卻盤算諸般脫身之計策。

趙匡胤笑道：「你如何找到我，我便如何找到你了。當日你以銀粉為『引子』，利用黑鷹跟蹤的技倆，實是非同小可。我不過是『以其人之道，還治其人之身』罷了。」張繼昭微微一怔，道：「哦？確有此事？」他的控鷹絕技，縱使是得遇名師，悟性高者，少說也要練三、四年，難道對方竟無師自通，一學即懂？

趙匡胤見張繼昭在數十把弓弩瞄著自己的情況下，仍是氣定神閒，不禁佩服對方的膽氣，便道：「我不懂控鷹之術，但分茶店內，有一頭黃狗，卻認得你的氣味！」張繼昭微微一怔，過了半晌，才猛地想起剛才曾被店內的一頭黃狗咬著手臂，道：「趙兄指揮那頭黃狗撲過來，就是要牠認得在下的氣味？」

趙匡胤卻搖頭道：「非也。當時我中了你的暗算，那想到這麼多？」張繼昭聽得趙匡胤竟單以一頭黃狗，便能找到自己，實是滑稽可笑。可是，他又不禁佩服對方的異想天開，便道：「嘿！狗鼻靈敏無比，又能認得人，這也罷了。但那頭黃狗竟能單憑我留下的氣味便能找到來這裡，確是匪夷所思。趙兄機智過人，應變神速，在下確是自愧不如。」

只聽得趙匡胤又道：「張兄言重了。所謂『成敗不足以論英雄』，閣下的武功才智，在下向來佩服。你原是漢人，又何必投靠契丹人？人在異鄉，處處遭人白眼的感受，可不大好受罷？何不棄暗投明，效忠我大周，共享富貴榮華？」這幾句話說得極是誠懇，說得張繼昭也有一點心動。此時大周將士佈下了天羅地網，「關門打狗之勢」已成。可是，趙匡胤仍不忘游說對方投降，希望可以兵不血刃的收服敵人。

張繼昭卻道：「你們以眾凌寡，算什麼英雄？」頓了一頓，又道：「實不相瞞，咱們尚有救兵，到底是鹿死誰手，也未可知。」趙匡胤九成不信，笑道：「張兄機關算盡，原來竟有後著。」一眾大周將士聽他這麼說，也一同笑了出來。所謂實則虛之，張繼昭越是吹噓，越顯得勢孤力弱。不少將士更認為，劉守忠、楊光義和王忠政等出奇不意的攻入舊糧倉之內，敵人實難以招架，想來現下定給己方之人馬重重包圍。恐怕夾道之內，就只剩下張繼昭一人而已。

張繼昭續道：「兩陣交戰，死傷必多，那又何必呢？咱們一對一的比一場，要是在下敗了，我和一眾兄弟立即一同歸順大周；要是在下僥倖勝得你一招半式，你得放我們走，如何？」大周將士雖本已佔盡上風，但張繼昭這番索戰，大周禁軍一方卻是騎虎難下，若拒絕出戰的話，反而會顯得懦弱怕事，縱能擒住他，也感面目無光。趙匡胤聽得張繼昭叫陣，亦不畏懼，便要下場迎戰。

石守信一拉趙匡胤的衣袖，低聲道：「讓我去！」

趙匡胤知張繼昭武技非同小可，是他生平罕逢的絕世高手，忙道：「不可！」但一轉念，自己身為主帥，又豈能輕易犯險？他想及此處，便不再出言勸阻，深知石守信雖然貪財好利，實為性情中人，對己又是極好。自己親身上陣的話，若有什麼閃失，他定會方寸大亂，又如何繼續帶領其他兄弟作戰？他在轉瞬間便已反覆思量，最後才道：「好！你小心在意。」接著又低聲道：「他不僅腿法了得，刀法和暗器也很厲害。」他見好兄弟為自己涉險，忍不住在陣前叮囑一番。石守信知此行凶險無比，只微笑道：「我理會得。」便即領命迎戰。趙匡胤連忙調動多名禁衛兵佈好陣式，只要石守信稍有閃失，便即以弩箭制敵死命，絕不手軟，縱是以眾凌寡，也顧不得這麼多了。

石守信大聲道：「你早已敗在趙大哥的手上，又何必再比？不如由我來領教你的高招罷！」張繼昭當日在破廟之內被趙匡胤破去他的成名絕招，於『分茶店』裡比拳腳，又未能分出勝負，心生不忿，本欲再鬥，但聽得石守信應戰，細看他的一舉一動，心中一轉念：「石家的武技雖有其獨到之處，但無論如何，他就是武功再高，也不可能在趙匡胤之上。只要與他拖得一時三刻，便會找到逃走之機。」當下冷笑道：「你要送死，我又怎會阻止你？」

石守信深知將會遇上一生之中武技最強的對手，當下也不理對方的冷嘲熱諷，只深深吸了一口氣，便一步一步的走入小徑之內。其時月色朦朧，巷子內忽明忽暗，石守信不自覺的感到有一陣懼意，隱約之間，更聽到自己的心跳聲。他走到和張繼昭相距四、五尺之外的地方才停下來，正欲拔出腰間的佩刀，以家傳之「乾坤連環刀」制敵死命。

張繼昭好整以暇，發出了一聲冷笑，卻道：「巷子太窄，要比刀的話，又豈能盡興？我們今日比一比拳腳如何？」只見他連刀帶鞘，勁力一摧，已把「影月刀」插在土牆之內。石守信見佩刀只露出數寸長的手柄，心中一凜，暗想：「好大的手勁！」但心裡又是一寬：「只剩下這數寸的手柄，他再也不能在片刻間把刀拔出來。看來，他真的想和我比拳腳。」便隨手回刀入鞘，輕輕的把之放在土牆之一旁；雙手向外一甩，已擺好「沙陀摔拿技」的架式。

趙匡胤熟知張繼昭詭計多端，見他棄刀不用，不禁心裡一驚，暗想：「張繼昭騙得石兄弟放下器械，難道是想以飛刀暗算他？」連忙拿緊手上的弓弩，箭頭對準張繼昭的要害。卻見張繼昭從身上取出六、七把飛刀，一一都拋到地上，然後緩步前行，向著石守信的方向越走越近。

二人為當世武術高手，縱是拳腳比拼，雙方也不敢大意。要知大家也是身懷上乘內功，縱是一拳一腳，仍能發出開山劈石的大威力，其凶險實無異於以兵刃對決。張繼昭和石守信都逐漸收攝心神，抱元守一，目光到處，盡是對方的一舉一動。

張繼昭只走出三、四步，便停了下來，抱拳道：「請！」石守信微一回禮，已聽到對方輕輕的道：「看招！」只見眼前黑影一掠而過，敵人的腿已擊向自己的面門。石守信心中一驚，暗道：「好快！」不及細想之下，便即把身子仰後，在間不容緩的情況下避過張繼昭那突如其來的一招腿擊。張繼昭一招之間，便即稍佔上風，更是得勢不饒人，腿招如狂風暴雨的攻向石守信身上。

張繼昭此時使出的，正是最上乘的「契丹腿擊術」。契丹人自幼在馬背上長大，練習騎術之前，都會先把腰胯間的筋骨練鬆；族人腰胯既鬆，在近身搏鬥之際，亦因此多喜以腿法較量。相傳契丹祖先原屬鮮卑宇文部的分支，分為悉萬丹、何大何、伏弗郁、羽陵、日連、匹絜、黎和吐六于等八個部落。八個部落各自為政，族人中都有精通武技之士，各自修行，從無數生死搏鬥的經驗之中，分別悟出八種不同的上乘腿法。這八種腿法的風格及箇中之技術都頗不相同，或飄忽不定，虛實難測，或凌厲剛猛，無堅不摧，或綿密如雨，或排山倒海，或如堂堂之師，攻守分明，或講求出奇不意，攻其無備。契丹腿法雖是稱雄一方，但八種腿法截然不同，各有各的不足之處，流傳多年，始終不能算是一門上乘武技。直到數十年前，耶律阿保機一統八部，建國稱帝後不久，便請來不少中原武人前去鑽研武術。他們去繁就簡，取精用宏，把這八種不風格的腿法融會貫通，創出一門純以腿法為主的上乘武功。這套武學最終成為契丹人的國技，流傳甚廣，久為契丹將士所習練，傳至契丹武學大宗匠蕭繼軒手上，又衍生出無窮的新變化。

張繼昭從蕭繼軒手上習得此技已久，腿法之純熟，如流水行雲一樣。他每一腳都擊向石守信面門、膻中、胸腹、腰間等要害，動作迅捷利落，招式間綿密異常。石守信見敵人的腿招既快且狠，只得左閃右避，身法略見呆滯，片刻間已處於下風。張繼昭腰膊一轉，便即以一記「中掃腿」，擊向石守信的腰間要害，去勢急促，勁道剛猛異常。

石守信見對方的腿招突如其來，再也無法閃避，只得立時提起左膝，真氣佈滿小腿外側，強行招架張繼昭那乾坤一擊。張繼昭掃在石守信的小腿外側上，只覺如練習之時擊向沙包或布靶一般無異，已知對方早把自己泰半的勁力卸去，並未受創。他心念一動，便即以左腿為重心，右腿繼續以掃腿連環進擊，更是一腳比一腳重，只聽到「碰」、「碰」、「碰」十餘聲巨響，在片刻之間，竟連環掃出十多腳，盡數擊向對方的小腿之上。一眾大周將士見張繼昭的腿法飛快絕倫，勁力剛猛，都感到十分驚駭，若不是親眼所見，實不相信世上竟會有如斯神技。

石守信粗手大腳，又身懷上乘內功，提膝擋格對方的低掃腿，以硬碰硬，原是防守的不二法門。只是張繼昭的勁道實在太猛，又是連環進擊，石守信縱有真氣護身，小腿外側也不可能無止境的抵禦這排山倒海的攻勢。

張繼昭見敵人只守不攻，似乎已漸感不支，但被對方硬擋腿招，勁力迴彈，自身亦不好受，便即右腿運勁急掃，但掃腿的方位微微一偏，欲擊向石守信的右腿之上。石守信提起左膝，全仗以右腿站穩，左腿雖仍算是固若金湯，但右腿正是其招式的破綻所在。此招若然擊實，縱不能把他的右腿掃斷，也會把其絆倒。張繼昭連掃十多腳，每一腳在招式、快慢和方位上都是一模一樣，但最後一擊竟然突變，實是大出眾人意料之外。張繼昭不僅詭計多端，腿法上的造藝更稱得上為登峰造極，如此變招，不僅絕無半分朕兆，行招時更是不著形跡，教人防不勝防。

忽地裡，石守信俯身向前，還未給敵人掃中右腿，身軀似是不由自主的往敵人的腿招迎去一樣。只見他左手向下一抄，身子一側，竟出奇不意的擒著張繼昭的右腿，手法獨特之至，正是「沙陀摔拿技」中的「混元手」。石守信只以右腿站立，給敵人突如其來的一掃，本是敗局已成，但他急施奇招，敗中求勝，實是驚險萬分。原來張繼昭的連環進擊雖是剛猛無儔，但連踢十餘腳後，已給石守信看到其腿招之上的基本理路，雖仍未能瞭解其一招一式當中的來龍去脈，更談不上看到其腿法之破綻，但亦至少不似剛才初戰時那麼毫無頭緒。他見對方突然變招，招式的影子略為變大，去勢微微一緩，便即冒險一試，連忙抓緊機會，施展鎖拿手法，乘張繼昭不備，牢牢地把他的右腿鎖緊。趙匡胤見他得手，高聲叫道：「好！」一眾大周將士大都精通「沙陀摔拿技」，見他這一招反守為攻，行招時乾淨利落，都紛紛納喊助威，連聲叫好。

「沙陀摔拿技」原是沙陀族人在草原作戰時留下來的實戰精粹。沙陀族人善於在草地上扭打纏鬥，或摔或拿，一出手便是制敵死命的招數，與中原武林頗為流行的角觝之技頗不相同。從表面看來，這種武術招招拼命，往往都似是同歸於盡的打法，實似是江湖中下三流的武功，但卻實用非常，在一招一式的變化精微之處更包含了很多不傳之秘，可謂大有學問；傳了幾代，歷千錘百鍊，駸駸然已在武林上放一異采。

張繼昭微微一驚，即連忙左腿一蹬，身子向前急蹤，右腿微縮，把整個身子都壓在對方的左手之上，正是破招的妙法。原來他雖是右腿被擒，但突如其來的以全身之力壓向對方，敵人亦難免會手忙腳亂。此時張繼昭雖是雙腳騰空，但卻算得上是居高臨下，更可以雙手擾敵，縱未能反守為攻，至少仍可乘勢把右腿縮回。此招用在尋常好手身上，當然是萬試萬靈。可是，石守信乃精通「鎖拿技」的大行家，一招得手後，又豈容他見招拆招？他左手鎖緊對方的右腿，忽覺敵人把身軀壓過來，便即用力向後急拉，右腿一掃，重重的擊向張繼昭的左腳之上。

張繼昭應腿而倒，但他雖敗不亂，連忙著地急滾，正欲翻身再鬥。可是，石守信才僥倖的把他摔倒在地，又豈容他再次站起身來？他即施展角觝中最常見的「車輪步」，如影隨影的追過去。石守信腰間急轉，斜身撲向張繼昭身上，眾人只覺眼前一花，已見他手腳並施，再次把張繼昭的右腿鎖拿著，正是一招「扳腿十字鎖」。張繼昭右腿受制，左腿便向石守信急踹，施展「契丹腿擊術」的絕技，在教人意想不到的方位攻向對方身上。石守信雙手一鬆，連忙挪移身子，雖然險險的避過了張繼昭的腿擊，但本是牢不可破的「扳腿十字鎖」卻給對方輕輕巧巧的化解。他深感不忿，向右一翻，又欲以諸般上乘的鎖拿技手法克敵制勝。

張繼昭好容易才化解敵人的攻勢，見對方仍想在地上騰挪翻滾，便飛身撲前，向他拳打腳踢。這種打法，幾近無賴，但用來對付在地上翻滾纏鬥的敵人卻極為有效。石守信見對方的拳頭排山倒海而至，只得以雙臂護著頭部，右腿則向敵人一撐，欲把對方蹬開。

驀地裡，眾人又覺眼前一花，石守信的雙腿一開一闔，竟再次夾在張繼昭的腰間，正是一招「三角鎖」。他一招得手，那容對方掙脫？石守信挪移身子，雙腿用勁鎖緊對方，接著雙手向前一探，已把對方的頸項緊扣著，接著，更已鎖向對方的咽喉要害，手腳並施，正是「沙陀摔拿技」的一記妙著。

石家世代原為中原角觝高手，家傳的角觝技藝已是卓然成家。石守信自少離家以後，更在機緣之下學得極上乘的「少林擒拿手」，可謂如虎添翼。後來，他在禁軍之中，再習得沙陀族人的摔拿武技，武功更已達上乘之境。他的手法玄妙，看似雜亂無章，但卻在「沙陀摔拿技」之中，包含了中原角觝和擒拿術之精要，行招隨意之所至，讓人防不勝防，只要找到對方招數上的些微漏洞，便能後發先至，反敗為勝。趙匡胤心道：「要是比拳腳或刀劍，似乎張繼昭還是技勝一籌，但只論在地上翻滾纏鬥，他又怎能是石兄弟的對手？」

張繼昭的頸項與右臂，給石守信以雙腿緊緊的鎖著，難受非常，只感血氣上湧，幾欲作嘔，知道再不擺脫對方的糾纏的話，只怕性命難保，連忙運氣一吐、挪移筋骨，在極狹小的空隙下，把下巴緊貼鎖骨，雙肩微微一縮，身子向右一轉，對方之雙腿，給他那一連串的動作而微微撐開；他只感血氣一順，即以「膝撞」擊向對方面門。石守信萬料不到對方竟有此妙著，只得把手腿一鬆，轉身卸勁，避過對方的攻擊。張繼昭乖勢向外一甩，掙脫了對方的纏鬥。可是，他先後三次給石守信以極為精妙的手法擒著，如走進一道疊一道的枷鎖，壓迫之感，越來越大。他雖然在間不容緩的情況下化解了敵人的攻勢，但已大耗內力，氣焰已不及初鬥之時。

他自藝成以來，實是從未試過如此狼狽，知道遇上平生的勁敵，連忙收懾心神，翻身再鬥。他知敵人的「沙陀摔拿技」厲害，便不敢再靠近對方，只在遠處和他遊鬥，出手時也收斂得多。石守信見對方不肯埋身近鬥，在他神鬼莫測的腿法之下，又不易欺身上前，殊不能輕易使出諸般摔拿技，只得連施巧勁，使了十多門不同的上乘手法，設法誘他進入自己的圈套。二人遊鬥良久，不經不覺間已交換了近百招，但仍是難分軒輊，誰也勝不了誰。

忽然間，眾人只覺眼前一晃，張繼昭突然向後急撤，險險避過了石守信那綿密異常的攻擊，更退到身後的高牆之旁，還把身子貼近土牆。

石守信心中一喜，暗想：「巷子這麼窄，你退到後方高牆之下，三面都給牆壁包圍著，又如何施展腿法？」在巷子裡近身搏鬥，把身子靠向牆壁實乃大忌。雖然不少高手為確保對敵之際無後顧之憂，都會背向牆壁，但至少也會留下數步的距離，方能與敵人周旋。若把身軀靠在牆壁之上，等同自斷退路，敵人只消排山倒海的攻來，自身便退無可退，難以招架。石守信見張繼昭「自投羅網」，即急步追上前，只覺縱不能把他摔倒，也能仗著「地利」，輕輕巧巧的把他擒著。

張繼昭見石守信追來，冷笑一聲，接著虛點地面，施展輕功一躍而起。他身在半空中尚未下墜，身法已變，右腿向牆角一踢，竟輕輕巧巧的踏在從牆壁上延伸出來一條木柄之上。原來這正是「影月刀」的刀柄！

趙匡胤心中一凜：「不好！」連忙發動機括，「颼」的一聲，弩箭破空而出。

可是，張繼昭的輕功已到了入神坐照之境，他和石守信纏鬥了近百招，本已大耗精力，但身法仍是如鬼如魅，只一側頭，便避開那一箭，步法卻無半分窒礙。這幾下兔起鶻落，趨退若神。石守信見敵人施展輕功，即急忙後退，走至一眾大周將士之旁，好教他們再無顧忌，一起發箭殺敵。眾人還未來得及反應，張繼昭已在刀柄上借力躍過高牆，隱沒於黑夜之中。此刻雖已紛紛發箭，但畢竟仍是遲了一步，都把箭射進土牆之內。

趙匡胤和石守信見張繼昭竟再次逃脫，都對他的才智和武功大感佩服。二人知張繼昭早已跳入牆壁後的巷子裡，再也難以追捕。城內的橫街窄巷極多，障礙處處，本是用來克制北國騎兵之用。現下卻成了敵人逃命時的極佳掩護。二人對望一眼，都覺對方臉上，均展現出無可奈何之神色。

趙匡胤帶領身旁的將士，緩緩走入巷子裡，歎道：「原來這人和你比拳腳，是早有預謀的！」石守信道：「對！我起初見他被高牆包圍，只道他輕功再高，也不可能跳過去，又怎會料到他另有法子？趙匡胤點頭道：「嗯，他一早就想到以『影月刀』作為踏腳石。」他們都覺得張繼昭早在叫陣之前，便已想好了逃生之法，實是機智過人，平生罕見。

石守信見大敵一去，朔月徑之內再無異樣，便拿起火把，往後門近處一看。只見夾道之內空空如也，再也沒有敵人，便緩緩的抒了一口氣，心念一動，說道：「劉兄弟他們轉眼間便要把敵人盡數擒住，我們不如趁機入內，看個究竟？」他擔心糧倉之內的財帛寶物所剩無幾，更生怕劉守忠等人獨吞贓物，便急不及待的想走進去，希望及早分一杯羹。

他見夾道內的木門半掩，便欲伸手推開。

趙匡胤忽道：「且慢！」一語未畢，石守信只覺胸腹之間有一股勁風襲至，黑暗之中忽然有一把單刀向他迎面劈過去。這一刀無聲無色，快捷無倫，待得驚覺之際，刀鋒已觸及衣衫。石守信連忙退步後撤，著地急滾，但能否避過對方突如其來的一擊，實無半分把握。

就在此時，那名忽施偷襲的敵人驚覺氣息窒滯，只感一股剛猛渾厚的勁風正由上而下的擊向自己胸口之上。原來趙匡胤見石守信忽遭暗算，便即出手相救，右手以排山倒海的掌勁向敵人壓將過去。

那人見趙匡胤的掌力如怒潮狂湧，威不可擋，若然擊實，定當筋骨盡裂。他大驚之下，連忙收起劈向石守信的那一刀，手腕一抖，刀鋒一偏，已削向趙匡胤的右手掌心。原來趙匡胤內力一吐，把勁力盡數集中在掌緣，掌心正是其破綻之所在。此人單憑掌法的來勢及勁氣，在片刻間便已找到敵人的弱點，武學修為之高，已到了可怖可畏之境。他的刀法精妙異常，出刀的部位、時刻和勁道無一不恰到好處，只在電光火石之間，便要制敵死命。趙匡胤見刀勢奇急，即手掌一轉，掌力忽柔忽剛，以掌緣與對方刀勁的偏勢一觸，罡氣一吐，已碰在敵人的刀背之上，輕輕巧巧的把敵人的單刀撥開，所使的正是少林派三十六項絕技之一的「金剛般若掌」。那敵人萬料不到對方那排山倒海的剛猛掌勁，竟可在霎眼之間化為至柔，掌法之妙，用勁之巧，實已到了絕造之境；環顧當今武林，有此功力之人實是寥寥可數，不禁脫口而出，讚道：「好！」他手上的單刀被對方突如其來之陰柔掌力撥開，中門大露，即以左腿補上，腰胯使勁，以「撩腿」擊向趙匡胤的下盤要害，所使的腿法與張繼昭所使的一模一樣，其腿招雖不及張繼昭之飄忽不定，但力道卻更為剛猛，正是「契丹腿擊術」的絕技。

趙匡胤正欲化解對方的腿招，但忽地裡，他只感左脅微微一涼，一把匕首竟從門縫處無聲無色的疾刺而來。原來在黑暗處，還有另外一人正向他忽施偷襲。這一記偷襲全無半分朕兆，招數狠辣異常。趙匡胤的武技雖高，但危急之下出手救人，又那能料到還有人埋伏？他只得急忙後撤，勉力避過兩名敵人的腿擊刀劈。一眾大周將士雖是身經百戰，但敵人的武技太強，出手快似閃電，實是難以及時相救。

在剎那之間，眾人眼前一晃，有一名大周禁衛兵從人群裡鑽了出來，雙臂一抬，已緊緊的抓著那使匕首的敵人之手腕。這人虬髯滿臉，粗手大腳，正是趙匡胤的下屬張瓊！

原來張瓊一直緊隨趙匡胤左右，時刻不敢鬆懈。他見主帥忽遭暗算，雖知自己武技與他們天差地遠，但仍冒險搶上前出手相救。趙匡胤本已後撤避過敵方的攻勢，現下再得他之助，已有餘裕與原來的敵人見招拆招。他連忙後腳一蹬，片刻間又再衝向前方，手掙一撞，向那敵人發招猛攻。

那敵人本是以二敵一，大佔上風，行招時毫無顧忌，因此門戶大開。可是，張瓊出手後，優劣之勢立轉。那敵人冷不防趙匡胤的突襲，只感胸口劇痛，氣息一窒，已中了敵人手掙之重擊。他只覺半身酸麻，血氣翻滾，忽見眼前一晃，右手一麻，再聽到「擋」的一聲，手上的單刀更已給趙匡胤打落。他自知受了內傷，但寧死不屈，當下強忍劇痛，一躍而起，欲飛身向趙匡胤踢去，身法仍是既快且急。趙匡胤微一偏身，手肘最堅硬的部位已對準了他的脛骨，正好封死了對方的攻勢。這一招似守實攻，方位妙到了巔毫，若敵人的腿招使實，脛骨必給手肘撞斷，正是一招少林絕學「大金剛拳」的妙著。那人的腿招再變，向下一沉，險險避過了趙匡胤的迎過來的手肘，更乘勢在空中翻身，踏向張繼昭剛才留下的「影月刀」之刀柄上，身法和輕功，和張繼昭所使的一模一樣，但舉手投足之間，卻多了一份剛陽味道。

趙匡胤見他腳踏刀柄，知他正欲以輕功逃走，猿臂一伸，正要以擒拿手把他拉下來。

那敵人的武功本是極高，但礙於剛才胸口中招，受傷不輕，身法輕功都打了一個很大的折扣。他突感右腳足踝內側之「太谿」與外側的「崑崙」兩穴竟同時一痛，氣息微濁，身子下沉，驚覺原來已給趙匡胤以「少林擒拿手」抓著。那敵人乃當世少有的絕頂武術高手，內力修為亦練至化境，但覺兩穴一麻，對方的真氣正要襲體之一刻，即運內勁一衝，欲擺脫敵人之攻勢。趙匡胤「噫」的一聲，只覺對方身在空中，正提氣急縱之際，仍能以內力反擊，實是驚歎不已。「太谿穴」屬「足少陰腎經」，「崑崙穴」則是「足太陽膀胱經」之穴道，兩條經絡雖同屬「十二正經」，但其路線不同，陰陽屬性各異，實掌體內不同之臟腑。於生死相搏的一剎那，同時運氣走遍兩條經絡，實非尋常高手可以辨得到；趙匡胤感到那敵人的內力從這兩個穴道衝出，正排山倒海而至，便遇勁即卸，指抓一滑，已順勢鎖緊了敵人腳踝內側前端的「中封穴」。此穴與剛才兩穴不同，卻屬「足厥陰肝經」。他內勁一摧，更從此處直透對方這經絡中的幾處大穴。那敵人之內功雖是深厚無比，但正當全力運氣急衝「太谿」和「崑崙」兩穴之時，又怎料到趙匡胤竟忽然轉向攻擊「中封穴」？霎時間，敵人只感右腿勁力全失，半身酸痲，委倒在地，再也沒有反抗之能。

趙匡胤看見敵人之容貌，立時「嘿」的一聲，心想所料不錯，那敵人果真是遼國大將楊袞！他於幾年前曾在沙場上見過此人，當時雖未交過手，但一眼便認了出來。

他擔心張瓊的安危，即轉頭一看。原來才一瞬間，身後使匕首偷襲之敵人，正是多日前曾遇過的一名契丹好手隆裕。他早已掙脫了張瓊剛才使出的擒拿手，更從腰間拔出一把鑌鐵刀，向張瓊連施狠招，刀法變幻莫測，勁道不凡，與張繼昭所使的刀法理路實是一模一樣。張瓊的武技雖然不弱，但仍頗不及此人，只交了數合，便連遇險招，狼狽萬分。

隆裕正欲揮刀斬向張瓊的腰間，但卻感到一股勁風掠過，接著胸口劇痛，身子不由自主的軟倒在地。原來趙匡胤見他欲向張瓊施毒手，即以「金剛般若掌」出手相救。張瓊知自己的武技殊不及他們，若仍留在原地，只會礙手礙腳；現下趙匡胤之危已解，即趁機急步後退，回到一眾大周將士之旁。此時，石守信早已翻身躍起，見兩名敵人倒下，但生怕他們仍能再戰，連忙輪指急施，以

「重手打穴」之法，封住了兩名敵人周身的要穴。他們本已受傷非輕，加上要穴受制，縱有通天徹地之能，亦是有力難施，再也不能暴起反抗了。

趙、石擒住了敵方首腦，二人相視而笑，都長長的抒了一口氣。

忽地裡，一條黑索如從天而降一般，分別擊向二人。這一記偷襲事先竟無半點朕兆，去勢奇急，卻絕無勁風。二人一驚之下，立即著地滾開，只覺那條黑索從臉上橫掠而過，若躲避不及，立時便會有性命之虞。趙匡胤略一定神，只見一名黑衣女子，已輕輕的站在插入高牆裡的那把「影月刀」之刀柄上。其時寒風入骨，白雪飄飄，她竟在那數寸長的刀柄上站得十分平穩，輕功之高，實已到了不可思議的地步。這名女子不過二十來歲，身材高佻，容貌秀美，臉色白膩，光滑晶瑩，長髮及腰，眉目間似笑非笑的瞧著趙、石二人。

他們雖知那黑衣女子是敵人的黨羽，但無論如何，仍想不出對方到底是何方神聖。

二人還未來得及反擊，一條黑索如靈蛇般，無聲無色的向石守信身上噬去。石守信有了片刻之裕餘，便不像剛才般狼狽，早已拔刀在手，往黑索劈過去。那黑索在空間急舞，卻化成了一條筆直的兵刃，如長矛、如戈擊、如桿棒，疾刺而至。石守信見那黑索飄忽不定，實覺心驚肉跳，急忙化攻為守，步走兩儀，刀鋒向橫一掠，欲以守勢把黑索纏著。不料黑索斗動，一股柔和渾厚的內勁竟撞向胸口。這份內力修為猶在自己之上，若然擊實，立時便要肋骨斷折，五臟齊碎。在剎那間，他刀鋒向下一沉，借勢向後急滾，使的正是「沙陀捽拿技」之中「著地勢」，看似狼狽，卻是大巧若拙，在間不容緩的情況下，已避過那乾坤一擊。

石守信被迫後撤，見那黑衣女子正以黑索把一名同伴纏起，然後輕輕巧巧的往後一拋，已把他的身子拋到高牆之後，接著又用以相同之手法，以黑索卷起另外一人，手法飛快絕倫，如行雲流水一樣。身後的大周將士卻因趙匡胤等三人在前而無法發箭阻撓。那黑衣女子正把另外一名敵人救走之際，忽感一股排山倒海的掌刀正撞向她的腰間，原來趙匡胤早已隱伏左右，伺機出手；趁對方以黑索救人之際，似乎無法兼顧自身的安危，便即出掌向她擊去。

這一掌志在制敵，只使了五、六成掌力，饒是如此，已教那黑衣女子氣息一窒，難以呼吸。她見掌勢兇猛，即扭動纖腰，欲以「浮身法」避過對方的掌勁。趙匡胤見她的身法雖是巧妙，但自己的掌力及遠，縱不擊實，也能使人筋骨齊碎，區區一下「浮身法」，又怎能化解自己的掌擊？突覺寒光一閃，那黑衣女子已從腰間拔出一把突厥族人常用的彎刀，刀鋒往趙匡胤掌緣迎過去，她左手使刀，依然純熟之極，右手的黑索仍繼續把同伴提起，竟是絲毫不緩。趙匡胤掌力一吐，化剛為柔，以內力封住了敵人的攻勢。就在此時，那黑衣女子的黑索已把同伴帶走，接著雙腳向刀柄一點，輕輕一躍，已隱沒在黑夜之中，輕功之佳，絕不在張繼昭之下。

趙匡胤見黑衣女子越牆而過，即踏上刀柄，施展輕功，跳到高牆之上。他凝神屏息，滿疑敵人或會在高牆之後以暗器偷襲。不料，黑夜裡，陰風陣陣，卻早已不見了敵人之蹤影，心道：「恐怕那黑衣女子早已解開兩名同伴的穴道。若非如此，他們又怎可能在片刻之間便一起遁去？」只覺敵人武技和輕功奇高，實是十分難纏的對手，不禁嘆了一口氣，從高牆躍下，走至石守信身旁。

適才在巷子裡摸黑相鬥，第一場當世兩大武術高手公平較技，各顯神通，歷時甚久，但驚心動魄、峰迴路轉之處，卻遠不如第二場那一瞬間的三招兩式。一眾大周將士見那四名敵人雖有二人受創，但在重重包圍之下仍可脫身逃去，只覺他們不僅武功出神入化，臨敵時更是機敏無比，詭計多端，都大感折服。

石守信道：「估不到敵人一個又一個的埋伏在後。這種連環伏擊的手段，實是高明之至。」趙匡胤心道：「敵人詭計多端，他們要以少勝多，自然會使這些手段，只是我們太粗心大意罷了。」一轉念，又想：「不知劉兄弟他們怎樣？」只聽到夾道傳來的兵刃雙碰之聲漸歇，想來眾兄弟早已打敗敵人，但仍恐有變卦，便道：「咱們先按兵不動，不要冒然進去。眾兄弟緊守崗位，大家小心一點，或許還有敵人走出來也說不定。」石守信當下不敢怠慢，先把插在土牆之內的「影月刀」拔出，再命將士排好陣式，圓盾陣在前，三列弓弩手在後，兩側又有長槍手作掩護，數十人守在夾道的門前，以防再有敵人從此門逃出。

趙匡胤見夾道之內暫無異樣，便道：「第一個偷襲你的高手，便是楊袞。」石守信素知楊袞之能，便道：「當世有此身手的人，實是屈指可數。原來他正是楊袞，難怪武技如此了得！」趙匡胤又道：「躲在門後偷襲我的，卻是隆裕，想來應該是張繼昭的師侄。」石守信記得他曾領兵追捕趙匡胤和趙玉致二人，知他武功雖然稍弱，但卻未敢少覷，心道：「這小子的武功不差，原來也是蕭繼軒門下的徒子徒孫，怪不得刀法也這樣了得。」一轉念，便問道：「那黑衣女子武技極高，難道也是蕭氏一族的門人？」

趙匡胤默想剛才那黑衣女子的武技和手法，與楊袞、張繼昭及隆裕等人雖然甚近，但風格卻是大異，心道：「她用索的準頭及勁力，我也能辦得到，但以長索當作兵刃，攻敵之餘，又能立時使巧勁救走同伴，我就不能使得如她這般恰到好處。」趙匡胤自藝成以來，罕逢敵手，但在這幾天之內，竟分別會過楊袞、張繼昭及那黑衣女子三人。這三人都是當世罕有的一等一武術高手，自己雖然不懼，但同輩之中，似乎無一是他們的敵手。石守信雖以「沙陀摔拿技」克制了張繼昭的腿招，但若以兵刃器械來說，仍是技遜一籌。似乎軍中尚有一名好兄弟慕容延釗或可與他們匹敵，但已有好幾年沒見過他，不知他會否把武技擱下。他心中轉過無數念頭，只覺楊袞刀勢剛猛若虎，張繼昭的刀招卻矯若遊龍，那名黑衣女子的黑索則有如靈蛇亂舞。三人的風格大異，偏偏武技卻是一師所傳，可見他們的師父蕭繼軒傳功之時，能按徒兒的資質及悟性而別出心裁，因材施教。由此推之，他們師父的武學修為，實已到了深不可測之境地。

趙匡胤繼續想：「當年曾在『殺胡林』裡，能在蕭繼軒面前偷襲得手，實是僥倖之極。此事想必成為他的奇恥大辱。他派一眾弟子大舉南下，除了是受了契丹皇帝的命令，窺伺「赤心訣」之秘密外，說不定他仍想報那一戰之仇。就是我不去惹他，他最終也會來找我。」

石守信見趙匡胤並不答話，便不再追問，只注視著夾道之出口。

過了一盞茶的時分，忽聽得有一些腳步聲，似是從夾道裡傳過來，且越走越近，眾人都即留起神來。趙、石二人潛運內力，功聚雙耳，細聽夾道之內的動靜。石守信道：「一共十多人，步伐不算急，又沒有刻意放輕腳步，應該是咱們的兄弟。」趙匡胤點頭一笑，道：「是十八人。」

過了半晌，只聽到夾道之內傳出「拍、拍、拍」連環數聲，聲響有長有短，原來正是一眾禁軍兄弟互通訊息之暗號。在黑夜裡敵我難分，他們只能以諸般暗號為記，以防誤傷同伴。趙匡胤微一點頭，一名手下即以鐵棒輕敲在地上，以相應的暗號作應對。夾道之內的人馬一聽到鐵棒敲打之響聲，便即輕輕的打開木門，一個又一個的從夾道裡走了出來。只見他們虎背雄腰，一身護甲，以圓盾護身，長刀垂地，正是大周禁軍中的精銳之師。當中一人，站在眾人之後，四肢修長，面色白淨，正是「死不了」楊光義。他走到趙匡胤身前，微一弓身，低聲道：「劉大哥和王大哥已把所有敵人拿下，但賊子的首領卻不在其內。」趙匡胤輕拍了楊光義的肩頭一下，苦笑道：「他們的首領，都在這兒逃脫了。」楊光義不知箇中因由，微微一怔。趙匡胤又道：「剛發生之事，過一會兒再談。無論如何，總算把賊贓找到，大家亦辛苦了！」

石守信忽道：「果真是十八人，趙大哥的耳力確是非同小可！」

趙匡胤哈哈大笑，道：「非也，是我命楊兄弟帶同十七人前來的。石兄弟的耳力才算是驚人。」

原來趙匡胤既早料到敵人的首領在事敗後多半會從夾道逃走，除了親自帶兵在此守候之外，更挑選了軍裡十七名擅於在橫街窄巷之內作戰的武術好手，由楊光義帶領，從夾道之內殺出去，本欲前後夾擊，把敵人生擒。可是，他們還是棋差一著，萬料不到敵首竟會在交戰之初便即逃走。當楊光義等人馬找到夾道的入口之際，楊袞、張繼昭、隆裕和那名黑衣女子，早已逃之夭夭了。

只聽趙匡胤又道：「大夥兒一起進去吧！」石守信剛才與天下少有的高手惡鬥連場，本是大耗真氣，疲累不堪，但一聽到趙匡胤的命令，想起賊子藏於舊糧倉之內的寶物，即感精神一振，當下走到門前，連連指揮下屬，浩浩蕩蕩的走進去。

那舊糧倉佔地很廣，趙匡胤等人一走進去，見到倉內已擠滿了約數百名大周禁軍將士。原來除了王忠政和劉守忠的一路人馬之外，連王審琦與韓重贇所率領的弓弩手也已抵達。

只見有一個身高肩闊的大漢迎面前來，正是王忠政。他笑道：「趙大哥，一共有二百九十三個敵人，我們攻其無備，擊斃了一百七十八人。餘下的都已生擒，我把他們綁起來，置在後院的荒地上。」趙匡胤道：「咱們的兄弟呢？」王忠政道：「這個……這個……敵方的守衛十分機警，憎惶之間應戰，仍是凶猛狠辣。我們連番惡戰，才把他們打敗。咱們殉職的兄弟有八十八人，餘下的兄弟也受了一點兒傷，但都無大礙。」這次大周禁軍將士以兩倍多的兵力圍攥契丹人，又是乘夜偷襲，敵方的主帥更臨陣逃脫，可謂群龍無首，但竟然仍損失了多名好手。趙匡胤聽到王忠政所報，不禁暗嘆契丹人異常強悍，武技非凡，實是天下少見的勁敵，心道：「我大周禁軍號稱當世最強，軍裡的沙陀人更素以驍勇善戰見稱，但遇起事來，每每便即四分五裂，不聽號領，甚至倒戈相向，殊非契丹人的敵手。」雖然從戎已久，見慣生離死別，但亦感到難過，嘆道：「我們要好好安葬慘死的兄弟，他日還要殺一眾契丹狗賊，為他們報仇雪恨！」

石守信也嘆了一口氣，道：「對，趙大哥說得有理。」但只覺死者已矣，刻下最關心的，始終仍是那批贓物，問道：「那班契丹狗賊剩下來的贓物，到底藏在那裡了？」生怕敵人早已運走泰半財物，一開口，便忍不住問個究竟。

王忠政心裡暗罵：「石兄弟眼裡就只有錢！」仍答道：「石兄弟，那些寶物仍在，總有你的份兒。」說罷，便往西邊的斗室一指。

石守信便走入斗室，卻見有十餘名士兵在點算所得之贓物。斗室之內，共有三十個大紅木箱。

每一個紅木箱，長約四尺，闊和高亦三尺。木箱一個疊一個，排得密密痳痳。一眾士兵，把木箱逐一抬了出來，才發覺當中大部份紅木箱裡，都盛滿了一貫貫的銅錢。還有兩個箱子，攤滿了一塊又一塊的金牌子、銀鋌和各式翡翠玉器等贓物。此處寶物之多，實是大出石守信意料之外。他鼻子一嗅，隱隱聞到一陣陣銅臭味，忍不住笑道：「趙大哥，我還道這回注定血本無歸，卻原來是大小通吃！」一眾大周禁軍將士，本來因有多名兄弟被殺而感到心情沉重。但他們在沙場上打滾多年，早已看透生死，聽到石守信所言，都慢慢把慘事擱在一旁，陪著他大笑起來。其時戰亂頻繁，軍隊打勝仗之後，都會把敵人之財物瓜分，等到有監軍及朝廷大官前來阻撓才會收手，這種「分贓」的行徑，世人都覺是天經地義。一眾禁軍兄弟知道這次秘密行事，與平素在沙場上攻城掠地頗不相同，分贓之際，絕不會有監軍前來打擾，聽到石守信說的「大小通吃」，都顯得笑容滿臉。

趙匡胤問道：「都是銅錢？還有什麼別的？」信步走入斗室之中。其餘在室外的幾個兄弟，也一同跟他走入去看看。石守信往那三十個大木箱一看，便道：「還有不少金銀珠寶。嗯，那邊還有一疊疊紙張，多半是『飛錢』了。」趙匡胤又問道：「有沒有茶葉？」他一心要阻撓敵人「以茶易馬」，只盼敵人的大批上等茶葉猶在。卻聽石守信搖頭答道：「沒有。恐怕劉崇早已把所有茶葉運走。」

王忠政也道：「趙大哥，咱們反覆的找過，確實就只有這三十個大木箱。」趙匡胤嘆了一口氣，幾經努力的與劉崇等人馬周旋，終究還是慢了一步。

楊光義拿起一部厚厚的書卷，卻見書卷上寫著「卷三」兩字，便道：「這部書卷多半是那班契丹賊子的賬薄罷？想不到他們走得這般匆忙。」石守信看到「卷三」兩字，知道楊袞等人在逃走之際，早已把大部份賬薄拿走，一不小心之下，才留下這部「卷三」。他善於計賬，一看到賬薄，眼睛裡像射出一道光芒一樣。他把賬薄翻來覆去，忽道：「拿算盤過來。」左右的將士即從賬房內找算盤給他。

眾人見石守信拿起賬薄一頁一頁的看，當下都不敢騷擾他。過了良久，只聽他緩緩道：「據賬薄所述，劉崇這幫人不僅打劫商旅，早在半年前，他們開始變賣贓物，還偷偷的在大周各地買茶葉。他找人喬裝成大周商人，逐少逐少的買。然後分批運出大周境外。」說罷，以毛錐子把有關賬目逐一圈出來給趙匡胤和其他兄弟查看。

趙匡胤只看了數頁，便點頭的道：「對！正如晉王所料。早在半年前，咱們已發覺茶價慢慢變貴。買「茶引」的商賈也越來越多，這是十分奇怪的。大家試想想，這幾年間，越來越多南方老百姓種茶，各地的茶園越來越多。此外，這一年間，更是天公造美，茶園大豐收，少說也比往年多三、四成。這麼多茶葉運到咱們大周這兒，茶價又怎會貴得起來？」

石守信沉吟道：「那時候，城中倒有不少商賈在胡說八道。說什麼咱們大周朝廷施政甚善，民心思定，老百姓安居樂業，有閒錢在手，便去搶購上等茶葉了。」趙匡胤笑道：「他們說盡了朝廷的好話，又有誰人膽敢說他們不對？」楊光義、王忠政及劉守忠等兄弟都暗暗點頭。王審琦道：「其實他們又怎會不知買家的真正身份？他們暗地裡把茶葉賣給劉崇及契丹人，城中的供給吃緊，茶價便變貴了。」楊光義道：「虧本的生意沒人幹，殺頭的生意卻有很多人搶著做，朝廷實是防不勝防。」

趙匡胤續道：「其實晉王身為開封府尹，難道竟會不懂得茶市的行情嗎？單以咱們大周來說，朝廷每年購買及徵收的茶葉，便佔了整個茶市的三成多，餘下的商賈大戶做多少生意，也不難估計。這一年間，茶市內買賣頻繁，茶價變貴，定是多了外來的買家。劉崇派人南下，我們又豈會不知？」

石守信道：「他們聯絡了大周境內的殺牛和野雞兩族人，還勾結契丹人一起『打草穀』，實不把我大周朝廷放在眼內。嘿！兩族人向來不和，對官家也是又敬又畏，若無強援在後，又怎敢這麼大模大樣的在境內撒野？可惜咱們還是慢了一步，眼白白的給他們把上等茶葉運走！」大周將士們想到這次無功而還，都不禁擔心起來。

只聽石守信又嘆一口氣，續道：「無論如何，總算找到敵人的巢穴，更捉拿了百多名敵人，想來晉王也不至怪罪我們。若非敵人逃走時留下賬薄，我們也不可能知道這麼多。至於到底為何舊糧倉之內，不見劉崇的人馬，只剩下一眾契丹將士？為何契丹兵馬之賬薄，竟以漢字書寫，又為什麼這般鉅細無遺的記有他們買茶的賬目，這就不得而知了。」

楊光義卻仍擔心剛才逃走了的四名敵人，道：「不知那四名契丹高手，現下躲在何處？」石守信道：「好在他們當中有二人已受了傷，加上合城上下戒備森然，他們最終絕不可能逃得出我們的『五指山』！」

趙匡胤轉頭向王審琦問道：「王兄弟，你有否發現他們的蹤影？他們逃到那裡去？」

原來他以防張繼昭等絕頂武術高手突圍而出，剛才已命韓重贇及王審琦二人，找一些兄弟於舊糧倉左右的高處佈陣。若敵人以絕頂輕功飛簷走壁，左閃右避的話，其輕功及遮蔽躲避的功夫就是再好，也不可能逃得過二人的耳目。尤其王審琦做事把細，輕功不弱，縱使比不上那些契丹武術高手，也不可能讓敵人無聲無色的遁去。雖見他們二人已折返舊糧倉，得知他們始終擒不住敵人，但至少會知道他們的去向。

可是王審琦歉然道：「我與韓大哥，本已躍上屋頂去守候。忽見到一共有四條黑影向西面掠過。當先一人，是一名黑衣女子，餘下的是三名大漢。我們見狀，便立刻一起追敵。我先行躍上屋頂，緊隨其後。韓大哥則調撥兄弟，一同追上去。可是，敵人的輕功實在太強，在高低不平的屋頂上走路，竟毫無半點窒礙，實是如履平地。我拼命地跑，仍給他們越拋越遠，最終在城西左右的一個軍營裡，不見了他們的蹤影。」

韓重贇亦嘆道：「我們疑心敵人藏身在軍營裡，即領一班兄弟趕進去。起初，軍營裡的人馬不准咱們進入。最終我們鬧得兇了，他們才肯放我們當中幾人進去搜。可是，我們仍是一無所獲。倒不知那幾名契丹高手，是否真的藏身在別處，還是在大家吵起來之際，已乘勢從軍營裡逃走。我與王兄弟再於軍營左右找尋，更搜了好幾戶人家裡，仍是找不到他們的蹤影。」眾人知城西的禁軍若有心阻撓，他們絕無藉口進出軍營，聽他把事情說得輕描淡寫，但知他在軍中打滾多年，手段高明，經驗老到，想必是軟硬兼施，連施妙計之下，方能帶人進去。眾人只覺他們窮追猛打之下，仍是給敵人逃脫，都不自覺的嘆了一口氣。

趙匡胤見他們都是灰頭土臉，深知二人已忙了半晚，確是出盡全力。只見王審琦稚氣未消的臉容上，還有一絲惶恐，似乎是生怕給人責備，便溫然道：「大家也辛苦了。捉不到敵人也不打緊。趕跑了他們，已是贏了這一仗，為朝廷立了一功。」臉上掛著親切的笑容。

王政忠心直口快，忽道：「城裡的軍中有內奸！」

他此言一出，說中了眾人之心事。若非裡應內合，敵人就是武功再高，又怎能在重重包圍之下從容逃走？他們事敗後，即逃到城西軍營近處，足見軍中除了王殷等人馬之外，尚有內奸接應敵人。只是官家郭威尚無旨意，城裡群龍無首，己方又是兵馬不多，局勢晦暗不明，實不宜與敵人以硬碰硬。

趙匡胤深知大周禁軍裡實有不少見利忘義、賣主求榮之輩，對軍營的內奸，也不怎麼放在心上。他一伸懶腰，笑道：「敵人殺不完，內奸更是捉不盡。把這些贓物都搬回去罷。擒住的敵人為數不少，也一同帶回去。咱們有內奸，難道敵軍中就沒有貪生怕死之徒？就是他們不肯賣主，難道咱們就沒有辦法逼供？」眾人聽他這麼說，都笑了起來，只是眼白白的給楊袞等人逃脫，暗想大半的贓物，理應已運到城外，再也無法追回，都感面目無光，覺得老大不是味兒。

眾人撤出舊糧倉之後，不久便回到城南的軍營。其時天色漸明，清風颳起，已是黎明時分，趙匡胤還未進營，便已見到一名妙齡少女，遠遠的站在「同福邸店」門前的樹影之下，在她身旁，有幾名禁軍在守護著。那名少女容貌秀美，一雙清晰明亮的大眼，怔怔的瞧著趙匡胤，目光中盡是歡喜之情，正是趙玉致。趙匡胤一拉馬頭，便走到她之前。趙玉致柔聲說道：「大哥，你回來了？」趙匡胤見到她在此等候，心中泛起一陣暖意，點頭應道：「妹子！」

趙玉致笑靨如花，一頭烏黑的長髮在晨曦的微風下輕輕飄揚，更顯其清麗脫俗。她輕輕說道：「你真的回來了！一切順利？」

趙匡胤只覺在敵寡我眾之情況下，仍給楊袞及張繼昭等人逃脫，且損兵折將，實是算不上是

「順利」，當下即笑道：「滿盤皆落索！輸得很慘！」臉上的笑容卻極是燦爛。趙玉致見整隊人馬也一同回來，知他們就算是出師不利，亦必無大礙，便笑道：「大哥是不會輸的！」接著沉著嗓子道：「我從來也不知這個『輸』字是怎樣寫的。」所說的正是趙匡胤臨行前所講過的話。趙匡胤聽到趙玉致裝模作樣地學自己的語氣，不由得哈哈大笑，連聲道：「對！對！這個『輸』字太難寫，我怎會懂得寫？」趙玉致嫣然一笑，道：「這個『輸』字，最終都要讓給那班契丹人來寫。」趙匡胤嘻嘻一笑，道：「無論是契丹大字或小字，當中的『輸』字，我著實不懂得怎樣寫！」又道：「天快亮了，還不回房間休息？」趙玉致卻道：「不！我要聽趙大哥告訴我，你們如何大發神威，打跑敵人！」趙匡胤想起臨行前曾答允過她，只得苦笑道：「遵命！」他平素雖然十分胡鬧，但一生之中，最重承諾，就是小姑娘的一個異想天開的請求，只要他答應了，也不會打逛，當下便吩咐其他兄弟先回軍營裡打點一切，自己則和趙玉致一同走入「同福邸店」，準備向她把事情的始末說一遍。

二人邊說邊走，走到邸店前院中的一個亭子裡坐了下來。

趙匡胤依約把這次的惡鬥說了出來，只是說得極是簡略，三言兩語便說了個大概。趙玉致雖然靜靜細聽，但似乎卻對事情不怎麼感到興趣，只雙眼凝望著他，靜悄悄的不發一言。趙匡胤見狀，便笑道：「打打殺殺的事情，可悶透妹子了。」趙玉致嫣然一笑，道：「不！我喜歡聽。」心中卻暗道：「我當初要你回來跟我說一陣子話，你可不是回來了麼？最重要的，就是你真的平安回來了。」她想及此處，頓感到心花怒放，流露出溫柔的微笑。

二人談笑間，已過了差不多半個時辰。趙匡胤從趙玉致的口中方知，原來福至大師、少林四大弟子和她哥哥趙德諾等人都在他們出發後不久便到步，現下更在邸店裡休息。趙玉致道：「原來福至大師從遞兵口中收到大哥的訊息，即帶著我哥哥連日趕路，所以早到了些許。這次小妹大難不死，又可與哥哥重逢，全賴大哥拔刀相助……」想起趙匡胤的捨命相救，不禁熱淚瑩眶；在她心底裡，又隱隱想起既然此刻已與哥哥重逢，大哥在鄆州的要事又已辦完，二人沒多久便要離別，心念及此，再也忍耐不住，淚珠兒一滴一滴的落了下來。

趙匡胤見她忽然流淚，心下大惑不解，奇道：「妳此刻與哥哥重逢，沒多久又可回家過『小年』了，可不是很好嗎？這是值得高興的事，妹子為何哭了？」趙玉致難以啟齒，又看見趙匡胤一臉的漫不在乎，只怕對方實不怎麼把自己放在心上，頓覺悲從中來，更「哇」的一聲，越哭越是厲害。

趙匡胤見她哭泣不止，不知如何是好，突然心念一動，神情一肅，低聲道：「有人，小心點！」

趙玉致微微一驚，哭聲頓止，往四周一看，心道：「難道那大惡人又來了？」

過了良久，仍不見有絲毫動靜，趙匡胤心裡暗笑：「小姑娘總是會上這個當！」原來他與妻子青梅竹馬，妻子在少時也會使小性兒，哭泣不止，怎樣哄她也哄不好，趙匡胤便裝模作樣，引起她的好奇，教她最後忘了之前的事。趙玉致雖是冰雪聰明，但這些日子以來給張繼昭嚇怕了，一聽到有人前來，自然心下暗驚，落入了他的圈套。趙匡胤肚裡暗笑，但見她止住了哭泣，應當立時把話題扯遠，便道：「好像只是風大，刮起了地上的灰塵碎石。」又問道：「這是什麼東西？」往她手中拿著的袋子一指，原來趙玉致一直拿著一個大布袋。

趙玉致道：「啊！是的，我差點忘了。」說罷即從布袋裡拿出好幾卷畫出來。

只見她眉梢眼角之內盡是笑意，輕輕的道：「大哥，這些畫是出自我手的，已畫了半晚。家人帶我出外遊歷見識，我也會默記途中的水光山色，再逐一把它們畫出來，若遇上什麼難忘之事，也會以畫記下。這次得大哥拔刀相助，我也把事情記了下來。」她拿起其中的一卷畫，笑道：「這是第一幅。」把那卷畫遞了給他。

趙匡胤打開一看，不由得一怔，只見紙上畫著數個人物，其中一個妙齡女子，站在樹下，面目青秀，宛然便是趙玉致自己，只是神態間大見憔悴，和現下容光煥發的神情不大相同。在她身旁的有一個青年公子和一個中年書生，二人都是神色慌張。那名中年書生五短身材，形相潦倒；青年公子則樣子俊美。此外，在這幾個人的左上方，有兩個面目兇狠的大漢拿著直刀來威脅他們。

趙玉致年紀雖輕，但在書畫上的造藝甚高，只寥寥數筆，便把這好幾個人物的神態畫得栩栩如生。趙匡胤雖不通書畫，但亦知她書畫上的功夫不錯，一看便即明白這幅畫的大意，便道：「這是你們給山賊攔途截劫的境況。」順手往那中年書生一指，問道：「他是誰？」趙玉致心裡難過，嗚咽道：「他是二掌櫃，這次和我們一起外遊，但卻給山賊射死了。」趙匡胤見狀，即指著那名青年公子問道：「他是你的哥哥罷？」趙玉致道：「是的。大哥真厲害，一猜便中。」趙匡胤笑道：「不！不是我厲害，是你的畫功好，把所有人都畫得活龍活現。」

趙玉致給他一逗，破啼為笑，輕輕的道：「大哥猜上一猜，畫中人那一個是我？」趙匡胤心道：「畫裡只有一名女子，又怎會不是妳。」向著畫中的妙齡少女一指，道：「一望而知，這個清麗脫俗的小姑娘，便是我的好妹子了。」趙玉致給他一讚，不禁芳心暗喜，一時間不知如何答話；卻又聽趙匡胤續道：「可是，不！不！其實不大像妳！」趙玉致一怔，心想他讚畫中人美麗，卻說畫中人不像自己，可不是繞彎兒取笑她不夠美嗎？只聽趙匡胤卻道：「畫中人雖美，但卻仍比不上妳呢！」趙玉致嘻嘻一笑，說道：「你這人真無聊，常常胡說八道。」卻靜悄悄的垂低了頭，嬌羞無限。

趙匡胤隨口說笑，絕無歹意，見她靦腆之態，暗覺對著這位天真無邪的小姑娘，實不該如此胡言亂語，便即岔開話題，便問道：「福至大師和他的徒兒呢？」趙玉致道：「畫卷不夠長，擠不進這麼多人呢！」趙匡胤道：「原來如此！福至大師該在第二幅畫上？」

趙玉致微微搖頭，把第一幅畫收好，再緩緩打開了第二幅畫。只見畫中有一所破廟，廟內共有三個人。中間的一個美貌少女，便是她自己了。在她的左右，都分別站著一個人，各持兵刃在對峙著。在左方的是一個高高瘦瘦的刀客，神情落魄，嘴角中似帶有一絲陰險的微笑，不過三十來歲年紀，自然便是張繼昭。趙匡胤心道：「小姑娘在這些日子以來，受這廝之脅，自然對他十分憎厭，下筆之際，也把他畫不怎麼樣。其實此人雖曾做了不少壞事，但面目俊朗，在我所認識之人中，似乎就只有慕容延釗慕容兄可比。」他見在畫中右方，站著一條大漢，身高肩闊，手持木棍，眉目間神采飛揚，但卻又笑容滿面，一臉漫不在乎的樣子，不是自己是誰？他才知趙玉致原來連自己也繪在畫紙上。

他往那大漢子一指，笑道：「這人是誰？」趙玉致知他是明知故問，便輕輕笑道：「我也不知道。我只知道他是一個大英雄。」趙匡胤卻道：「原來在那晚，除了我之外，還有一個大英雄來救你。」趙玉致知他在說笑，便不答話，只格格而笑。

趙匡胤打開其餘那兩卷畫。其中一卷畫，描繪了當日在荒野裡逃難，二人一騎的狼狽時刻；另外一卷畫，則是他在分茶店內和張繼昭鬥茶的情景。這幾卷畫都頗見心思，筆法細膩圓渾，實是難得的佳作。原來趙玉致半晚沒睡，便是把這幾天以來發生的事情，都逐一記下來。當中，趙匡胤如何從惡人手裡救出自己的情況，也交待得清楚明白。趙匡胤早知這小姑娘對己極好，但看了這幾卷畫後，心中不禁微微一驚：「難道小姑娘竟喜歡上我？」但一轉念，心道：「這小姑娘遇上了山賊，本是凶險萬分，但峰迴路轉，忽然又得我援手，自然對我心存感激、乍驚乍喜了。這本是十分平常之事。人家畫畫，又如我何干？」想通此節後，當下亦漸漸放心起來。

趙玉致見他看著那幾卷畫呆呆出神，奇道：「大哥，沒事麼？」趙匡胤便道：「沒什麼。」忽地裡又看到趙玉致手中仍有一卷畫，便問道：「還有一卷畫?可以打開來給我看看嗎？」趙玉致臉上微微一紅，卻道：「不!還未畫好。畫完以後才給你看。」其實那幅畫早已畫完，畫中記下的正是二人在田野間玩丫叉、彈石子的快樂時光。

趙匡胤道：「原來妹子的畫功這麼高明。人家不知，還會問這幾卷畫是出自那位名家手筆呢！」趙玉致道：「我的畫就如孩童在牆壁上的塗鴉一樣，糟透極了，又怎會是出自名家之手?」

二人在亭子裡一邊觀畫，一邊談笑，也不知過了多少時候。

趙匡胤忽道：「真的有人來了。」趙玉致才看到有人進來邸店，正往他們的這兒走過來。只見此人身材略胖，粗手大腳，正是石守信。趙玉致見這人走過來，便已知他們應有正事要談，心裡微覺不快，頭也垂了下來。趙匡胤笑道：「妳差不多一整晚沒睡。畫了這麼多卷畫，又站在邸店外捱了這麼久，也應該累了，快回廂房好好睡一覺罷。」趙玉致道：「嗯，小妹先回去休息了。改天再談？」趙匡胤道：「好！」當下即叫左右的侍衛送她回房休息。

趙匡胤見趙玉致等人已離開亭子，便走出數步，向石守信那兒走去，道：「先回軍營裡再說。」

二人回到軍營裡，走進一個無人的軍帳之內。趙匡胤輕輕的問道：「怎麼了？」石守信答道：「大哥，這次契丹人搜刮的銅錢，竟達兩萬貫之多！」趙匡胤一怔：「這麼多！」石守信道：「對！真是多得驚人。這些都是我大周的新錢。」趙匡胤苦笑的道：「晉王當開封府尹後的頭等大事便是鑄錢。經他千辛萬苦的籌謀下，朝廷去年才鑄造了十五萬貫銅錢，這班契丹狗賊，只搜刮了半年便奪去了我們這麼多新錢！」石守信道：「嘿嘿！留在舊糧倉內的銅錢已有兩萬貫，實不知他們把多少銅錢帶走。難怪鑄造了這麼多銅錢，民間仍在鬧錢荒！」

自郭威登極以來廣施仁政，與民休息，中原一帶才在戰亂中漸漸恢復生氣。可是，大周境內卻偏偏在鬧錢荒。銅錢不夠用，最終必然是物賤錢貴，生意難做，老百姓亦不會有好日子過，但這幾年間，各地卻是貨物流通，竟漸漸變得百物騰貴，局勢撲朔迷離，弄得朝廷手忙腳亂。柴榮自受任以來，積極開採銅礦，鑄造新錢，更剛剛施行了比前朝更嚴厲的「銅禁」，不准百姓偷運銅錢出大周境外。可是，諸般手段也試過了，但效果不顯，中原一帶仍繼續鬧錢荒，問題越見嚴峻。

趙匡胤心中一凜，才知劉崇和契丹人南下中原，不僅是為了搶掠茶葉，可能還有意把大周的銅錢刮空，讓中原一帶繼續鬧錢荒。大周越亂，對他們便愈是有利，可算是一石二鳥之計。他越想越是不妥，心道：「當今大周百物騰貴，理應是錢太多所致。可是，現下卻在鬧『錢荒』，局勢混亂不堪。但無論如何，若朝廷的鑄的新錢再給人家搶去，老百姓叫苦連天，怨聲載道，屆時劉崇揮兵南下，內憂外患，形勢將是凶險之極！」

石守信貪財好利，不知趙匡胤所擔心之事，只問道：「咱們分了這兩萬貫錢給大家？」

趙匡胤深明這兩萬貫錢實是萬萬碰不得的，過了一會兒，才道：「除了銅錢之外，還有什麼贓物？」石守信道：「還有不少金銀珠寶和一大疊『飛錢』！」他如數家珍，越說越起勁，又道：「趙大哥，雖然大家認為，這三十箱寶物還不到原來贓物的一成，但也是非同小可。這次我們可算是發了一大筆橫財呢！」趙匡胤點頭道：「這就成了。我還害怕兄弟們不夠分。因為那兩萬貫銅錢，關乎大周百姓的福祉，咱們不得不還給朝廷。其他的財帛，則是天上丟下來的，先留一部份來上繳朝廷，餘下的大部份，就分給大家罷。」石守信點頭稱是，二人相視而笑。

當世戰亂連年，綱紀敗壞，但凡帶兵打仗者，都會盡辦法給下屬混點「油水」，方能服眾。趙匡胤和一班好兄弟合作得久了，如何搜刮搶掠、斂財分贓、欺上瞞下等事情，都有了很好的默契。石守信當下與其他兄弟把贓物按士兵們的職級、資歷和功勞分了，不幸殉職及受傷的均有額外的酬勞。

一眾士兵收到這一大筆錢財後，盡皆十分歡喜。當中，從城中借來的五百名遞兵，更對趙匡胤死心塌地。他們平素在王殷麾下，糧餉不多，生活過得十分清苦，這一、兩年間並無戰事，又少了很多發財的機遇，加上王殷對下屬刻薄寡恩，一眾士兵都對他頗為不滿。他們看見趙匡胤器度豁如，出手闊綽，才剛進城，大家便發了一大筆橫財，與王殷相比，實是不可同日而語。他們對趙匡胤大是折服，紛紛走進軍帳，向他衷心的道謝。

趙匡胤見到士兵們如此熱情，當下即抱拳還禮，心中不禁暗笑：「爹爹曾教，生死相搏之際，要『手急眼快』，行軍之時，則當『兵貴神速』。但最重要的還是打勝仗以後，分錢要快。這教誨實是終生受用！」他年紀仍算輕，但久歷沙場，見慣人情冷暖，看到一眾士兵對著自己感激流涕的模樣，也不怎麼放在心上。

他見天已漸明，當下命自己帶來的部眾先行回營休息，見到一眾士兵拿到那一大疊「飛錢」之時，都顯得大喜若狂，心中又想：「記得十多年前，跟爹爹一起走遍大江南北。商賈都不大願意收『飛錢』。尋常老百姓，更不知『飛錢』為何物。刻下的『飛錢』在中原各地盛行，竟與銅錢無異，究竟是怎麼的一回事？」一轉念，又想：「蜀主孟昶早年時雖是勵精圖治，但這幾年間的生活，卻已漸漸變得奢侈無度，生活荒淫。據聞他連夜壺都用珍寶製成，稱為『七寶溺器』。嘿嘿！只寫幾張白紙條，中原的物資便源源不絕的入蜀，以供他們享樂。難怪他可以如此揮霍！」這個念頭想過不下數百次，每次觸及，都覺得甚是不安。

此時，遞鋪裡的士兵大都還未散去，仍留在軍營裡飲酒猜拳，大肆慶祝。他心中仍是頗為擔憂：「大家發了這一大筆橫財，也難怪他們如此歡天喜地。但大部份的贓物，還是眼白白的給敵人運走。劉崇得到從中原搜刮的財帛，恐怕已在購馬揀械，積極備戰。他定知官家病重，等到他駕崩以後，便會舉兵來犯。」他緩緩走入自己的軍帳之中，只覺多想無益，便即躺在榻上休息。經過多日以來的奔波勞累，只覺眼皮漸重，當下凝神聚氣，以華山派道家的「指玄功」心法調息運氣。他雖精通少林派諸般神通，但已一整晚沒睡，身心皆疲，不欲運使純陽剛猛的少林功法，只以一套極上乘的道家心法運功調息。道家內功講求清淨無為，多以調息養氣的坐功為主。他當年遊歷江湖，屢逢奇遇，曾得華山派掌門陳摶親傳武技，習得華山派正宗的「指玄功」。他以此套內功作息，心裡一片空明，不一會兒，便已進入夢鄉。

翌日，軍營裡的酒席早已散去。趙匡胤起來後，便走出軍帳，信步至軍營裡的的一片空地。只見金光耀眼，路旁的積雪也漸漸融掉，原來已是日上三竿。

忽然間，有一名遞兵正快步走過來。他拿著一封信函，信封以火漆密封著。那遞兵對趙匡胤的態度甚是恭敬，低聲道：「這是老爺帶給將軍的家書。」遞鋪肩負諸般傳遞工作，亦會替將士、商賈和老百姓送信。這一封家書，正是從開封府的遞舖帶來的。趙匡胤心中不禁一凜，心想：「爹爹不在京師，且一直以來甚少寫信給我，想必是晉王的密函了。」原來柴榮與他暗中聯絡，都會假藉「家書」來掩人耳目。他接過信函，打賞了那名遞兵，便獨個兒的把之拆了開來看。

石守信起來不久後，便四處踱步，剛走到空地之前，見趙匡胤拿著信函，眉頭深鎖，正自深思，亦感到有所不妙。只聽得趙匡胤低聲說道：「石兄弟，大事不妙。」石守信一怔，顧盼四周，確知左右無人後，才問道：「什麼事？」

趙匡胤嘆了一口氣，輕輕道：「官家病情急轉直下，恐怕已不行了。」聲音壓得極低，幾不可聞。

石守信得知郭威病危的消息，心中一凜，卻不感到意外。郭威早於半年前身患重病後，已甚少親臨早朝，只曾在一些朝廷的祭祀大典上露面。郭威病情雖重，起初卻鮮有人知。可是，近兩個月以來，已於禁軍中流傳，漸漸謠言四起，已開始動搖了軍心。

趙匡胤道：「官家雖早已篤定晉王為儲君，但禁軍裡不服者眾。若然官家駕崩，禁軍中定會有人乘勢作亂。晉王寫信來，就是命我回去京師接應，助他一臂之力。」石守信道：「嗯，晉王在軍中未有建樹，就是貴為皇子，也很難服眾。」趙匡胤點頭道：「我怕李重進會率先作亂。官家就是有意傳位給晉王，晉王也未必坐得穩。」「殿前都指揮使」李重進是郭威的外甥，年紀較柴榮大，武技非同小可，亦精通兵法，曾為大周立下不少汗馬功勞，在軍中的聲望更遠勝於柴榮。他自郭威冊立柴榮為儲君後，一直耿耿於懷，素有不臣之心。只要郭威一死，難保李重進不會煽動軍心，擁兵自立。

石守信道：「趙大哥打算回去助晉王完成大業？」趙匡胤點頭道：「正是！」石守信知郭威死後，群雄虎視眈眈，柴榮莫說是要繼承皇位，就連身家性命也未必可以保得住，急道：「趙大哥，此行凶險萬分，我與你同去！」他知趙匡胤和柴榮的交情極好，要勸他明哲保身，隔岸觀火，殊不可能，心道：「趙大哥去年本來可升官，外放至滑州與順軍做副指揮使，全因晉王一句話，他便在京師留守原職。既是如此，我只能賭一賭自己的運氣，和趙大哥一起燒冷灶！」禁衛軍中以李重進聲望最高，其次就是資歷最老、現下獨力鎮守潞州的大將李榮。再次之，則是與李重進一樣，現下同是「殿前都指揮使」的張永德。張永德雖然較柴榮的年紀還少，只比趙匡胤大兩歲，但卻是郭威的女婿，身份非比尋常，隨郭威南征北伐，亦頗有戰功，與禁軍中泰半將領都交好。這些人都是身經百戰的沙場猛將，在軍中聲望極高，受人擁戴。柴榮雖是郭威欽點的繼承人，但始終並非郭威的親生兒子，在軍中尚無建樹，相比之下，實只能算是一個「冷灶頭」。

趙匡胤看著石守信，見其義氣深重，心中泛起一陣暖意，輕拍他的肩頭一下，道：「好！晉王只叫我帶少數幫手回去就是了。此處的事未了，餘人只得暫時留守這裡料理後事。我們兩人這一注就押下去罷。」便遞起右手，要和石守信的手一握，這正是二人少年時在開封府街頭偷雞摸狗，賭錢鬧事常用的一個暗號。當時，二人與街頭的小惡霸作對，每次要和他們過不去之前，都會先握手一下。石守信見趙匡胤遞起右手，便順勢把手拍過去，用力一握，亦道：「好！」從前二人在街頭上玩樂的情景，一幕幕的在心頭湧現，說道：「這一注可勝不可敗。我們一定要贏！」

當下，他們召集了一眾兄弟到軍帳商議，仍分成三小隊行事。趙匡胤和石守信共領五十名親兵，先行趕回開封接應。王審琦則和福至大師一起，帶著五十名弓弩手，負責送趙家兄妹等人回家。劉守忠、王忠政、楊光義和韓重贇等人，則與餘下的人馬暫留鄆州。趙匡胤心道：「審琦兄弟騎射功夫冠絕三軍，但實戰經驗略嫌不足，這次由他獨自壓陣，正好給他一點磨練。」又想：「福至師叔不僅武藝高強，而且行走江湖的經驗極豐，就是只有他們，也可保趙家兄妹無礙，再加上我大周數十名精兵，定當萬無一失。」官家郭威病危，他不敢有所延誤，也來不及和福至大師請安，便即備馬點將，起程出發。

只聽有人吹起號角，軍營裡人影閃動，塵土滾滾。不到一盞茶的時候，隨趙匡胤出發的士兵，早已整整齊齊的列在軍營中的一片空地之上，他們雖只有五十人，但軍容甚盛。斜陽影照下，更見其盔甲金光耀眼，氣勢如虹。一眾士兵經過一整晚的作戰，仍毫無倦意，每一個人都是精神奕奕，神采飛揚。

眾人都先後上馬，剛走出軍營，來到「同福邸店」之前。趙匡胤心念一動：「還未來得及和玉致妹子道別，但她一整晚未睡，也不要打擾她了。」剛想起此事，便聽到大殿內傳出一把溫柔悅耳的聲音：「大哥！大哥！」原來趙玉致知他要回開封，便即趕出來送行。

趙匡胤見趙玉致走過來，便縱身下馬，向她點頭示好，道：「妹子，大哥有要事在身，須盡快趕回京城，不能送妳回去了。」趙玉致眼裡流露出失望之情，只道：「嗯！知道了。」趙匡胤笑道：「妹子莫慌，我已調撥了人馬送妳回家。他們都是我大周的精兵，也是我的好兄弟，當可護妳周全。」趙玉致眼眶瑩然，想起今日一別，恐怕再無相見之日，心中一酸，不知說什麼話才好。

趙玉致良久不語，趙匡胤道：「將來若我路經青州，妳得要一盡地主之誼，帶我四處走走，找些好吃的東西給我。」趙玉致喜道：「當然可以，你何時會來？」趙匡胤道：「也說不定。妹子再來開封大相國寺拜祭的話，也可順道來找我。」趙玉致笑道：「好，我們一言為定！」二人當下說明自己的家在何處。趙匡胤怕她找不著，更隨手從身上拿了一張「飛錢」出來，在背面空白處，粗粗的畫上幾筆，說明家在城中何處，還彎彎曲曲的畫了附近的大街小巷，教她如何找來。趙玉致只見他的筆法粗劣，東歪西倒，但仍勉強看得明白。只聽趙匡胤道：「我這張輿圖畫得怎樣？似不似是出自名家的手筆？」趙玉致心想：「這寥寥幾筆，又怎能稱得上是輿圖？」知他又在胡說八道，嫣然一笑，道：「當然像！」趙匡胤笑道：「妳莫要少看它。將來妳若有什麼事情要幫手，我自會給妳辦到。若妳不能親自來找我，儘管托人帶個訊來。見此輿圖，如見妳面，我定會給妳排難解紛。」趙匡胤這句話倒非戲言。他當日出手救了趙玉致一命，後來和她相處多日，患難與共，自然起了照顧她的念頭。

趙玉致聽他所言，雙目含著歡喜之淚，輕輕的道：「大哥，你待我真好。」把那「輿圖」接在手裡，一時無話可說，過了半晌，忽道：「啊！我倒忘了！」拿起一個大布袋，溫柔的說道：「大哥，你送了我一張出自名家手筆的輿圖，我也送這些畫卷給你。」

趙匡胤接過那個布袋，打開一看，認得是出自趙玉致手筆的那幾卷畫，笑道：「這才是真正的名家手筆。」二人相視而笑，都不約而同的想起當日在荒野中結伴同行的日子。他隨手在那布袋一摸，發現了那個木製的丫叉。昨晚趙匡胤為逗她歡喜，出發前曾把丫叉給她。趙玉致雖不願把它交還，但知這是他妻子之物，對他來說十分重要，實不該擅自拿去，便把丫叉和畫卷一同放在布袋之內。

石守信知他們這番離別，定有不少話要說，本來亦不願打擾。但今行趕回京城，事關重大，實不敢有所延誤，只得躍下馬來，走到二人之前，硬著頭皮的道：「趙大哥，時候不早了。」

趙玉致凝望著趙匡胤，柔聲道：「大哥，保重了。」趙匡胤報以一笑，道：「嗯，我要起程了。妹子也要保重。」說罷，便翻身上馬，輕揮右手，命一眾大周將士出發。趙玉致站在路旁，目送他們離去，只見那隊人馬越走越遠，趙匡胤的背影也漸行漸小，在大街上縮成一個黑點，最終消失，悵望藍天，悄立良久，才返回邸店之內。

趙匡胤回家後，便把那幾卷畫收起；在十多年之後，他更把畫卷藏入皇宮太廟寢殿的夾室內，一直好好保存著。直到百多年以後，東京汴梁再被北騎入侵，皇宮更遭賊子洗劫一空，畫卷才輾轉流落民間。後世看到那幾張畫卷，才意想到趙匡胤當日拔刀相救那小姑娘的種種情景。更有不少人穿鑿附會，縱其想像，把這次義舉編成了一幕幕動人的小說和戲曲，把這個「千里相送」的故事，一直流傳開去。

這日長空萬里，一碧如洗，眾人在岸邊沿著汴河走，不一會，已抵達京師外城的「東水門」。其時雖已踏入寒冬，汴河水淺，城內不少河道更已結了一層薄冰，河上雖不見「春望遭舟數十里」之壯觀形勢，但城外仍是一片繁華，車水馬龍，好不熱鬧。

第五回：登極

趙匡胤與石守信領著五十名大周禁衛兵從鄆州出發，曉行夜宿，非止一日，終到達東京汴梁。

這日長空萬里，一碧如洗，眾人在岸邊沿著汴河走，不一會，已抵達京師外城的「東水門」。其時雖已踏入寒冬，汴河水淺，城內不少河道更已結了一層薄冰，河上雖不見「春望遭舟數十里」之壯觀形勢，但城外仍是一片繁華，車水馬龍，好不熱鬧。二人放眼遠眺，只見兩岸仍有不少百姓在搬運石磚和木頭等築城材料，忙過不亦樂乎。原來當今太子柴榮為了抵禦北國騎兵的入侵，從去年起，每逢秋收後都徵用成千上萬的老百姓，在原有的城牆外加建一道外城。開封自大唐以來已是商業重鎮，現下加建城牆後，更顯皇者氣象。

城內中心是「皇城」，包圍著皇宮宮殿、三館十三閣等朝廷重地，實可算是大周之命脈所在。「皇城」之外，則是原有的城牆，現改稱為「內城」，圍繞著太廟、審計院、尚書省和開封府等，亦是天下聞名的大相國寺之所在。大相國寺佔地極廣，聚集僧眾數千人，不僅香火鼎盛，中庭兩廡更可容萬人，四方來到京師之商旅，皆在此處買賣，實乃京城之「瓦市」。此外，城內還有不少達官貴人的大宅、各行商店鋪總號、分茶店、邸店及櫃坊。內城裡還有不少著名的店鋪，例如是白礬樓、清風樓、潘樓酒店和中和樓等等，都是天下聞名的「正店」。它們不分晝夜，不論寒暑，仍是顧客盈門。

「內城」之外，則是新建的「外城」，方圓達四十餘里。內城之外，本是尋常百姓家，也有不少藥店、金銀銅鐵舖、浴室院和車輅院等，亦越來越熱鬧。京師的三重城牆，一道疊一道，尤如銅牆鐵壁一樣；保衛著大周百姓的安危。

趙匡胤望著那厚重敦實的外城已大臻完工，道：「石兄弟，你看我們的外城築得怎樣？」石守信道：「這是晉王的心血，那自然是好的！」又道：「記得去年，晉王親臨視察，便已察覺到這兒的土質低劣，不宜用來築城，更特地命人從數百里開外的虎牢關揀選上等土壤來代替。他事必親躬，凡事都是要最好的。」趙匡胤哈哈大笑，道：「是的！那負責築城的小官，太粗心大意了。」石守信道：「他竟想在晉王治下得過且過，可是嫌命長呢！」

石守信又道：「新上任的官，可不敢怠慢了。你看，城牆有很多地方是新加建的。不少外突的牆角、牆腳、城頭上的女牆都加上了堅固的石磚，每一道城門外，更修築了全用磚包砌的甕城，甕城外則有護城濠，護城濠外又有『護龍河』，一道又一道的防禦，實是非同小可！」那「護龍河」包圍著整個京城，深約兩丈，寬近百步，與城外的河流相連，形成了上佳的天然屏障。

趙匡胤笑了一笑，又道：「石兄弟，你看，城牆彎曲如蛆，可有點門道呢！」

石守信微微一怔，問道：「這曲蜿如蚓的外形，一直為百姓所笑，難道竟是內有乾坤？」趙匡胤點頭道：「若城牆方正如矩，只消帶拋石機一同前來，多發幾炮，便可輕易打破城牆了。」石守信恍然大悟，道：「若城牆建得彎彎曲曲，就不易受力了。武學上『以柔克剛，隨曲就伸』，也是這個意思。咱們行軍打仗這麼多年，也未必留意得到。」當世禁軍承習了沙陀族人之戰術，將士多擅平原作戰而輕城防，石守信深受軍中的風氣所影響，對築城及防守之諸般細節，都不大上心。

石守信望著城牆，放眼遠望，驚覺才離開京城數月，城內已增建了十多座高樓，便指著它們道：「趙大哥，你看！」趙匡胤笑道：「那些是『望火樓』。」石守信微微一怔，便隨口問道：「什麼是『望火樓』？」

趙匡胤卻道：「還記得我們不見多日的好兄弟麼？」

石守信奇道：「你是說韓令坤和高懷德兩位大哥麼？」二人都是他們的總角之交，同是禁軍中人。這大半年以來，趙匡胤與石守信二人受柴榮所托，出外辦事；韓、高二人則留在京師，負責城中的防務。四人已有多月沒有見面，因此石守信立時便想起這兩位好兄弟。

趙匡胤笑道：「不，我不是說他們。但你提起韓兄弟，卻教我想起一事。張繼昭那廝的腿法實是太厲害，當日出奇不意的被你使出之『沙陀摔拿技』所制，日後定會想出破解之方。韓兄弟精通諸般近身拳腳、掌法及擒拿手，擅於以短攻長，與你的角觝之技，可謂相輔相乘，你或可請教他一下，或許下次再碰到那廝，便會有制他之法。」

石守信喜道：「其實當日我雖稍佔上風，但仍未能打敗他。過幾天，我便去找韓大哥，說不定真的會給我們找到『契丹腿擊術』之破綻！」頓了一頓，又道：「只要趙大哥不是要我去找高大哥便是了。我和高大哥本來也很投緣的，但近年來，他竟迷上了音律。每次見面，都在咱們面前撫琴吹簫，我著實是吃不消！」

趙匡胤哈哈大笑，道：「高兄弟的琴彈得不錯。而且，這是他家傳的獨門練氣之法。高兄弟內力修為深湛，全賴這門家傳技藝。張繼昭內力異常深厚，氣力綿長，若要穩勝，似乎你也得要向高兄弟請教呢！」

石守信素不喜音律，即岔開話題，問：「趙大哥剛才說什麼『望火樓』的，又與那一位好兄弟有關？」

趙匡胤反問：「你還記得慕容延釗慕容兄嗎？」石守信不知道「望火樓」是何物，卻聽他忽然說起慕容延釗，微微一怔，道：「我怎會不記得慕容兄？只是他神龍見首不見尾，自當年一別，已有兩、三年了。他近況如何？」慕容延釗比他們還大著好幾歲，亦是他們的知交好友。他們五人識於微時，自幼在軍營裡一同長大，實乃出生入死的好兄弟。此外，由於趙匡胤武技遠勝同儕，且又與柴榮交好，官階略高，一眾兄弟都會以他為首。唯獨是慕容延釗一人，趙匡胤對他的人品、智謀及武功，皆極為佩服，所以會稱呼他為「慕容兄」，不敢以「大哥」自居。

只聽趙匡胤嘆了一口氣，道：「三年前，同屬慕容家的慕容彥超犯上作亂、起兵造反。慕容延釗雖然誓死孝忠官家，但族中有長輩作反，始終容易遭人話柄。官家御駕親征之際，當時的宰相王峻亦一起出兵救平動亂，但卻把慕容兄關進大牢。官家雖知慕容兄無罪，打勝仗後，便把慕容兄放了出來，但卻不知為何，竟解除他在『殿前司』的職務，還把他調派到『潛火舖』裡，負責京師重地的防火雜務。」

二人談及往事，記得慕容彥超和王峻都曾是叱吒風雲的一代梟雄。可是，慕容彥超造反不成，兵敗城破後，與妻子一同跳入枯井中，最後竟以自己發明的火器，在井裡自焚而死；而當年的宰相王峻雖為大周立下不少汗馬功勞，但卻不懂為臣之道，漸漸變得專橫跋扈，難以節制，被官家郭威貶至商州，最終因腹疾而客死異鄉。兩人雖稱霸一時，但卻同歸黃土。趙、石二人驚覺數年間世事變化無常，頓感唏噓不矣。

石守信嘆道：「其實慕容彥超雖自稱是慕容延釗的父親慕容章的堂兄弟，但他的身份向來是一個謎。他早年曾化名『閻崑崙』，更明明說自己是沙陀族人。不知怎地，後來竟又會說自己是慕容家的人？」

趙匡胤道：「慕容彥超為前朝皇帝劉知遠同母異父的弟弟，與慕容家理應不大相干。但他又偏偏精研諸般慕容家的火攻之技。而且，有人曾親眼見過他使出慕容氏獨步武林的『火焰真氣』，若他並非慕容家的人，又怎會懂得慕容家的獨門絕學？但無論如何，就是官家知慕容延釗忠心耿耿，但依然要把他調離禁軍。禁軍與『潛火兵』向來不相往來，軍中亦只有少數人知道此事。」

石守信道：「這幾年不見慕容兄，原來他竟去了『潛火鋪』辦事。當『潛火兵』吃力不討好，實乃是苦差一件！」「『潛火鋪』裡駐守的士兵乃專門負責防滅火種的士兵，世稱「潛火兵」。他們責任重大，軍餉卻十分微薄。若京城失火，或滅火不力，往往是殺頭大罪。禁軍裡人人驍勇善戰，卻甚少甘心當一個潛火小兵。而且「救火」所獲得的犒賞，又怎及得上攻城略地、殺人放火那麼多？

趙匡胤道：「對！要是我給調到『潛火鋪』，就只好自暴自棄了。我每天吃飽飲醉便是，又何必再理會朝廷之事？可是，慕容兄辦事認真幹練，我實是遠不如他！他到『潛火鋪』後，選賢用能，改革不少弊端，對朝廷有關防滅火種的政令、『潛火兵』在滅火時的戰術和防火方法等都有不少改進。他更發明了不少防滅火種的工具。這幾年間，『潛火鋪』可算是給他治理得井井有條，只是軍中所知者不多罷了。」

石守信道：「慕容家善於火攻，畢身與火為伍。官家不用他再上戰場，卻要他躲在京城內撲滅火種，實在諷刺！」趙匡胤點頭道：「慕容兄既然善於火攻，自然是收放自如，不可能不懂得防火。你看，城內這十多座『望火樓』，便是慕容兄的得意之作。」

石守信才漸漸明白，為何趙匡胤會忽然說起慕容延釗來。原來城內的「望火樓」乃朝廷聽從慕容延釗之建議所修築的高樓，「潛火兵」在樓上居高臨下，便可及早發現城內的火種，更可盡快派兵把之撲滅。趙匡胤與石守信談起「望火樓」，與之所至，又說起慕容延釗在撲滅火種上的諸般發明，如水囊、水袋、唧筒和潛火護甲等等。石守信對之絲毫不感興趣，只得唯唯諾諾，不一會，便把話題岔了開去。

二人領著五十名禁衛兵，邊談邊走，不經不覺，已沿路走入城，往於「內城」的晉王府進發。一行人穿過「外城」，剛走進「內城」，但見大街上竟空無一人，場面十分冷清，眾人都不禁一怔。「內城」乃京師重地，向來遠比「外城」熱鬧，可是，這時一眼望去，「內城」裡竟似是一座死城般，街道兩旁的店鋪都上了門板，街上全無聲色。趙匡胤和石守信隱隱覺得不對勁，怕城中已生事端。他們擔心柴榮之安危，便即趕去晉王府，欲看個究竟。由外城至內城，雖各城門口仍是暢通無阻，不似有異，但他們擔心已禍起蕭牆，只偷偷的帶著五十名兄弟，在晉王府前的大道口便停了下來，還躲在一條巷子裡，打算探知府中虛實後，再作打算。

趙、石二人從巷子處往外看，卻見在晉王府之外，竟有千餘名禁衛兵，肅立在空地之上。隊伍中個個錦袍鐵冑，盔甲鮮名，刀槍耀眼，軍容極盛。千餘人排列得井然有序，隊形整齊，正是大周禁軍中的一流勇士。晉王柴榮地位尊崇，乃一人之下，萬人之上，出入有禁軍侍候左右，原屬尋常。但平素駐守晉王府的人馬，最多不過數十人，又怎會在府外結集千餘之眾？趙匡胤和石守信對望一眼，心中都有不祥之感。

趙匡胤心道：「官家病危，不知現況如何？晉王能否順利登基？他能否過得了李重進那一關？」石守信也有相同的憂慮，只聽他低聲說道：「李重進那廝素有不臣之心，若官家歸天，他定會乘勢起兵奪權。難道他已派兵包圍晉王府？」趙匡胤輕聲的道：「我們只得伺機行事，若時不與我，晉王為李重進所制的話，我們好歹也要想法子救他出來。」刻下局勢不明，眼前把守的禁軍，亦不知是敵是友，二人仍拿不定主意，不知應否立時前去看個究竟。

正當二人躊躇之際，數名禁衛軍，已緩緩的從遠處走過來。

一眾兄弟，都是暗叫糟糕。石守信心道：「原來他們早已看到我們，難道他們在晉王府左右的高處也有哨兵嗎？」但放眼環眺，卻不見有人埋伏在屋頂或附近之高樓等地，心中一轉念：「只幾人走過來，大概也無惡意罷？若他們是敵人的話，既早知我們在這裡，大可派兵來殺，又何必只派幾人前來？」這道理本也不難理解，但形勢未明，眾將士的行蹤又給人發現，都不自覺的怦怦心跳，掌心冒汗。

那幾名禁衛軍漸漸迫近，卻見趙匡胤的笑容極是燦爛，還向他們輕輕的揮手。

石守信素知他內力修為極高，目力及遠，已看到對方的容貌，便問道：「他們是誰？」

趙匡胤笑道：「當中一個好兄弟，是你想見的。另外一位，你好像說過是要避之則吉的。」石守信微微一怔，心道：「那會有好兄弟，是要避之則吉的？」忽聽到一道柔和悅耳的簫聲，似是從那幾名禁衛軍處傳來。石守信不通音律，但對這首曲卻是十分熟悉，已知來者是何人。他們越來越近，終見到他們的面目，當中一人，身形略矮，粗手大腳，滿面鬍鬚，正是他們的好兄弟韓令坤；另一人身材高瘦，舉止儒雅，手中拿著一支鐵簫，雖身穿甲胄，仍帶有一介書生的氣質，則是另一名好兄弟高懷德。

趙匡胤道：「高兄弟、韓兄弟，很久沒有見了。」

他們走前幾步，向二人行禮。高懷德喜道：「趙大哥、石兄弟。幸好你們趕得及！」眉目間都有一絲憂色。石守信再也忍不住，低聲問道：「官家的情況怎麼了？」高懷德緩緩搖頭，韓令坤道：「不行了。數天前，又傳出他駕崩歸天的消息。朝廷雖然極力否認，但恐怕官家是不成的了。」高懷德亦道：「這謠言越傳越廣。今早開始，越近皇城的百姓，就越不敢外出，你們也見到，附近的店鋪也上了門板！」

忽然之間，遠處傳來一把雄壯的聲音：「趙兄弟、石兄弟，你們終於回來了！」

原來又有幾名禁衛軍走過來，說話之人方臉大耳，面目和藹可親，年紀不過二十八、九歲，正是張永德。他是當今天子郭威的女婿，與李重進同掌殿前諸班。趙、石二人亦是張永德的下屬，見他親自前來，即一同向他施禮請安。

張永德笑道：「不必多禮！你們回來正好！晉王前陣子也曾提起你們呢！」笑容十分親切，他雖位高權重，但為人質樸，向來不拘小節，甚得下屬愛戴。趙、石二人武技高強，向來是他的得力幫手。此刻正是危機重重之際，見二人終於趕回來，正如「及時雨」一樣，可謂來得正好，實感到十分歡喜。

趙匡胤擔心晉王安危，便即問道：「李重進那一方的人馬現下如何？」他見己方有千餘人馬佈在晉王府之前，足見事態嚴峻。而且內城一片靜寂，與平素熱鬧喧嘩的氣氛大異，實教人感到坐立不安，擔心敵方的人馬已掌握全局，形勢不容樂觀。

張永德嘆道：「李重進以護駕為名，已守住了皇城的各大小入口，並收買了不少禁軍中的將領，不知他用了什麼法子，除了其麾下的『殿前司』諸班之外，竟連不少『侍衛司』的人馬也被他拉攏過去。刻下，皇城裡至少有五成的兵力，都在他掌握之中。餘下的人馬雖口口聲聲要效忠官家，不受李重進買好，但不過是按兵不動，到關鍵時才見風駛舵。現時晉王要入宮覲見，實是難於登天。」「殿前司」與「侍衛司」雖同屬禁軍，但平時卻是各自為政。當今「侍衛司」的人馬雖然較多，但「殿前司」的將士卻較精銳，兩大勢力旗鼓相當，兩者可謂相互制衡。如今李重進竟能收買一些「侍衛司」的將領，本來城內兩大勢力之平衡局面已被打破，京城的情況，實是岌岌可危。雖然官家郭威一直深受眾多禁軍中的將士愛戴，在宮裡仍有不少可信之人，現下少林派又派了六位武功高強、內力深厚的高僧從旁照料，應不至被李重進篡位。但等到他歸天以後，李重進大可以皇城內的兵馬挾持朝廷文武百官，竄改遺召，登上帝位。登極後，他大可下旨奪柴榮之大權。等到那時，就是想反抗也不行。

只聽張永德又道：「約一個月之前，宮中傳出官家昏倒在地的消息，京城雖是謠言滿天飛，但此事甚為隱秘，所知者不多。不久，朝廷就命李重進駐守皇城。晉王多次要求進宮不得，摺子就像是石沉大海一樣，想來定是給人做了手腳。晉王連施妙計，花了很多功夫，好容易的才把我們調回他身邊。我們還是剛到不久。可是，晉王公務纏身，仍未准我們入府晉見。大家雖不知晉王今次調動兵馬的用意，但想來多半是要動身入宮，以防李重進的魑魅技倆。可是，城裡城外，都已伏有李重進的人馬，我們實無把握可把晉王安然送入宮中。」趙匡胤和石守信不禁對望一眼，都覺得柴榮怎會如此托大，現下還有什麼事情，比想法子入宮更為重要？柴榮在府中又有什麼事情要忙？

正當眾人談論之際，一名禁衛軍走過來，到張永德身前即躬身道：「晉王有命，煩請張將軍、韓將軍及高將軍入府。」張永德喜道：「趙匡胤和石守信兩位好兄弟剛好歸來，亦想一同進府。」那名下屬即道：「是！」便即前去通報。張永德料想柴榮若知趙匡胤等人回來，多半想見他，便命人代為通傳。

過了一盞茶的時分，晉王府內的侍衛緩緩的把那堅厚穩實的大門推開。張永德、趙匡胤、石守信、韓令坤與高懷德等五人，即卸去身上器械，脫下頭上兜鍪，由兩名府中侍衛帶路，走入晉王府裡。其時寒風陣陣，白雪紛飛，他們越過前院，走入殿內，只見途上有不少宿班侍衛在把守各處入口，府中的守衛，甚是森嚴。

大殿裡，有五名「商稅院」的官員在議事；他們有的手持各式各樣的賬薄、有的則拿起算盤和毛錐子。眾人正在爭論不休，目光盡數集中在坐在殿中央的一人身上。那人不過三十二、三歲，面目清朗俊秀，一雙大眼透射出極之銳利的目光，單看其神情及談吐，已知他精明幹練，魄力過人，正是晉王柴榮。柴榮見他們三人入內，精神一振，即命那五名官員退下。

那五名官員剛好施禮，正欲告退之際，趙匡胤聽到屋頂上微有異樣，即喊道：「小心！」

忽地裡，「砰」的一聲巨響，泥沙紛紛而下，大殿頂上已穿了一個徑長三尺的大洞，人影晃動，一團灰色的物事向下急墮，卻是一名身穿灰衣的幪面大漢，從屋頂上一躍而下，還未著地，已見他隨手擲出一枚細小的暗器，向柴榮疾刺而去。那枚小暗器去勢奇急，破空之聲異常響亮，單看這份手勁，已知幪面大漢的內功修為非同小可，絕不是等閒之輩。趙匡胤見暗器打出，即連忙拾起那班官員留在案上的毛錐子，奮力一擲，雖是後發先至，去勢更是剛猛無匹，但卻只能勉強把敵人的暗器打偏。只見那枚小暗器給毛錐子一阻，仍是勁道不滅，被那幪面大漢的罡氣一催，「蓬」的一聲，從柴榮的臉旁一掠而過，直末至柄，竟打進木柱之內。

眾人見趙匡胤竟未能把幪面大漢所發的暗器打落，才知來者的武功極高，都是大為吃驚。

那幪面大漢一著地，只見有八名侍衛瞬即拔出腰間佩刀，向前急縱，各施精妙上乘刀法，往幪面大漢劈去。他們身穿護甲，頭戴兜鍪，手持寶刀，原是負責晉王府大殿內之防務。其時官家病重，禍起蕭牆，晉王府裡裡外外的防衛都大大加強，單是大殿裡，已站了八名帶刀侍衛。這八名侍衛的刀法武技，雖頗不及趙匡胤和石守信等人，但已是百中揀一的武術高手。八人各使平身絕技，揮刀急劈，內力生發，已形成了一道「刀網」，縱是絕頂武術高手，亦不易招架。

驀地裡，眾人只聽到「鏜」的一聲，直如銅鐘聲響一般，一名持刀的侍衛忽然倒下，那幪面大漢卻已在「刀網」之外。只有趙匡胤此等絕造武術高手，才看到幪面大漢身隨步轉，不僅在那間不容緩的情況下避過了四方八面的刀劈，還從「刀網」之中，找到空隙閃身而出，乘轉身之勢，以一招「掃拳」擊中了當中一名侍衛的兜鍪，拳勁直透其「太陽穴」，瞬即把他擊斃。幪面大漢這一招使得太快，石守信、韓令坤及高懷德等人的武技雖亦是非同小可，但仍未能看通敵人的招數，其他人更只覺灰影微晃，已見他站在「刀網」之外，連他怎樣出手也看不清，只覺他宛似身有邪術一般，都不禁大駭。

餘下的七名侍衛見此神技，雖感驚懼不已，但仍是十分兇悍，瞬即一擁而上。但「刀網」已破，七人雖仍成合圍之勢，但陣法之空隙更大。幪面大漢出手如風，只聽「鏜」、「鏜」、「鏜」的幾聲，七人紛紛應聲而倒；趙匡胤見幪面大漢之身法一變，雙拳如兩條鋼鞭般連環發出，以「穿」、「抛」、「扱」、「掛」、「掃」、「鞭」、「切」等大開大闔的手法，把七人逐一擊倒，每一記拳招，不僅使得剛猛無比，落點奇準，更是快捷絕倫。這幾拳本有先後之別，但他出手實在太快，便如同時發出一般，一招一個，徒手把一眾武術高手擊倒，竟如「斬瓜切菜」般容易。

趙匡胤見敵人的武技竟是如此橫強，心中暗忖：「這八位兄弟的內力修為不錯，刀法亦強，要殺出重圍，自問也能辦到，但至少也要在十多招之後，殊不可能像他這般輕鬆容易，遊刃有餘。」深知今日遇上了生平從所未見的強敵，當下連忙收攝心神，氣貫全身，每一片筋肉都鼓足了勁，正欲向那幪面大漢撲去。

幪面大漢連斃八名高手，亦只一瞬間之事，眾人還未來得及反應，已見他縱身急躍，竟如紙鳶般向前飄出兩丈，實不似血肉之軀，霎眼之間，已走到柴榮身前，步到拳至，直擊向柴榮胸口的「膻中」要害。

趙匡胤於同儕中武技最強，見機亦快，看到那幪面大漢忽飄向前，便即邁開大步急追，「呼」的一聲，右掌拍出，雖仍有一丈之遙，但掌力已及敵人後背。他見柴榮受襲，已無法擋在他身前，形勢凶險無比，一出手便已使了十成功力，掌力及遠，若敵人不收拳還擊，後背便會給他打中，縱有上乘真氣護體，亦難免會身受重傷。就是他不理趙匡胤那排山倒海的掌力，只消掌勁及體，其擊向柴榮的拳招亦會受挫，正是「圍魏救趙」的退敵妙法。

卻見那幪面大漢微一轉腰，只向右方踏出了一步，便輕輕巧巧的避過趙匡胤那乾坤一擊。

趙匡胤忽見人影一晃，那幪面大漢竟隨手把柴榮擲過來。原來他感到趙匡胤的掌力襲體，即閃身一讓，步法一變，拳招便失卻了原來的威力，但他見機極快，立時改拳為爪，擒住了柴榮的衣袖，反手一甩，把他向後急擲，往趙匡胤的掌力迎過去。那幪面大漢的武功已臻入神座照之境，內力返照空明，實是運轉如意，出拳之際突如其來的受襲，竟還能及時步轉身離，換氣變招，可是，在這霎眼之間，他雖仍能擒住了柴榮，但亦無力再施毒手，便即把他向後擲出，讓他承受趙匡胤那無堅不摧的掌力。

其時趙匡胤正奮力一擊，忽見柴榮的身子騰空而至，只得硬生生的收回掌力，右掌一翻，改以輕柔的掌勁往柴榮之腰間一托，順勢把他往石守信那方送去，讓他可安然雙足落地。卻見柴榮於兩丈開外的地方一站穩，灰影微晃，那幪面大漢又以一招「切拳」，無聲無色的攻向趙匡胤的頸項。原來他見趙匡胤一出手，已知他內力深厚無比，掌法精妙異常，絕不可能誤傷柴榮。但他亦算準了趙匡胤變招之際，便是偷襲的大好良機。趙匡胤之武技極高，掌力曲直如意，平素變招之際，殊無窒礙，但此刻他全力把十成掌力收回，又要立時化剛為柔，將柴榮接穩，縱是絕頂高手，胸腹之間的內力亦必然不繼。趙匡胤見敵人竟乘勢偷襲，本欲出手擋架，但體內的真氣微濁，竟一時間提不起來，只得舉臂縮頸，護住了要害，但能否抵受得住對方的重擊，亦難說得很了。

那幪面大漢本是要行刺柴榮，按常理應繞過趙匡胤，再向柴榮痛下殺手，但趙匡胤的武技實是太強，難得有此良機，便即當機立斷，揮拳擊向他的要害；只要把他置之死地，餘人殊不足懼，定可從容不迫的把柴榮除去。若此刻放過了趙匡胤，再縱身攻向柴榮，勢必會受他身旁的石守信阻撓。那幪面大漢雖不認得石守信，但觀其身形步法，已知要把他逼退，至少得用上三、四招，但餘人亦會伺機一擁而上，只消和他們鬥得十餘合，趙匡胤便會有餘裕調息真氣，上前再戰，要殺柴榮，反而難上加難。

那幪面大漢的「切拳」正要擊向趙匡胤，卻感到有兩股凌厲異常的勁風，分別從東西兩方襲體，只得踏步讓開。卻見韓令坤手持寶刀，高懷德則拿著鐵簫，紛紛向他攻去。二人見幪面大漢行刺柴榮，本欲相救，但與柴榮相距較遠，對方又是兔起鶻落，趨退若神，教人防不勝防，固未能及時出手。但敵人與趙匡胤一交手，他們便乘勢縱身上前，高懷德從懷中取出鐵簫，韓令坤則於地上拾起那八名侍衛丟下的寶刀，分別擊向那幪面大漢。

他們的武技精湛，雖仍頗不及趙匡胤，但與石守信卻在伯仲之間。二人各使精妙招數，正欲全力一搏。可是，那幪面大漢的步法實是太快，且身法怪異，拳招飄忽不定，雙拳連環而施，勁氣縱橫，如電閃，如雷轟，出手前又毫無徵兆，二人縱有兵刃在手，亦感難以招架。只拆了數合，已是手忙腳亂，只得連忙後退，勉力與對方之拳風遙遙相擊。

石守信見狀，無暇多想，便即俯身拾起寶刀，疾步向前，助二人一臂之力。其時，站在大殿外的侍衛已紛紛趕至，張永德更已領著十餘名好手，各持盾牌，擋在柴榮身前。石守信便即騰出手來殺敵。

三人乃當世第一流的武術高手，鼎足而立的把敵人包圍著，勢道何等厲害，那幪面大漢就是武技再強，也得要全力應付，殊不敢有半點輕敵之心。四人拳來刀往，每一招都是貫滿了內力，大殿之內，登時風聲大作，片刻之間，已拆了七、八招。只見那幪面大漢翻來覆去的只以「穿」、「抛」、「扱」、「掛」、「掃」、「鞭」、「切」等拳招攻敵。此等手法雖是威力奇大，但大開大闔，頗耗真氣，中途變招不易，對方亦不難看穿其來勢。因此各門各派，都不會輕用此等手法，更不會把這類拳招混在一起使用。以一般拳理來說，如要使出「掃拳」這類拳招，亦必定會先用上一些虛招誘敵，或等到對方門戶大開，「潰不成軍」之際，才會用上此種殺著。可是，他於三人之間左穿右插，趨退如電，出手如風，雙拳或攻敵或擋架，彷彿像兩條鋼鞭般隨意揮舞，直如灰龍罩體，玉蟒纏身。三人武功雖高，但面對當世最強的拳招，已是險象環生。那幪面大漢以一敵三，竟還是遊刃有餘，絲毫不落下風。

趙匡胤得一眾兄弟之助，已有餘暇調息真氣。他深深的吸了一口氣，內息暢通，登時精神一振；見三人連遇險招，深知若不及時出手，只消數合，恐怕殿內又要有兄弟喪命，當下揮拳出掌，如疾風驟雨般往敵人攻去。他見敵人的武功實在太強，只得先行攻擊，不容對方緩出手來還招，眾人才有一線生機。石守信、韓令坤及高懷德等人得趙匡胤之助，已不像初鬥之時那般狼狽，本欲乘隙攻向敵人之破綻所在，但那幪面大漢的身法太快，實不知從何入手。高懷德的鐵簫給拳風打落，石守信則寶刀被折，韓令坤微一分神，差點還讓敵人擊中百會穴，幸而趙匡胤亦是出手極快，又是攻敵之所不得不救，那幪面大漢謀求自保，以致出手略為偏了準頭；但他縱是以一敵四，竟仍未現半分敗象。

那幪面大漢見趙匡胤上前，早已暗感不妙，百忙中環顧四周，卻見大殿的東方、西方和南方之大門都已打開，柴榮、張永德及幾名文官亦已被一眾侍衛救走，大殿外更站滿了弓弩手，只待趙匡胤等人一退，便成了「關門打狗」之勢。他動念極快，知已無法成事，即腰間急轉，雙臂奮力一掃，拳風如排山倒海的攻向四方之敵人，竟活像一個大陀螺一樣。他雙拳運勁成圓，其勢端的是無堅不摧，威不可擋。趙匡胤等人只覺似有一道無形氣牆襲體，壓得透不過氣來。他們見拳招太強，連忙後撤，不僅要避過敵人的拳風，還想乘勢退出大殿，讓弓弩手可制其死命。卻見那幪面大漢趁四人稍微退步，即從腰間取出粗繩，手臂一揚，已纏著大殿上的一條橫樑，微一使勁，竟一飛沖天的躍起，從屋頂上的一個大洞逃去。那個大洞，正是他剛才躍入大殿之時，以掌力所摧破的。眾人萬料不到他於闖進來之際，早已定好了逃生的法門。一眾弓弩手本欲放箭，但趙匡胤等人仍在殿內，縱是向上方發箭，但箭勢成弧，亦難免可能會「誤中副車」，當下都凝箭不發，眼白白的看著他遁走。

一眾禁軍將士給那幪面大漢突如其來的一鬧，都是忙過不停。

晉王府之外，本已聚集了千餘禁軍部眾，府內亦戒備森嚴，但終究還是給那幪面大漢闖進來。眾將領都是大為緊張，大殿的裡裡外外，瞬即佈滿了弓弩手，府內各處大小通路都站滿了侍衛，連屋頂也站了不少人，各持長槍或單刀，以防敵人又再忽施偷襲。殿內的侍從亦把剛才慘死的八名侍衛逐一抬走。

只見有一名侍衛進來，躬身向柴榮行禮，顫顫驚驚的道：「啟稟晉王，刺客的輕功太強，末將與幾名兄弟拼命追趕過去，但見他於屋頂上走動，竟如履平地，越走越快，只幾個起落，便再也找不到他的蹤影。」他生怕柴榮怪罪，說罷即把頭垂下，不敢往柴榮的目光瞧去。

柴榮似是若有所思，不置可否，只道：「你暫且退下！」那侍衛如獲大赦，施禮後即連忙走出大殿。

柴榮轉頭向趙匡胤問道：「趙兄弟，刺客的武技如此了得，到底是什麼人？」趙匡胤眉頭深鎖，過了半晌，才搖頭道：「回晉王的話，此人的武功奇高，末將實猜不到他的身份來歷。」石守信卻道：「此人武功之高，實已到了出神入化之境，能夠有此修為的人，天下間可謂寥寥可數，難道他便是人稱『契丹第一高手』的蕭繼軒？」殿內眾人見那幪面大漢武功極高，竟連趙匡胤也差點著了他的道兒，早已疑心他正是大名鼎鼎的蕭繼軒，聽到石守信說出他的名字，都是心中一凜。

趙匡胤道：「刺客輕功了得，身形高瘦，四肢修長，亦與蕭繼軒有些相似。但此人武功之奇，猶在蕭氏之上！」說罷，即拿起一根木筷子，又道：「這正是那賊子剛才用的暗器！」眾人見木筷比尋常百姓用的筷子較長，認得正是晉王府所用之物。原來晉王府與朝廷各部一樣，於大殿之外，設有一間小屋，常備有飯菜，供入府之文武百官享用。官員進府議事，往往便是幾個時辰，所以府內都有廚子及侍從，專門為大小官員準備飯菜及諸般點心。剛才五名商稅院的官員曾獲晉王准予，吃飽飯後才入殿議事；五人的碗筷，都尚未執拾好。似乎幪面大漢不知用什麼法子偷入晉王府，藏身於小屋裡，還取了一根木筷，用來行刺柴榮。

石守信驚歎不已，道：「一根小小的木筷，稍撞即斷，竟能發出如廝威力！」

趙匡胤續道：「刺客不僅以寡敵眾時不用兵刃，連暗器也是就地取材。我當年曾與蕭繼軒交過手，見識過此人的武技，想來他亦無此等本事。而且，蕭繼軒乃刀法的大行家，身陷險境之際，不可能不帶刀，就是身上無刀，與八名侍衛交手之時，亦不可能不奪刀。他就是不肯用刀，也不可能不使上『契丹腿擊術』！」

一眾大周將士都覺得有理，幪面大漢只以拳招殺敵，不用刀術和腿法，實與蕭繼軒的武功路數大異。蕭繼軒既是武學大宗匠，亦應精通諸法神通，但被敵人重重包圍之下，一定會使出看家本領。其實趙匡胤想起幪面大漢的拳招，心中更想：「難道這便是聞名江湖的『赤心訣』武功？」他雖未親眼見識過「赤心訣」，但亦曾聽父親趙弘殷談及此套武功的精奧之處，實與剛才幪面大漢所使的武功處處合乎節拍。想來若敵人使的果真是「赤心訣」所記載的武功，他更不可能是蕭繼軒。因為早前曾會過蕭氏門下，見他們仍對「赤心訣」虎視眈眈，如果蕭繼軒習得此套奇功，又怎會還在窺伺那部武功秘笈？

石守信道：「當今世上，除了『天下三絕』及蕭繼軒之外，竟還有此等高手！此人到底是誰？」

一眾大周將領，都是武技高強，身經百戰之輩，但今日得見幪面大漢那出神入化的身手，都是驚懼不已，猶有餘悸。眾人於武學一道上，本是見識甚廣，但誰人也說不出刺客的武功來歷，均感「天外有天，人外有人」；若非親眼所見，實不相信世上竟有此等神技。

卻聽張永德道：「行刺之人的身份，或許可以容後再查。但他背後的首惡，難道便是李重進這廝？」刻下李重進趁官家病重，封鎖了皇城各處出入口，不容晉王入宮，他素來對皇位有覬覦之心，若說他乘亂派人行刺晉王，亦絕非什麼奇事。

柴榮於大殿裡緩緩踱步，道：「當今天下，想殺我的人不少。至少劉崇那老匹夫算是一個。偽唐李璟亦可算是一個。現下李重進的嫌疑雖是最大，但也難說得很。」只聽他又道：「無論刺客是否李重進派來也好，我也得要去找他。趙兄弟和石兄弟來得正好，我們現下要辦一件大事。」說罷，便向張永德望過去。

張永德與他目光一觸，即道：「啟稟殿下，部眾已齊集在府外空地，一切準備就緒。」

柴榮問道：「城裡仍是沒有半點動靜？看見李重進的人馬沒有？」

張永德答道：「沒有。但連平素駐守城內的兵馬也給他調走了。自今早起，大街上的店舖都不敢做生意，百姓則躲在家中。更有人傳言說李重進陰謀奪位，正領兵來捉拿晉王。起初只有數戶人家上門板，但傳言越傳越廣，市內一片慌亂，內城之百姓，都已躲在室內，不敢外出。」

柴榮嘆了一口氣，似是若有所思，過了半晌，道：「倒不知李重進是否真的準備兵戎相見？」

只聽柴榮續道：「自父皇病重以來，我便欲回宮侍候左右，多次都是李重進從中作梗。這廝暗中招兵買馬，圖謀不軌。現下連『侍衛司』的人馬也勾結了，實大出我意料之外。他竟能這般封鎖皇城，如此放肆，難怪有謠言說官家在幾日前便已昏倒在地！」眾人都心道：「李重進越放肆，便越可證明這說法是真的，晉王又怎會這麼肯定，深信所傳出的都是謠言？」

趙匡胤道：「李重進這廝好不要臉，竟明目張膽的來奪位！」

柴榮嘆了一口氣，緩緩的道：「李重進這廝犯上作亂，對父皇不利。父皇患病已久，仍要傷神慮及自身之安危，又怎可安心養好身子？」他連眼眶也漸漸紅了，一字一句，都是出於肺腑。柴榮雖非郭威的親生骨肉，但這些年來在其身邊辦事，二人情若父子，對郭威的忠孝之心，乃出自真心，絕非虛情假意。柴榮辦事極為幹練，絕不講情面；但眾人此刻竟聽他真情流露，心中都不禁感動。張永德給他這麼一說，念及岳丈平時對自己的種種恩情，亦感到難過不已。

趙匡胤卻道：「官家臥病在床，又要提防李重進。這時候正要晉王侍候，現今精兵齊集，晉王是否打算進宮面聖？」他做事絕不喜拖泥帶水，只一句話便入了正題。

柴榮點頭道：「趙兄弟所言甚是！本王正有此意。」語氣間甚是堅決。

眾人雖知柴榮調動兵馬，多半是要孤注一擲，與李重進周旋到底，但聽他親口說了出來，心中都不禁一凜。張永德做事素來謹慎，心道：「晉王甚少在前線作戰，未必知道兵凶戰危，或許把事情想得太簡單了。李重進已掌握了禁軍中近半數兵馬，我們只得一千將士，實力太過懸殊，無論是智取或力敵，我們都無勝算。」想到之處，不禁暗暗擔心起來。

柴榮見張永德心神不定，似乎欲言有止，便溫然道：「張兄弟，大家是一家人，也是出生入死的好兄弟，有話不妨直說。」他既是郭威的義子，張永德也可算是他的姐夫。柴榮知事態嚴峻，稱張永德為「一家人」，便是要他有話直說，不用轉彎抹角。

張永德微一躬身，緩緩的道：「殿下孝感動天，末將等無不動容。但朝廷還沒有批准我們面聖。要進宮的話，唯有硬闖！可是，李重進一方實是兵強馬壯，而且他善於用兵，機關算盡，恐怕早已在進宮之路上埋下伏兵。我們勢孤力弱，只得千餘之眾，自保有餘，但若要硬闖入宮的話，實無必勝之方！」

柴榮點頭道：「張將軍所言甚是。」眾人見他沒有出言反駁，都微微一怔。但聽柴榮續道：「但無論如何，我們也要動身了。」

眾人的眉目之間，都是滿腹疑惑。張永德問道：「難道晉王已有妙計？」

柴榮從懷中取得一封密函，道：「當年王峻亂政，也曾諸多為難，不准我入宮面聖。前事不忘，後事之師。官家早在半年前已給了我一道密旨，讓我可以此為據，有必要時可立即動身入宮。而且，我在宮中亦有不少耳目，官家病情確是越來越嚴重，但神智尚算清醒。我擔心……我擔心此刻若不再進宮的話，以後就再無機會了！」說罷，已有點嗚咽。原來早在半年前，當時郭威病發，已著手安排後事，留下這一封密旨，確保柴榮可順利登極。眾人素知郭威及柴榮都是機智過人之輩，知他們有此安排，亦覺在情理之中。只是李重進擁兵自重，勢力龐大。所謂敵眾我寡，縱使有官家密旨在手，亦未必可以順利進宮。

只聽張永德緩緩的道：「官家既有密旨，事情當然是好辦得多。但李重進若有不臣之心，一樣可以向我們暗算偷襲。」又道：「前朝顧命大臣楊邠、史弘肇和王章，就是在進宮之時，於廣政殿外的一片空地之上，冷不防的給前朝皇帝劉承祐派人擊斃。」

眾人聽他談起前朝舊事，都默言不語，回想起數年前的往事。記得當年，前朝皇帝劉承祐繼位不久，便和一眾顧命大臣暗生嫌隙，欲除之而後快。劉承祐仗著自身在「侍衛司」的黨羽，以少量兵馬在廣政殿外向他們忽施毒手。劉承祐伏擊顧命大臣，更殺害郭威全家，才有後來的「黃旗加身」。雖此事已隔數年之久，但眾人仍是記憶猶新；此時李重進掌握了城中近半數兵馬，又守住了皇城，即有如手握著柴榮的咽喉，進宮之路，實是危機四伏，荊棘滿途。

柴榮淡淡的道：「生死有命。若李重進要反，我們只好誓死周旋，以報父皇的恩德。」

眾人聽柴榮這麼一句話，只道他除了官家的一道密旨與剛調回來的千餘精兵之外，已再無後著，心中都不禁微感失望。張永德更是思潮起伏。他素無爭奪皇位之野心，而且郭威既然篤定柴榮為繼承人，自當全力助他登基繼位。此外，他亦深知李重進的脾性，若他成功奪位、除去柴榮之後，恐怕第一個要對付的，便是自己這個郭威的乘龍快婿。他與柴榮實是榮辱與共，生死已繫於一線，想到之處，當下也不作他念，堅決的道：「屬下定當緊隨晉王左右，誓死效忠！」趙匡胤與石守信雖知情況凶險萬分，但他們連日趕回京城，本來就是要來助他一把，當下亦齊聲道：「願緊隨左右，誓死效忠！」柴榮精神一振，道：「好！咱們立刻打點一切，趕在入黑之前，便一同進宮罷！」

過不多時，柴榮等人已分批動身。先由高懷德及韓令坤二人，一同領著兩百名兄弟，分佈在通往皇宮必經之路，佔據了高樓、屋頂、牌坊頂處和小山坡等高地，俯瞰而下，以保前路暢通無阻；張永德則率主力軍護著柴榮出發。趙匡胤和石守信都不領兵，只充當柴榮的近身侍衛。二人乃當世少有的武術高手，張永德擔心那幪面大漢又再前來偷襲，令他們緊隨柴榮左右，以保他的周全。

眾將士先往東走，差不多抵達皇宮南方的「宣德門」之前，便停了下來。此乃與晉王府最近的宮門，但眾人卻悄悄的繞道而行，經啟聖院街一直往北走，穿過踊路街，抵達在北方的「玄武門」。他們繞道北上，一路上暢通無阻，殊不見敵人的蹤影，竟毫不廢力便走到「玄武門」之前。眾將領暗暗心喜，只道這次取遠捨近，似乎頗出李重進的意料之外，難道他們就是這般僥倖的逃過了敵人之耳目，竟輕輕巧巧的就能順利進宮？

忽地裡，玄武門的宮門大開，門內擠滿了禁衛軍。他們盔甲鮮明，陽光照耀之下更是金光耀眼，端的是人若虎，馬如龍。單看旗號，已知是李重進的人馬。

張永德等人不禁一驚，他們雖知李重進定會拼死阻撓柴榮進宮，但卻只道他會沿途截擊，卻萬料不到他竟膽敢在皇宮門外以逸代勞。柴榮其實早有佈署，本是胸有成竹，但見李重進竟敢公然在皇城門外和自己作對，心中一凜：「難道探子所言不對，父王已遭他的毒手？」雖知李重進乃郭威的外甥，二人感情向來不錯，但世事難料，又有誰人敢保證他不會鬼迷心竅、狗急跳牆，為了皇位而向郭威狠下毒手？柴榮越想越是心驚，定睛的看著李重進，眼神極是淩厲。

張永德道：「李將軍，現下的宮城防衛，該由咱們『殿前司』負責，你竟勾結『侍衛司』的人馬來撒野？」他見對方人多勢眾，更早已認得門前的幾個將領，皆為「侍衛司」的人馬，實感到驚駭不已。

只聽一把極為冷峻的聲音答道：「非常之時，只能用非常手段。據探子回報，晉王乘官家臥病在床，竟勾結黨羽，圖謀不軌。我們知官家有難，又怎能就手旁觀？」此人眉目清秀，黑髮垂肩，臉色雪白，不過三十六、七歲，正是「殿前都指揮使」李重進。

眾人心中都是又驚又怒，聽他反過來說晉王謀反，似乎是以此為藉口，竟名正言順的請「侍衛司」的人馬進宮。原來傳統以來，宮城防衛，由「殿前司」和「侍衛司」輪流負責，但要緊的關頭，只須得官家首肯，兩路人馬仍可一同進宮護駕。眾人心中都在想：「倒不知李重進只是信口胡諂，還是真的已得到聖上之准予，方可放『侍衛司』的人馬進宮？」

只聽李重進又道：「官家一直待晉王不薄，如今你竟恩將仇報，興兵來犯？幸而我們聞得訊息，你的陰謀詭計再也難以得逞。」語氣間，已把柴榮當作犯人一樣。

柴榮對他的言語相激不置一詞，卻向他道：「你把父皇怎樣了？」

李重進微微一怔，道：「官家……」見柴榮身穿黑甲紅袍，細看之下，方知他身上的護甲漆黑異常，甲片極為細緻綿密，竟是郭威平時在陣中所穿的「細鱗甲」，心中暗想：「舅舅的細鱗甲手工極為精細，用料講究，刀槍難入，但卻遠比一般將士所穿戴的護甲輕得多。舅舅向來視之為至寶，如今竟把它贈予柴榮這小子！」自古以來，武將對護甲、兵刃和戰馬，向來視之為至寶，若非骨肉至親，或立下大功的愛將，甚少會以之相贈。他又想：「柴榮終究是舅舅的養子，我這個外甥，不過是一個外人罷了！」深感不忿，但仍是不露於形色，淡淡的道：「官家正在寢宮休息，要專心養病，我受朝廷所托，要緊守皇宮各處出入口。若無官家旨意，任何人等，絕不可走入皇宮半步。」頓了一頓，森然道：「違令者，亦即意圖謀反，當軍法處置！」語氣神態之間，顯得斬釘截鐵，絕無半分迴轉餘地。

柴榮見他雖是陰晴不定，但聽他說官家健在，鑑貌辨色，覺得他不似作假，心神略定，只「哼」的一聲，向他怒目而視，不再說話。

趙匡胤心裡暗想：「李重進雖守在宮門，但卻不敢冒然向我們進攻。想來官家仍然健在。他麾下的人馬雖多，但卻未必盡數向他效忠。亦不見得所有人都膽敢犯上作亂。只是他不知使了什麼手段，以護駕為名，騙得他們守在這裡，似乎只是想拖延時候，阻止晉王進宮，等到官家歸天後才動手。如此一來，晉王手上的密旨，便可派上用場。李重進亦應該不敢撒野。」

只聽張永德道：「官家正是要專心養病，才召晉王覲見。我們有官家的密旨在手。難道官家的命令，李將軍也不服從麼？還是快快讓路。」他所想的與趙匡胤不謀而合，欲以這一道密旨來化解眼前的危機。

李重進心中一凜，萬料不到柴榮等人竟有此一著。若他有官家的密旨在手，己方以護駕之名，擋其去路，便顯得詞窮理屈，難以服眾。他手上的兵馬只有一小半是嫡系親信，實力尚未穩固；郭威一日未死，他始終不敢公然造反。

只見他手一揮，喝道：「且慢！」心念一動，續道：「若是奉詔見駕，又何必私調兵馬？官家臥病已久，我等長伴左右，若要召見晉王，我們焉有不知之理？晉王以過千虎狼之師要脅進城，又是什麼居心？若晉王真的有密旨，又何必兵戎相見？嘿嘿！軍令如山，若有人膽敢踏前一步，即視作謀反論，立斬不赦！」他的說法不算高明，只是快刀斬亂麻，不容對方呈上密旨。但兩方將士聽他所言，亦覺得他不無道理。不少禁衛軍心裡更想：「晉王於戰場上，尚無尺寸之功，只仗著自己是官家的義子，便穩坐皇儲之位，又怎及得上李將軍？若官家有意傳位給晉王，又怎會讓他離開皇宮？」

只見李重進輕擺左手，皇城之內的人馬即亮起兵刃。在他身後的軍隊已把長槍微傾向前，列好陣式。眾人突然眼前一亮，驚覺原來皇宮城頭之上，竟佈滿了數之不盡的弓弩手。他們高居臨下，手執長弓和弩機，對準了張永德等人馬，實是氣勢如虹，威不可擋。張永德等人見李重進如此佈陣，都是大吃一驚。他們雖已派韓令坤和高懷德二人率眾，佔據皇宮以外的高地，還道己方人數雖寡，但居高臨下的佈陣，應可立於不敗之地。可是，他們萬料不到李重進竟能在皇宮之內佈陣。皇宮城牆遠比宮外的房子高得多，敵方的弓弩手在城頭上居高臨下，佔盡地利。柴榮麾下的兵馬盡數如羊入虎口，以此形勢來說，已輸掉了九成。

柴榮向李重進怒目而視，臉無懼色，不發一言，似乎還未知情勢之險峻。

趙匡胤素知他絕不會受人威脅，加上沙場經驗不足，未必知此間危難，便輕輕的道：「彼方佔據了皇宮城頭高地，又緊守了皇宮大門，加上敵眾我寡，我方並無勝算。」只見柴榮微微點頭，卻不答話，仍是狠狠的看著李重進。只聽李重進又重複了一遍：「若無官家的旨意，任何人也不得進宮。違者軍法處置！」嘴角微翹，似乎心裡胸有成竹，已打定主意，若對方走前半步，即向他們攻擊，怎麼也不會給他們呈上那道密旨。柴榮見狀，難忍心中怒火，道：「官家的密旨在此，擋我者，亦當軍法處置！」牽過馬頭，欲向前踏步，絕不作絲毫退讓。

突然間，箭如雨下，數十枝冷箭竟同時向柴榮射過去。只見電光一閃，似乎一枚鋼針亦破空而至。

趙、石二人一直緊隨其後，見機極快。石守信猿臂一伸，使了極上乘的摔拿手法，已在間不容緩的情況下把柴榮拉下馬，數十枝冷箭登時盡數落空。可是，李重進極攻心計，見趙、石二人在其左右，早料冷箭再多，亦未必可傷其分毫；更估計他們多半會把柴榮拉下馬，便即右手一甩，發出鋼針，後發先至，射向柴榮的落腳處。他發暗器的手勁大得異乎尋常，去勢其急，竟不亞於弩機和長弓，所使的正是從一位崑崙派名宿身上學得的「玄天神針」。柴榮只覺眼前一晃，鋼針已至面門。李重進先發冷箭，然後又以飛針忽施偷襲，變故來得太快，身旁近衛紛紛舉起盾牌及兵刃，欲施援手救難，終究仍是慢了一步。

眾人只道柴榮凶多吉少，忽見眼前一晃，聽到「噹」的一聲，一條黑漆漆的木棍向上一挑，竟輕輕巧巧的把那枚鋼針打落。

出手之人，正是趙匡胤。他見李重進右手微動，已知他要以飛針之類的暗器偷襲，便即出手相救。李重進所用的鋼針不過長若數寸，幾乎是風吹得起，落水不沉，實是無處著力。尋常高手若見飛針撲面而至，最多不過是閃避退讓，或者以盾牌遮擋，絕不可能使兵刃擊打鋼針；而且，李重進出手前絕無朕兆，飛針又是極輕，縱是一等一的武術高手，亦不可能在這間不容緩的情況下避過這一劫。趙匡胤武技之高，實已臻化境，用棍之道，更是出神入化。李重進露了這手飛針絕技，已是技壓群雄，讓人心膽俱裂；可是，趙匡胤的棍法更是神鬼莫測，技勝一籌。此外，李重進的武技雖高，但畢竟是暗算偷襲，無論是手段及氣魄，殊不及趙匡胤般光明磊落，禁軍中人素重英雄好漢，對武功高強之輩更是崇拜，敵我雙方的人都忍不住為趙匡胤暗暗喝采。

李重進見趙、石二人不僅武技高強，臨敵應變之快更是匪夷所思，石守信的摔拿手法，看似平平無奇；趙匡胤的棍法更是使得隨隨便便，但二人之手法嚴密精妙，配合得天方無縫；其摔拿手之一拉，幾可躲過天下間任何攻擊，其棍法的一擋，更化盡世間諸般偷襲，直可說是至矣盡矣。李重進的武技本已到了頗高的境界，近幾年間，更拜入崑崙派的高手門下，潛心修練，只覺功力大進，就算未能在武技上勝得過趙匡胤等人一招半式，但若以其神鬼莫測的飛針絕技偷襲，當可把柴榮殺掉。今日得見二人出手，方知天外有天，人上有人。見兩人臨敵應變之巧妙，更是自愧不如。

他心裡暗想：「我本想在此佈下重兵，讓柴榮知難而退。只要等到舅舅歸天，我便可穩坐龍椅了。怎料他竟是泯不畏死！若他們堅持入宮，難道我真的要兵戎相見嗎？」剛才以暗器偷襲柴榮，不過是出於一時意氣，始終仍未想得通下一步該當如何走，心中轉過無數念頭，又想：「若我殺了柴榮，舅舅定不會放過我。我下一步便是要逼宮了。但舅舅在宮內仍有不少心腹，加上手握重兵，又是天下歸心，我又如何能穩勝不敗？」他對皇位虎視眈眈，可是郭威雖是病重，但他在禁軍裡的影響力卻未敢少覷，加上他平素對己極好，實不忍心下手，越想越是不安。

趙匡胤見李重進臉上陰晴不定，嘻嘻一笑，道：「這可不是『玄武門之變』嗎？那李將軍想做李世民麼？」臉上仍是掛著那漫不在乎的笑容。

雙方將士給他這麼一提，登時想起，此處雖非長安城，但這宮門亦剛好名叫「玄武門」，與初唐兵變的地方一樣。大唐初年，李世民在「玄武門」策動兵變，把兩個親兄弟殺害，還逼李淵禪讓帝位，從此開創大唐盛世，建立了二百多年的基業。雖然唐太宗在位期間，多次篡改歷史，硬說其親兄弟二人逼宮，還向自己狠下毒手，他才被迫作反。可是，數百年以來，口耳相傳下，當世之人，莫不知李世民才是兵變的元兇。當世兵禍連年，當權者擁兵自重，骨肉相殘之事，亦是司空見慣，眾人對該兵變更是耳熟能詳，聽他借古諷今，心裡都是微微一凜。

只聽李重進冷笑道：「這裡是汴梁，並非長安，也不是前朝兵變的地方。可是，每次看到城牆上刻著『玄武門』三字，我就會想，為什麼當年李淵這麼偏心，明明是李世民立功最多，他又為什麼偏愛李建成和李元吉？李淵雖是一時胡塗，但蒼天有眼，讓李世民得到帝位。李世民勵精圖治，虛懷納諫，在位期間，史稱『貞觀之治』，奠定了大唐二百多年的盛世。兩位親兄弟在泉下有知，也是無話可說罷！」他冷笑幾聲，更森然的道：「若是天命所歸，就是親兄弟也無法阻撓，何況一些並非親生之人？他們毫無建樹，以為花言巧語，便可蒙蔽聖心，妄想繼承大業？」不僅自比李世民，更皮裡陽秋，言語間毫不客氣。

趙匡胤仍是嘻嘻一笑，道：「你既然自比李世民，那麼殺光了我們之後，便是要去逼宮了。官家待你極好，難道你竟忍心加害？」他知李重進年少得志，縱橫沙場，本是毫氣干雲，後來聞得郭威竟決定把大位傳給柴榮後，漸漸性情大變，對此事一直耿耿於懷，常與左右親信談起，更以初唐之形勢相提並論，自比為李世民。他談及「玄武門之變」，正是要引得李重進心浮氣燥，不經意地在當眾流露心事。他的親信及部眾聽他如此說法，也是心裡一驚。他們雖願聽候李重進的差遣，但只道此役不過是要阻柴榮進宮，待郭威歸天後才策動兵變。可是，要他們立時動手，都是面面相覷，覺得十分不妥。

他只一句話，便動搖了軍心，心中暗喜，又道：「大家都是好兄弟，不妨直說，你們兵馬雖眾，要殺我們不難，但要倒戈攻入皇宮內，卻無必勝之方。官家用兵如神，且手下猛將如雲，單憑將軍一營的兵馬，又怎能致勝？」敵方將士給他這麼一問，更是心驚。他們義不容辭的為李重進出力，不過是深知柴榮手上的兵馬不多，他們堅守城門高地，便可不廢吹灰之力的穩操勝券，才欣然領命。可是，要他們此刻倒戈攻入皇宮，與郭威手上的精兵一較高下，卻非他們所願。

只聽趙匡胤又道：「官家有病在身，晉王此行，正是要入宮侍候，望他老人家可早日康復。李將軍乃官家的親外甥，難道連這份孝心也沒有麼？如此不忠不孝之徒，將來又如何服眾？」如此一說，便是要李重進惱羞成怒，誘其出手，乘亂制敵死命，欲使出「擒賊先擒王」的計策。一語既畢，已扣緊手上木棍，靜待克敵制勝之機。

柴榮乘勢拿起密旨，叫道：「官家旨意在此，快快讓路，抗命即謀反，絕不輕赦！」

李重進知給他們再說下去，已方的軍心更是散渙，便大聲道：「妖言惑眾，難道入宮探病，要率領過千名精兵嗎？」又道：「任何人等不得進宮，若再踏前一第，即軍法處置！」他無暇多想，已立下決心，知已方軍心雖是散亂，但人數畢竟眾多，此役實是有勝無敗。趙、石二人的武功縱然再高，亦不可能扭轉乾坤。若柴榮不肯知難而退，只好把他當場殺了。如何善後，則只好下一步再算。雙方都是蠻勁發作，劍拔弩張，似乎一場兵禍實是在所難免。

柴榮恨恨的道：「官家的命令，你也不聽？你敢抗旨？」

李重進冷冷的道：「晉王，任你怎麼花言巧語，我也不會放你入宮。」頓了一頓，又道：「軍令如山。我方人多勢眾，又是居高臨下，佔盡地利，你還有贏我的本錢麼？」

柴榮難忍心中怒火，「哼」的一聲，放眼遠眺，高舉左手，緩緩的道：「誰說你方佔盡地利？誰說我沒有贏你的本錢？」

忽地裡，李重進只感到一陣炙熱的列風掠過，接著聽到連環爆裂的聲響，面前已出現了十餘枝羽箭！

李重進細看插在地上那十餘枝羽箭，箭頭之旁都綁有一枚紅色的物事，羽箭豎在雪地之上，竟生出熊熊烈火，知道這些羽箭正是「弓火箭」。「弓火箭」乃禁軍中的新發明，把特製的火藥團綁在箭桿上，再由長弓或弩機射出，火藥在擊中敵人後便會爆炸，威力驚人。可是，「弓火箭」的威力雖強，但難以駕御；弓兵在發箭時常常反被火藥弄傷，甚至有性命之虞，因此在軍中選用弓火箭的人不多，若非特別的情況，絕不輕用。

他心道：「自慕容彥超敗亡後，當今之世，還有何人能駕御『弓火箭』？又有何人竟可在雪地生出熊熊烈火，把這些火焰玩得這般出神入化？」一轉念，又想：「我軍居高臨下，柴榮就是埋下伏兵，怎可能逃得過我的耳目？」他見「弓火箭」從天而降，便往上一望，只見柴榮雖有派人埋伏在皇宮外之的屋頂和閣樓等等，但那些士兵不是以盾牌護身，就是以瓦片和窗格等作掩護。他們要是忽施偷襲，李重進佈在城頭上的弩兵居高臨下，定會先發制人，絕不可能讓他們乘隙攻擊。那麼，這些「弓火箭」又是從何處而來？

柴榮緩緩的道：「誰說我沒有贏你的本錢？」正把剛才的那一句話重覆了一遍。

李重進再往上望，只見包圍著皇城的八座新近修築的「望火樓」上，竟分別站了二十餘人。他們身穿「潛火甲」。一望而知，他們都是負責滅火的「潛火兵」，但他們居高臨下，分作三排，列好陣式，手上都拿著長弓和弩機，箭頭直指李重進一方，顯而易見，剛才那十餘支「弓火箭」，正是他們所發射。李重進心中一驚：「原來如此！我竟忽略了『望火樓』！」朝廷近年修築「望火樓」，便是為了讓「潛火兵」從高處下望，及早發現火種，從而阻止火種蔓延。因此「望火樓」相比皇城的城牆還要高，確保「潛火兵」可看清城裡每一個角落。李重進雖是機關算盡，卻又怎能料到柴榮築修「望火樓」的真正企圖？在「望火樓」的「潛火兵」雖然為數不多，但居高臨下，佔盡地利，手上的「弓火箭」又是威力奇大，柴榮和李重進雙方的優劣之勢立轉。

李重進看著那些站在「望火樓」的「潛火兵」，心裡已想了五、六條計策，但最多亦只能全身而退，絕無半分勝算。他心裡怒極：「柴榮這奸賊實是攻於心計。我當初發箭飛針，他仍未命這班『潛火兵』出手，等到現下才顯露真正實力。」他如此一想，卻是把柴榮看重了。原來他雖能掩朝廷耳目，暗中培植「潛火兵」，讓他們在關鍵時刻出奇制勝，但他的臨敵經驗畢竟尚淺，最終仍是棋差一著，萬料不到李重進竟會忽施偷襲。他早已在「望火樓」設下伏兵，卻不准他們主動出手。敵人偷襲之時，他又來不及發號施令，若非趙、石二人出手相救，他多半便要死於李重進的偷襲之下。「潛火兵」雖見敵人發難，但一來變卦來得太快，二來軍令如山，實不敢輕舉妄動，直到柴榮微一舉手，發出暗號，才敢現身迎敵。

眾人對剛才的峰迴路轉的變故都感驚訝，卻忽見一名將軍領著十餘騎馳過來，站在柴榮身前，心裡都不禁一怔。

那將軍面目清俊，劍眉鳳眼，高鼻深目，一頭銀髮，不過三十來歲年紀，正是掌管城內「潛火舖」的慕容延釗。只見他飛躍下馬，向柴榮和張永德行禮，輕輕的道：「屬下來遲，晉王恕罪。」便即退守一旁，私下與趙匡胤點頭示好。他們這幾年來雖是聚少離多，但素來肝膽相照，此刻得遇故人，在危難間又可並肩作戰，都是心中暗喜。

趙匡胤又驚又喜，心道：「我還道慕容兄運氣不佳，遭官家冷落。原來他潛伏至今，全因有皇命在身。」對郭威及柴榮的心計大是佩服，見慕容延釗立此大功，更替他高興；心下又想：「咱們有『潛火兵』的『弓火箭』掩護，慕容兄弟又趕至，就是那刺客再前來偷襲，亦不可能佔到咱們便宜！」他一直疑心那幪面大漢是李重進的人馬，但此刻見慕容延釗前來，素知他武功之強，猶在石守信之上，得他之助，就是幪面大漢現身，己方亦再無所懼。

李重進看見慕容延釗，心道：「原來是他！慕容氏精研火攻之術，果是名不虛傳！」見他一頭銀髮，知是慕容氏的家傳「火焰真氣」練至極上乘境界時的應有之象，暗想：「此人不過三十來歲，便有這種修為，實是非同小可！」自慕容彥超敗亡後，慕容氏人才凋凌，族內的武術高手已死得七七八八，實不知這小子用了什麼方法，竟可無師自通，把慕容族的家傳絕技，練至如廝境地。

柴榮道：「李將軍，我遣人修築『望火樓』，正是為了今天。」再把手中的捲軸拉開，再道：

「這是父皇的密旨，命我速入皇宮。我想李將軍不敢抗旨罷？」

李重進心中怒極，反覆思量，眼見居高臨下的「潛火兵」與眼前千餘精兵相配合，實是威不可擋，一時間難有破敵之法。加上己方軍心散亂，實是無力一戰。他乃做大事之人，拿得起，放得下，端的是一代梟雄，見時不與我，只得道：「既有舅舅的密旨，那當然是可以進宮。」說罷，已令麾下將領收起手中器械，退守兩旁，讓出一條大道來。

只過了一會兒，只見有數十名帶刀侍衛前來領路。柴榮認得當中好幾名侍衛，都是郭威的近衛親信，與李重進殊不相干，才放下心頭大石。當下命張永德領著千餘精兵各歸其位，守著宮城的入口，以牽制李重進的兵馬。他領著趙匡胤、石守信及慕容延釗等人作近身侍衛，由那數十名帶刀侍衛引領，緩緩走入皇宮裡。李重進見當世三大武術高手作其近衛，又有郭威的親信領路，深知再無下手之機。但見他們一步一步的走入宮內，背影也漸行漸小，只覺他們每踏前一步，柴榮便似是往皇位跨進一大步，自己則有如向鬼門關越走越近似的。他窺覬皇位已久，籌謀多時，估不到仍是棋差一著，最終竟眼白白的瞧著柴榮登極，只見他們的背影最終消失，悵望蒼天，呆立當地，良久無語。

不一會，柴榮等人已走到「滋德殿」門外。郭威身患重病後，便躲在這裡養病。柴榮公務纏身，近日又受制於李重進，已有數月未能進宮探望。他時刻擔心郭威的病情，心中一急，越走越快，竟在門前的雪地上摔了一交。趙匡胤連忙把他扶起，心中一嘆：「晉王平素辦起大事來舉重若輕，此刻卻是方寸大亂。」

只見門外的侍衛把門拉開，寢宮內，有六名老僧走了出來，向柴榮等人合什行禮。他們不發一言，即為柴榮等人帶路。只見他們白鬚飄飄，都已年逾六旬，但個個精神奕奕，眼神溫潤晶瑩，顯是內功已臻化境的武術高手，正是趙匡胤之父趙弘殷從少林寺中請來的「福」字輩高僧。他們每日守候在旁，正是為了以上乘內功替郭威續命。

柴榮、趙匡胤、石守信及慕容延釗等走入寢室內，只見室內雖然打掃得乾乾淨淨，但各種家具和擺設頗見簡陋，燈光昏暗，絕無半分帝皇之家的氣派。室中有一魁悟大漢正臥在床上，此人若五十來歲年紀，臉色雖是蒼白，但頸上刺有的飛雀刺花紋卻是色彩鮮艷、清晰可見。這大漢正是當今大周天子郭威。他行伍出身，頸上的花紋乃投軍時所刺，世稱他為「郭雀兒」。

郭威眼神無光，臉色灰白，恐怕已是油盡燈枯。柴榮心中一痛，已搶到床前，握著郭威的手，輕輕的叫道：「父皇！」只見郭威原是無神呆滯的雙眼掠過了一絲亮光，嘴角含笑，微微點頭。柴榮平素能說會道，此刻對著臥病在床，命不久矣的郭威，心中卻是一片混亂，竟一句話也說不起來。

趙匡胤等人緩步走到郭威的床前，正欲行君臣之禮，卻聽見郭威說道：「不必多禮。你們終於把榮兒帶回來了。我真的很高興！」臉上泛起一絲微笑。當今天下，世人於禮儀之執著，反不及後世，皇帝除了在廟堂之內，多半不以「朕」來稱呼自己；郭威生性豪邁，不區小節，更常與臣下以兄弟相稱。只聽他說話氣弱柔絲，語氣間卻仍流露出一份帝王的威嚴。趙匡胤等人既為臣子，雖官家不介意，但亦始終不敢沒上沒下，施禮後即垂首退在一旁。

郭威凝望著柴榮，輕輕握著他的手，道：「榮兒，是我思慮不周，讓你吃了不少苦頭。」柴榮連忙搖頭，不知如何應對，只凝望著郭威，不發一言。

原來郭威身患重病，自知時日無多，本已把朝中要務盡數交予柴榮之手，更欲把軍權相讓。但李重進從中作梗，竟暗中勾結「侍衛司」圖謀不軌，把柴榮拒於皇宮之外。郭威雖知李重進的詭計，但自身病情嚴重，又不欲他們自傷殘殺，只得命柴榮暫時留守晉王府辦公，不用入宮晉見。郭威好幾次想把李重進生擒，但一來李重進雖對柴榮多番為難，卻尚無謀反之意，二來他畢竟為郭威的親外甥，讓他好生為難，所以只是忍而不發，靜觀其變。

只聽郭威續道：「我不把李重進廢了，是希望可以向他好好規勸，讓他成為你的左右手。唉！只是他竟越鬧越大，實是難為了你。」

柴榮卻道：「父皇，其實他這麼做，也不無道理。」郭威和趙匡胤等人聽他這麼一說，都是微微一怔。

只聽柴榮又道：「這些年來，兒臣為父皇分憂，為大周朝廷效勞，已是心滿意足，實無想過要繼承皇位。李重進縱橫沙場，立功無數，只有他才壓得住三軍。我尚無多少汗馬功勞，實是擔當不了這千斤重擔。」當世戰亂連年，兵強馬壯者方能割據一方，中原皇帝若未能節制三軍的話，即連皇位也坐不穩。柴榮所言，亦是眾人一直所憂慮之事。

郭威「嗯」的一聲，卻不答話。柴榮見郭威眼神散亂，說話無力，心中一酸，道：「我只望長伴父皇左右，願父皇聖體安康，實不願當太子，望父皇收回成命。」此話乃出於至誠，絕非矯情造作。

郭威凝望著柴榮，眼裡閃出深幽幽的光芒，緩緩說道：「榮兒，我早就決定將大位傳給你，絕非一時之念。我在位這幾年間，多番平內亂，退強敵，靠的是武功，所謂馬上得天下。可是治理這神州大地，卻全仗民心向背。天下之大，能者輩出，武功比我強、用兵比我內行的人為數不少。可是，要長治久安，可不只能單靠武功啊！古人說得好，所謂讀書養氣，確是至理名言。我直到近幾年開始，才漸漸懂得先賢之意。要治理好天下，方法可得從書本裡尋，靠的卻是讀書人啊……」

趙匡胤心中微微一凜，正細細咀嚼他的一席話。他自幼拜少林高僧為師，只專心習武，不肯讀書。父親趙弘殷雖聘了私塾老師教他讀書認字，但他卻從不肯苦讀，更常常搗蛋，連番使計把家裡的老師氣走。趙弘殷好沒法子，最後只得請來城中有名的老先生辛文悦代為管教。辛文悦腹笥奇廣，又懂得因材施教，才漸漸把趙匡胤這個頑劣少年導入正途。可是，趙匡胤始終不肯用功讀書，跟辛文悦學的，多半是買賣、算賬、兵法和各地風土人情等事情，對四書五經、詩詞歌賦和為人處世之經典等只是水過鴨背。當世兵禍連年，世人唯力是視，大都看不起讀書人。趙匡胤年歲漸長後，雖知要治理天下，絕不能單靠武力，但心底裡仍是重武輕文。他素來敬服郭威，此時聽到他這番話，童年隨私塾老師唸書的往事不禁在心裡一閃而過，心有所感，似乎豁然有悟，默念郭威剛才的說話，心裡暗想：「讀書養氣！嗯，養什麼氣？治天下的本事，真的只能往書裡尋？」細細嘴嚼他的一番話，不自覺的呆呆出神。

只聽郭威又道：「我縱橫天下，好容易才把這爛攤子收拾好，施政初見成效，百姓在這幾年間方有些好日子過。咱們走的路，可不能給後人推倒重來；更不可再讓老百姓再陷入水深火熱之中！這萬斤重擔不能胡亂交托他人，縱使我的親生兒子未死，若無過人之才，不明治國之道，我也絕不會將大位傳他。榮兒，這可不是咱們郭家的私事，而是社稷百姓之大事啊！」

眾人知郭威時日無多，所講之事，無一不是出自肺腑，盡皆動容。柴榮此時再也忍不住，熱淚滿眶，「哇」的一聲，嚎哭起來。

郭威氣喘如牛，仍接著說道：「我本寄望王峻可知所進退，替我分憂。其實我兩共分天下，又有何不可？可是他大權在握後，只懂結黨營私，置黎民百姓的福祉於不顧。他根本不是人君之選，連做一個能吏，做一個好官都不夠。永德是我的好女婿，對我忠心耿耿。他是性情中人，光明磊落，重情重義，但年紀尚輕，不通權變，對百姓所需更是一無所知，若立他為儲，恐他早晚闖出大禍。李重進這孩兒機敏幹練，用兵如神。但他為人胸襟不夠，處事思慮不周，用於將兵尚需節制，用於治國則必然壞事。我將這萬斤重擔交托給你，就是深知你做事剛毅，久經歷練，對國計民生的大小事項盡皆瞭然於胸。這些年來，若無你為我分憂，以我一人之力，又怎能把這神州大地治理得這般妥當？」

柴榮聽郭威對己嘉許，連忙搖頭，含著淚水，忍住哽咽，緊握著郭威的雙手。

郭威道：「我唯一不放心的是你處事過於急燥，待人有失寬容。希望你繼承大統後仍記住我的話，天下之事，欲速則不達。而且，要善待你的臣民，非到萬不得已，千萬不要傷害他們。」

柴榮眼眶瑩然，強忍心中悲痛，道：「僅遵父皇教誨。」

郭威嘆了一口氣，忽道：「唉！當年我竟默許部眾屠城，實是罪孽深重，現下得這不治之症，原是罪有應得。」他千叮萬囑要柴榮善待老百姓，便是想起當日給劉承祐迫反，策動「黃旗加身」之時，進城後為犒賞三軍，卻默許他們屠城。他每當想起當時無辜慘死的百姓，都是寢食難安。柴榮本欲出言安慰，但他卻續道：「榮兒，記謹要善待百姓，以洗淨我的罪孽。唉！要把這神州大地治理得好，殊非易事。前朝不乏能吏，但他們為了充實國庫而苛徵雜稅，為一己之私而貪污聚斂，置臣民死活於不顧，最終亦難免走上覆亡之道。其實朝廷千方百計、巧立名目的多收這幾十萬串錢，於我可益？把財富藏於國庫，還不如藏富於民！」回想這幾年間所做之事，臉上泛起一絲笑容，續道：「我這幾年間一心要輕徭薄賦，與民休息，把前朝很多稅項雜費都廢除。記得當年朝中大臣一致反對，說什麼減免賦稅，會使朝廷入不敷支，國庫空虛，民心不穩云云。榮兒，你看，老百姓負擔減輕，安居樂業，自然百業興旺。朝廷的歲入反而大增。這境況實是得來不易，咱們能走到這一步，全仗這四個字：藏富於民。」

柴榮凝望著郭威那蒼白的臉龐，想起這幾年間為朝廷東奔西走、馬不停蹄；不是為農民開闢耕地，減免賦役，便是周旋在各大行商之中，種種往事，都在腦海裡一閃而過，垂淚道：「兒臣定當謹記『藏富於民』這四個字。」

郭威臉現微笑，流露出安慰之色，良久不語，又道：「榮兒，我死後，務必薄葬！唉！當年我西征討伐李守貞等叛將，看到關中大唐十八個皇帝陵墓都給盜賊挖光。古人厚葬先祖，最終還是連累先人死後不得安靈；其實墓中埋下金銀珠寶，於世何益？我歸天之後，務必盡早發喪，馬上入土，不必久留皇宮內院，墓穴也不用以大石包砌，更不可大興土木，不可放入金銀財寶、石人和石獸等，只用普通磚切便行。我只要墓前豎一墓碑，上面寫著：『大周天子臨晏駕，與嗣帝約，緣平生好儉素同只令瓦棺紙衣葬。』你聽從我的說話，便是對我盡孝；若你不聽我話，我死後陰靈不見，泉下有知，決不會保佑你。」

柴榮嗚咽道：「兒臣都記住了。」郭威點一點頭，眼神露出一絲安慰之意，突然頭一側，握著柴榮的雙手一軟，呼吸也止住了。

柴榮心中一陣慌亂，連忙大叫：「傳太醫！」左右侍從和太監，即奉命而行，衝了出去。

室內的六名少林高僧見郭威一暈倒，即各出一掌，分別按在他周身要穴，微一凝氣，源源不絕的把渾厚無比的內功透入郭威體內。當中一名高僧，更以雙掌直抵郭威胸口和心窩，以上乘內功拍打他心胸間的要穴。趙匡胤知這高僧的手法正是以上乘內功替郭威延續心脈，正是救死扶傷的一招妙著。尋常太醫大都不懂上乘內功，此法於後世已漸漸失傳。

還不到一盞茶的時分，趙匡胤見六名少林高僧頭上都已霧出一團白氣，個個臉紅耳赤，顯已是各盡其力，但他們透入郭威體內的純陽內力如泥牛入海，竟沒奏效。

忽地裡，六名少林高僧感到郭威體內竟生出三道極為雄厚的內力，原來趙匡胤、石守信及慕容延釗等見狀，都已盤膝而坐，各出一掌，將自身內力傳入郭威體內。三人雖只粗通救死扶傷之法，頗不及六名少林高僧般精純，但都是當世一等一的武術高手，內力修為亦高。而且，三人正是年富力強，內力雄厚無比，綿綿汩汩，其勢竟似是無窮無盡。六名高僧感到三人強大無比的內力，都是精神一振，內力生發，都繼續把自身內力透入郭威周身之要穴。過了良久，九道渾厚的上乘真氣走遍了郭威的全身，逐漸融合為一，只聽到郭威連咳數聲，眾人都是一陣歡喜，知當世九大高手各顯真力，再一次把郭威由鬼門關拉回來，但都不敢鬆懈，掌中的內力仍然源源不絕的透入郭威體內。過了近半個時辰後，只見郭威蒼白的臉色隱隱透出一點紅光，呼吸亦漸漸暢順，眾人才撤回手掌，收起內功，靜坐養氣。

趙匡胤在這九大高手之中，內力復甦得最快，運功片刻已感精神奕奕。餘人靜坐養氣，過了一盞茶的時分，也逐一站起來。當中慕容延釗的內力修為，雖仍遜於趙匡胤，但亦似乎已不下於一眾少林高僧，向郭威輸送真氣後，雖感神困力倦，但潛運內功片刻，也漸漸恢復過來。石守信則在九人之中居末，等到所有人都回氣過來後，他才緩緩站起，且臉色仍有點蒼白。

只見室內已有七名太醫替郭威把脈問症、施針用藥，更有幾名宮女及太監，奉上一碗內有千年人蔘的燉湯給他。原來他們早已靜候左右，只等少林高僧運功完畢，即搶上前向郭威施救。

一名少林老僧臉現驚訝之色，向著趙匡胤道：「唉！咱們一眾師兄弟在少林寺中苦練數十載，只道於內功一道，應可稱雄當世，殊不知天外有天，胤兒年紀輕輕，竟把『金剛伏魔氣勁』，練至這個境界！老衲實是知愧不如！」另一名老僧，則對慕容延釗說：「你剛才使的奇功，想必是慕容家獨步武林的『火焰真氣』，佩服佩服！」其餘數名的老僧亦微微點頭，臉現詫異之色。

少林派乃天下玄門正宗，其內功講求循序漸進，入門弟子起初只會練習拳腳武技，由外而內的修練，等到有一定火候後，才會練習「易筋經」。能練成「易筋經」者，其武術的修為，亦已達至一流境界，尋常高手亦大都抵敵不住。若少林弟子想在內功修為更進一步，大都會研習「小金鐘」護體神功，再求勇猛精進者，則會於練成「小金鐘」之後，修練「少林三十六門絕技」之中的「金剛伏魔氣勁」。由「易筋經」練至「金剛伏魔氣勁」，縱是悟性高者，少說也要四十年時光。他們素知趙匡胤武技高強，但卻萬料不到他竟身懷少林派至高無上的「金剛伏魔氣勁」，殊不知他於武學一道上悟性奇高，少年時又屢逢奇緣，其內功方能練臻這個地步。

趙匡胤低聲問道：「官家的情況怎樣？」

一名少林老僧緩緩的道：「這個月間，已是第七次，一次比一次凶險，只怕、只怕……」餘下五名僧人都紛紛搖頭嘆息，不發一言。

只聽郭威緩緩說道：「不礙事，我還有未幹完的事，上天不會要我這麼快便死……」他說話時中氣不足，但一字一句，仍是清清楚楚。他續道：「明天的早朝，我要親到廟堂之上。榮兒，你替我準備一下。」眾人聽到都是一怔，只覺郭威此舉實是異想天開。以他此時的情況，又怎能參與明天的早朝？

翌日，郭威果然決定親臨朝會，只是他身子已極為虛弱，臨起行前又再暈倒，全仗少林六老和趙匡胤等人以真氣續命。他醒來不久，覺得氣若柔絲，只得命柴榮先到「崇政殿」，自己則打算在寢室內調養一會後再上朝。柴榮雖然擔心郭威病況，但也只好領命上朝。他深知此刻局勢仍是十分危險，亦擔心李重進還會發難，更懼怕那幪面大漢又再現身，便命趙匡胤、石守信、慕容延釗、韓令坤及高懷德等五人充當近衛，緊隨其後，以防不測。

朝中各大臣在昨夜裡已得到訊息，知郭威會親臨朝會，一大清早便已在殿上守候，他們見到同僚，都是議論紛紛，十分雀躍。此外，有很多平素甚少上朝的武將，此刻亦忽然被傳召入宮。眾人各懷心事，有的口若懸河，有的卻默言無語，神色疑重。他們只覺郭威已有近半年沒有上朝，坊間更有傳言說他已龍駕歸天。此刻露面，多半是要闢謠，從而穩住民心。朝廷裡的文武百官對郭威素來敬重，雖知他病情嚴重，未必能好，但見他此刻竟能上朝，仍感到十分欣慰。

過了良久，眾人眼前一亮，只見有數人已走入大殿裡。當先一人，不過三十來歲，形相俊雅，劍眉大眼，目光極之銳利，正是當今太子晉王柴榮。隨後的數人乃作侍衛裝扮，正是趙匡胤、石守信和慕容延釗等數人。除李重進一系的人馬外，文武百官都不知柴榮早已進宮，現下在朝會上相逢，都覺微微一怔。

柴榮緩緩坐下，文武百官神情一肅，依官階排好，紛紛向柴榮行禮。柴榮只覺這些禮節實是浪費光陰，便即道：「眾卿平身。賜座。」不少朝廷重臣、元老和行動不便的臣子都獲座子，聽柴榮這麼說，都逐一坐下。當世之皇宮禮節，不會為了突顯皇權而太過折辱臣子，因此不少官員都獲賜座。當中有一位老人家，只見他白髮飄飄，形相清瞿、蕭疏軒舉，似是得道真人，又像是山林隱士；無論如何，怎樣也不似為官之人，正是自號為「長樂老」的宰相馮道。

馮道年逾七旬，仍是精神奕奕，先向柴榮深深一輯，道：「謝殿下。」絲毫不失禮數，才緩緩坐下。

柴榮素知馮道為人沖淡弘遠，深腹經略，畢生官場打滾，深明為官之道；此刻見他當面道謝，舉止謙虛有禮，仍忍不住淡淡一笑，微微點頭，再道：「卿不必多禮。」馮道歷仕五朝十二帝，處處左右逢源，實可算是廟堂之上的「不倒翁」，且聲名甚佳，為同袍所喜，百姓所愛，所謂面面俱圓，就是柴榮這般不講情面之人，也得容讓他三分。

只聽柴榮緩緩道：「本王受皇上所托，暫理朝中要務。皇上稍後才到。卿有什麼要事，可逐一稟告。」文武百官才漸漸明白，郭威堅持上朝，實有要事要說。但此刻還未到，多半在臨行前又感到不適。文武百官都是面面相覷，不發一言。他們一來關心郭威身子，朝中政務，也不忙於一時；二來他們向來懼怕柴榮尋根究底之個性，實不願當眾和他議論政事。因此，大殿內站著數十人，竟然變得鴉雀無聲，水靜鵝飛。

忽地裡，有人走了出來，向柴榮行禮。此人眉目清秀，黑髮垂肩，一身勁裝，正是李重進。

只聽李重進道：「王殷意圖謀反，證據確鑿，皇上早已下密旨捉拿他。末將受皇上所托，已派人把王殷一家老少押回京城。」文武百官都是心中一驚。王殷乃鄆州的守城大將，自來便是郭威的心腹，現下竟給人拿下，都是大出意料之外，只有柴榮不置可否，看來他似乎早有所聞，才不至感到驚訝。趙匡胤剛從鄆州回來，得此訊息，心中更是一凜：「王殷明明是我們捉拿的，官家竟要李重進押他回京？難道這功勞，最終竟給他搶過去？」似乎李重進與柴榮於此事上，已有一番較量，箇中因由，亦只有日後向柴榮請教，才會一清二楚。

只聽柴榮緩緩的道：「有勞李將軍了。王殷深受皇恩，卻犯上作亂，做出這麼大逆不道之事，實是罪無可恕。」此句話指桑罵槐，話中有話，李重進自然聽得明白。他自來桀驁不馴，但此刻卻只淡淡一笑，道：「托官家的鴻福，總算把事情辦妥。捉拿奸細，保土安民，原是末將的份內事。」眾人聽他對答得體，不卑不亢，都暗暗點頭。

李重進續道：「殿下，王殷被廢，鄆州城裡，頓變得群龍無首。可是，劉崇勾結契丹，對我大周虎視眈眈，早晚便會殺過來。鄆州雖小，但與京城極近，實乃我大周的一道重要屏障，不可一日無帥。末將不才，願為皇上分憂、為殿下解困，擔當守城之要務。」一語既畢，即深深一揖。

原來李重進看準時機，見王殷被擒，便乘勢想取而代之。他昨日未能阻柴榮入宮，更與他結下深仇，只覺後患無窮。他罪犯欺君，卻見郭威並無即時派人把自己拿下，似乎仍顧念親情，不忍對其下手，只覺此事多半會不了了之，柴榮就是忿忿不平，也只好隱忍不發。可是，只要郭威一去，柴榮想必會秋後算賬。因此，李重進見機行事，自薦出任鄆州的守城大將，便可遠離京師重地，不再受柴榮之脅。到鄆州以後，若柴榮仍不肯放過他，他自少尚有一個「落腳點」，或可擁兵自立，再圖後計。

柴榮見李重進自薦，實是一計未成，二計又生，也不得不暗讚對方才智過人。他怎樣說也不願就此放過他，但卻不欲顯得自己獨斷乾綱，便向左右問道：「卿對此事有何高見？」

李重進身旁有一魁武大漢，臉色頗黑，滿臉胡鬚，卻是笑容滿臉。只聽他道：「李將軍用兵如神，實不作第二人選。」此人正是禁軍「侍衛司」馬軍都指揮使樊愛能。他身旁一個身材高瘦的老漢，只見他兩鬢花白，眼神卻十分凌厲，則是「侍衛司」步軍都指揮使何徽。他也出言附和：「若由李將軍鎮守鄆州，定可保我大周太平！」二人異口同聲，都贊成由李重進鎮守鄆州。

趙匡胤知樊愛能和何徽等「侍衛司」人馬，與李重進素有來往，想來昨日定是這二人借兵給他，阻撓柴榮入宮，心道：「三人實是同氣連枝！晉王的對手不只李重進一人。倒不知他如何拆招？」

柴榮微笑不語，雙目往文武百官一掃，但見馮道意態儒雅，似乎對所議之事漠不關心，渾不以當前劍拔弩張的情況所惑。柴榮心中暗想：「此人為官數十年，定力果然驚人。他歷數代而屹立不倒，靠的就是懂得韜光養晦。他已是朝中元老之首，若他以後如今日一樣，對朝中大事都不聞不問，其他對他馬首是瞻的朝廷重臣，多半不會有什麼異議，我辦起事來可方便得多。待我握穩軍權，這班老臣子自然會向我靠攏。」他刻下雖為李重進所迫，但想到的反而是登極以後之事。

李重進見柴榮不置可否，心中略急，卻不表露出來，暗道：「嘿嘿！這小子似乎在拖延時辰，多半是想等舅舅出來為他解圍。官家不治我欺君之罪，就是想放我一馬。我現下要求外調至鄆州，已表明無意奪位。舅舅多半會准我逃到鄆州。柴榮這小子雖懂政事，但兵略似乎並非其所長。要保大周江山，則不得不靠我。我與劉崇這老賊，素有嫌隙，又數度壞契丹人大事，舅舅縱然對我不滿，亦知我不會通敵賣國，鎮守鄆州一職，捨我其誰？」只覺守城大將一席，已是其囊中之物，當下也不再多言。

只聽殿外有一人道：「鄆州之事，也不急於一時！」聲音不如何響亮，發言者似乎中氣不足，但語氣間卻有一番威嚴。

文武百官眼前一亮，見到一人一張國字臉，頸上刺有的飛雀刺花紋色彩鮮艷，面色卻十分蒼白，正是當今天子郭威。在他身旁有六名灰衣老僧相伴，前後皆有近身侍衛守護，眾人隨他緩緩走入大殿。少林六老的內功修為精純圓熟，精研救死扶傷之道，郭威給他們以極上乘的真氣續命，此刻已能行動自如，只是身體仍是十分虛弱，體內真氣非其自發，真氣一盡，隨時又再有性命之虞，境況殊不樂觀。

眾人見郭威出現，即紛紛站好，待他坐在龍椅之上，便由負責禮儀的官員帶領，向郭威行君臣之禮。

等到大小官員都重新坐穩站好後，郭威才緩緩的道：「眾卿，朕自知時日無多，今日親臨早朝，恐怕是最後一次了。」郭威向來豪邁，對臣下亦十分坦白，但眾人聽皇帝竟在廟堂上自言時日無多，都不禁一怔。

宰相馮道即站起身來，雙手一揖，緩緩說道：「所謂『天子有百神庇佑』，陛下的病定當無礙。」馮道一開口就是吉利的恭維說話，而且語氣柔和，讓人聽得舒舒服服。

只聽他續道：「陛下登極以來，廣施仁政，老百姓安居樂業，四海昇平，上天定會保佑陛下，只要好好休養，定會痊愈。」他年逾七旬，但中氣仍足，一字一句，眾人都聽得清清楚楚。其餘大臣均出聲附和，說了不少吉祥之話，更有人向郭威高呼「萬歲、萬萬歲」，亦有不少人拾馮道牙慧，乘勢向郭威大拍馬屁。

郭威聽到那些奉承之話，微微一笑，道：「朕常常聽到人家稱朕作『萬歲』，其實怎會有人可活到一萬歲？就是連活到一百歲的人也沒有幾個。人生在世，不過匆匆數十寒暑。但求一生問心無愧便了，可活多久反而不重要。朕一生光明磊落，自問對得住天地良心，可是昨天發生了一些事情，卻讓朕痛心疾首，心中難安。」

李重進心中一凜，只道郭威要向自己興問罪之師，卻聽郭威忽問：「馮老先生，剛才聽進兒有鎮守鄆州之意，你以為如何？」

馮道站起身來，道：「聖上天縱多能，高瞻遠矚，滿腹韜略，算無遺策，微臣出的主意就是再高也高不過聖上。微臣只須聽聖上的吩咐辦事，最終必能把事情辦好，萬事如意。」他大拍馬屁，卻態度誠懇，仍讓人聽得舒舒服服。滿朝文武聽他改稱郭威為「聖上」，連「陛下」這個稱呼也不用了，教滿朝文武都不禁莞爾一笑。無人不知，他說盡好話，是打定主意對所議之事袖手旁觀，不抒己見。

趙匡胤一聽，心裡笑罵：「這老人家實是很會說話。滿朝文武，做官的本事誰也及不上這傢伙，莫怪此人歷五朝十二帝，在官場上屹立不倒。」聽馮道這麼動聽的一席話，又想起十多年前的往事。當時，契丹軍隊長驅直入，竟佔領了開封，契丹耶律德光更入主中原。其時天下大亂，人心惶惶，有識之士都明哲保身，不敢輕舉妄動，但馮道竟主動進京覲見，只憑一席話，便說服耶律德光約束部眾，不再濫殺無辜，很多無辜百姓才因此而逃過大難，從此成為千古佳話。

趙匡胤看著他那高瘦的身影，心裡又想：「咱們在沙場上殺敵憑的是真功夫，但他在廟堂上唇槍舌劍，其凶險也是不惶多讓。當年他單憑一句話便救黎民於水火，如此借力打力，可比沙場對決高明得多。」他想起昨晚郭威那「讀書養氣」的一番話，見馮道在廟堂上對答如流，憶及舊事，隱隱然又有一番體會。

只見郭威微微一笑，說道：「朕是叫你出主意，可不是來聽你的歌功頌德。」

馮道又是一揖，緩緩的道：「聖上明鑒，微臣可不是歌功頌德，說的是千真萬確的實情。」

郭威微笑不語，知道這個「智多星」不欲當眾說出己見，只好由得他去。他緩緩的道：「鄆州之事，也不急於一時……如今，卻有一件大事要先辦好……」只講了一段話，已是氣喘如牛，一名少林僧人靜悄悄的把手掌抵在他背上，把真氣源源不絕的送入他體內。只見郭威喘聲立止，蒼白的臉色又再有一點血色。

柴榮見郭威身子愈見虛弱，即道：「不如兒臣先行陪父皇回宮稍作休息，遲一會再來？」趙匡胤等人和少林六老都是暗暗點頭，但見郭威已是油盡燈枯，生怕他在廟堂上會隨時倒下來。

郭威搖頭道：「再遲一些的話，恐怕再沒有機會。」又道：「重進，你站出來！」眾人都是一驚。趙匡胤知郭威向來對李重進甚佳，還道他阻撓柴榮進宮之事，定會不加追究，怎料郭威竟在此時發難？

李重進臉如死灰，雙手一揖，道：「陛下。」郭威道：「你和榮兒都是我的好幫手。你比榮兒還要大好幾歲，若談到調兵遣將、決戰沙場的話，榮兒經驗尚淺，遠不如你。」李重進一聽，雙手又是一揖，低下頭來，卻不敢說話。

郭威嘆了一口氣，又道：「可是，朕卻不能傳位於你，你可知道是什麼原因？朕不讓你繼承大位，是為你好。朕自登極以來，肩負起這個萬斤重擔，實是夙夜憂嘆，寢食難安。治理天下，可比沙場上殺敵難得多、複雜得多。治國之事，可和我們沙場上的刀槍功夫大有分別！」

李重進見郭威尚無責備之意，心中略寬，道：「臣半生戎馬，視富貴功名如浮雲。只要能為大周在沙場上效命，此生再也無憾。臣對陛下忠心耿耿，絕不敢存有半點異心。」

郭威點頭道：「你對朕盡忠，對大周盡忠，朕是知道的。」他中氣漸弱，過了半晌，才道：「雖說兵強馬壯者可得天下。但單靠武力，又怎能治天下？百姓需要的是一個可以刷新吏治、下察民情、讓他們可安居樂業的好皇帝。國計民生之事，榮兒可比你在行得多。」

李重進淡淡的道：「臣明白。」他知郭威這麼說，是要放自己一馬，但卻要他當眾承諾，以後好好輔助柴榮。

果然聽郭威續道：「你既然明白，朕就希望你可好好輔助榮兒，你對榮兒盡忠，就是對朕盡忠。來，快向榮兒行君臣之禮。你們名份既定，朕再無憾也！」

趙匡胤心道：「官家這一著極是高明。要李重進當眾向晉王下跪，君臣之份既定，李重進便不能再打著旗號爭天下了。若他下跪稱臣後出爾反爾，亦再無威信可言；禁軍裡的兄弟，也會看不起他，不會再有人肯為他賣命。晉王則當著官家與文武百官之前受他的君臣之禮，若他等到郭威死後即秋後算賬、排除異己的話，亦難得人心。」他還道郭威會為保柴榮而向李重進狠下毒手，但最後卻讓二人共活，避免他們自傷殘殺，只覺郭威寬容之餘，亦懂得節制臣下，心裡大是佩服。

李重進知郭威格外開恩，對自己所做之事不加追究，亦感快慰。他自知此刻若不肯下跪，郭威絕不會輕饒自己，即當機立斷，雙膝一跪，向柴榮叩首。

柴榮亦知李重進是難得的將才，見他終肯向己下跪，便即搶出，把他扶起，忙說：「不必多禮！」

郭威見狀，即放下心頭大石，笑道：「好！好！只要你們齊心，大周一統江山，掃平四海，絕非不可能之事！」他自知時日無多，在這一大清早，終於當眾定好柴榮與李重進的君臣名份，心中頗為安慰，才長長的抒了一口氣。可是，他仍不肯退朝，略一定神，又命馮道等人撰寫詔書，把朝中的賢臣能吏都一一擢升，當中更包括了不少柴榮的心腹。他替柴榮對百官作出了不少調動，待詔書寫完後，才肯回宮休息。

當晚，郭威在滋德殿逝世，六位少林神僧、趙匡胤、石守信及慕容延釗等人耗盡真氣，亦再也不能讓他起死回生。柴榮強忍悲痛，於翌日在郭威的靈柩前登極稱帝。

郭威在不久前才宣佈改年號為「顯德」。其時新年將至，按朝廷慣例，新皇帝登極後，大可再更改年號，以示改朝換代之意。柴榮念及郭威的種種恩情，不願作絲毫更改，仍原用他所定下的年號。

柴榮遵從郭威之意，替他準備了紙衣、瓦棺和一塊石碑，除此之外便別無他物。他命人替郭威執拾遺物時，發現了一部名為「閫外春秋」的經書。他追隨郭威多年，知這部書正是他的至愛，書中所述的都是治國用兵之道，主張：「以正守國，以奇用兵」。他拿起此書，想起昔日郭威談及當中所述的道理時，常常高談闊論，說得興高采烈。當時柴榮只覺此書實無多少新意，對書中所述的要理並無多大領會，只對郭威之言唯唯諾諾。此刻卻再也不能細聽他的解說及教誨，心中只感茫然若失，唏噓不已。

他命人把這部經書放到瓦棺之內，再把他生前用過的刀、槍和甲冑一一埋到墓中。他待郭威的葬禮處理妥當後，便即埋首工作，挑燈夜讀，把各地官員呈上的一份又一份奏摺細閱，遇有不明之事，即召大臣入宮商議。他努力不懈，絲毫不敢怠慢，每每工作至半夜仍未休息；即位之初，每晚最多也是睡了兩個時辰而已。

柴榮登極當日，趙匡胤見柴榮坐在皇位之上，卻無半分欣喜之情，眾大臣更是一片愁雲慘霧，與數年前郭威登極之時頗不相同。他見柴榮不過三十來歲，正當盛年，坐在下方的大臣卻大都是頭髮花白，年紀不輕；不少朝廷重臣更是垂垂老矣。看到這個境況，不禁暗暗好笑。他心道：「晉王能否鎮得住禁軍，尚在未知之數。而且，他被封為晉王也不過是一年左右，在朝廷中的資歷也不算是很深，親信心腹亦不算多。面對這班老臣子，晉王真的可坐得安穩嗎？」

趙匡胤一心追隨柴榮，此刻見他登極稱帝，亦感歡喜，可是此際正是外憂內患，只覺前路茫茫，實不知是福是禍。

按：李重進於大周年間，手握重兵，戰功卓著。郭威於臨終前，特意命李重進當著朝臣面前，向柴榮下跪朝拜，以確立他的繼承人身份，皆為史實。至於李重進與柴榮於「玄武門」之前的事蹟，則為時甚短，朝中文武，多懵然不知，亦不曾見有史書記載。

（待續）

後記（第一冊）：

《汴京遊俠傳》的故事背景，正是五代十國末年至宋初年間，由後周開國皇帝郭威駕崩之年開始，直至宋太祖趙匡胤「黃袍加身」，登極為帝而終結。五代十國上承李唐，下啟趙宋。在那數十年間動亂分裂，藩鎮割據。各國都是謀士如雲，戰將如雨，你攻我伐，快意恩仇，是一個十分活潑及多變的年代，也是一個十分適合作為武俠小說的「舞台」，亦是一個久被遺忘的時空。

故事的主角，正是開創趙宋三百年繁華盛世的開國皇帝：宋太祖趙匡胤。

趙匡胤的一生，可謂充滿傳奇色彩。他的不少軼事，亦十分有趣。例如，據一些宋人筆記中所說，他少年時闖蕩江湖，希望可一展抱負，但始終無人賞識，鬱鬱不得志之際，在襄陽一所寺廟裡，得到一位高僧指點，要他北上投靠當時的樞密使郭威，從此便一帆風順，開展他的鴻圖大業。少年人練得一身好武功，卻未能一展抱負，因緣際會下，受神僧指點迷津，最終建功立業，此一類故事橋段，實與不少武俠小說的情節極為相似。

《宋史・太祖本紀》中談及他：「既長，容貌雄偉，器度豁如，識者知其非常人。」單看其外表及氣派，已覺得他大概應該是像「喬峰」一般的英雄人物。他流傳後世的不少名句，亦足見他豪氣干雲，例如在「杯酒釋兵權」一事上，他對一眾禁軍裡的好兄弟說：「人生如白駒過隙，所為好富貴者，不過欲多積金錢，厚自娛樂，使子孫無貧乏耳。卿等何不釋去兵權，出守大藩，擇便好田宅市之，為子孫立永遠之業，多致歌兒舞女，日飲酒相歡，以終其天年！朕且與兄等約為婚姻，君臣之間，兩無猜疑，上下相安，不亦善乎！」（畢沅《續資治通資鑑·宋紀二》）在他的一言一行裡，看到他待人寬厚，為人爽直，並無漢高祖、唐太宗或明太祖等開國皇帝之深沉狠辣，亦不曾如他們一樣，為了鞏固皇權而大規模屠殺功臣，甚至鬧得骨肉傷殘。他登極以後，生活依舊過得節儉簡樸，與不少當年的同袍，還以「兄弟」相稱，對當年的「舊上司」張永德，亦仍然很恭敬。此外，相傳趙匡胤曾在一塊石碑上刻下遺訓，要子孫時刻謹記：「一、柴氏子孫有罪，不得加刑，縱犯謀逆，止於獄中賜盡，不得市曹刑戮，亦不得連坐支屬。二、不得殺士大夫及上書言事人。三、子孫有渝此誓者，天必殛之。」此「誓碑遺訓」的真偽，有待考證，但其後代子孫，大至上都奉行了誓碑的遺訓，趙宋一朝，合共三百一十九年的時光裡，朝廷的管治都較開明，絕不以殺戮服人。相比其他皇帝，趙匡胤多了一份真誠坦率，更多了一份俠氣。《汴京遊俠傳》的其中一個目的，就是希望透過這個傳奇故事，帶出這一種難能可貴的「俠義精神」。這亦似乎是處處講求效率和利益的現代化商業社會裡，久被遺忘的一份高尚情操。

預計整部小說，大概會有四至五冊左右。這部小說的回目較少，格式亦與時下流行的小說不大相同。小說的每一冊只有五回，每一回的篇幅都較長，且備有插畫，其實是以「金庸武俠小說」的格式為參考藍本，亦是作為一位忠實讀者，向金庸先生作出衷心致敬的習作。自幼便十分喜歡看金庸先生的小說，其武俠小說，可謂陪伴著我成長，一定程度上，甚至乎影響了我的人生。如一般大男孩一樣，因為愛看武俠小說的關係，我自幼便喜愛各種武術，亦對中國文化產生了濃厚的興趣。「金庸武俠小說」彷彿就像是一道橋梁，讓我們多認識一點中國文化之博大精深，從小說的字裡行間當中，常常感受到一份對中國文化的溫情與敬意。「金庸武俠小說」讓我們重新肯定及認識中國文化，這對文化承傳之重要性實是非同小可，絕不容忽視。

記得少年時代最失意之時，都喜歡躲在家裡看武俠小說。在那幾年間，每一部長篇也至少翻閱了六、七遍，中短篇的也會細讀三、四次。當我看到郭靖在大漠之上與成吉思汗策馬論英雄，又看到他及後在蒙古軍帳，強敵包圍之際痛斥忽必烈殘民以逞，或看到蕭峰在藏經閣之時，大義凜然的怒罵慕容博為復國妄挑戰端，都不其然的看得血脈沸騰。每次看到小龍女和郭襄為楊過跳崖，楊過則為愛妻苦等十六年，都會感到十分難過。有時候，讀到段譽終日圍繞著王語嫣身邊的情節，也會感到他十分煩厭可笑，亦會為他最終「抱得美人歸」而釋懷。每當看到令狐沖遭小師妹拋棄，而小師妹卻與林平之一起笑語盈盈，更為他感到十分心痛，甚至乎會身同感受。每次閱讀至小師妹死在令狐沖的懷裡的一段，明明早知此乃必然之情節，仍會不自覺的流下淚來。小說中的悲歡離合，人物角色的喜怒哀樂，都陪伴著我成長。

《汴京遊俠傳》之第五回裡，登極為帝的並非趙匡胤，而是周世宗柴榮（郭榮）。他在位期間，事必親躬，日夜操勞，對內選賢用能，整頓禁軍，獎勵農耕，恢復漕運水利；對外則南征北討，先挫北漢劉崇，其後西敗後蜀，奪取秦、鳳、成、階四州；南下征討南唐，盡得江北、淮南十四州；北破契丹，連克二州三關。在後周的統治下，中原開始復甦，亦為將來宋朝的一統，打下堅厚穩實的基礎。後世史學家，更稱柴榮為「五代第一名君」。小說雖以趙匡胤為主角，但亦以側寫的手法，把柴榮帶出來。他的戲份相當重，將會是《汴京遊俠傳》的第二男主角。大概同是「金迷」的讀者，亦會清楚知道，這種「側寫」的方法及鋪排之靈感來源。

感謝讀者把「第一冊」讀完。作者艱苦的寫，讀者勉為其難的讀，大家也可算是「曾共患難」的好朋友了。為了答謝讀者的「義舉」，我正在努力的把「第二冊」寫完，減少「爛尾」的可能。若讀完整部《汴京遊俠傳》之後，仍覺得不大喜歡的朋友，也不打緊，則不妨把小說介紹給仇家。四海之內，皆兄弟也。

寒柏

二零一五年七月

hongpark323@yahoo.com.hk